청소년을 위한
향모를 땋으며

청소년을 위한
향모를 땋으며

토착민의 지혜와 과학
그리고 식물이 가르쳐 준 것들

로빈 월 키머러 글
모니크 그레이 스미스 각색 | 니콜 나이트하르트 그림
이채현 옮김

북스토리

Contents

향모 만나기

향모 심기

향모 키우기

향모 뽑기

향모 땋기

향모 태우기

향모 만나기

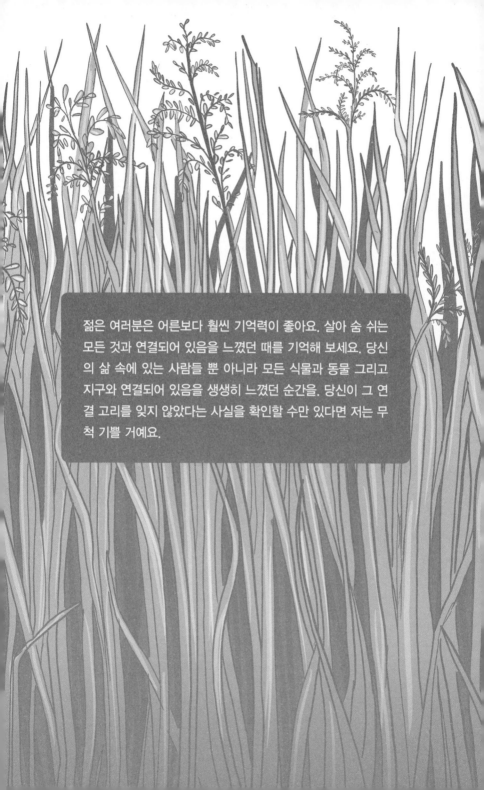

젊은 여러분은 어른보다 훨씬 기억력이 좋아요. 살아 숨 쉬는 모든 것과 연결되어 있음을 느꼈던 때를 기억해 보세요. 당신의 삶 속에 있는 사람들 뿐 아니라 모든 식물과 동물 그리고 지구와 연결되어 있음을 생생히 느꼈던 순간을. 당신이 그 연결 고리를 잊지 않았다는 사실을 확인할 수만 있다면 저는 무척 기쁠 거예요.

기억으로의 초대

우리는 아니시나베 조상들이 예언한 일곱 번째 불의 시대에 살고 있다. 우리가 공유하는 기억이 세상을 변화시키는 신성한 시간, 어둠의 시간이자 빛으로 가득 찬 시간이 될 수 있을까? 우리는 어둠 속에서 살 것인지, 빛 속으로 나아갈 것인지 선택할 수 있다. 우리는 "그들은 우리를 묻으려 했지만, 우리가 씨앗이라는 사실은 몰랐다."라는 말에 담긴 저항 정신을 기억한다.

이 세상에 존재하기 위한 또 다른 방법이 있다. 바로 지구상의 모든 생명체와 얽힌 친족 관계를 기억해 내고 그 속에 머무르는 것이다. 나는 당신을 이 기억으로 초대하고 싶다. 서구 세계에서 친족 관계란 혈연이나 혼인으로 맺어진 친척들, 즉 사람들로 한정되지만, 토착 세계관에서 친족 관계는 모든 식물과 동물까지 아우른다. 세상의 소음과 자연의 상품화 속에 묻혀 버린 지 오래인 이 관계를 기억하기를. 이 땅을 치유할 능력이 당신에게 있음을 기억하기를. 그리고 무엇보다도 당신이 자신의 특별한 재능을 이해하고 그것을 모두와 함께 나눔으로써 이 세상의 안녕에 기여할 수 있

호혜주의: 양측 모두에게 이익이 되는 상호 간의 교환 및 의존 관계를 뜻하며 상호 책임을 포함한다.

8

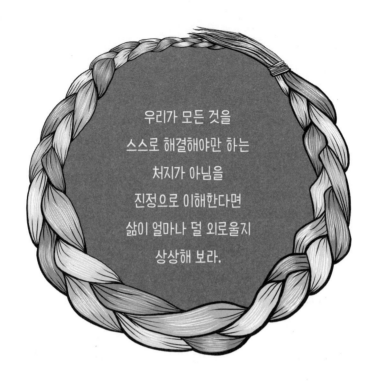

우리가 모든 것을
스스로 해결해야만 하는
처지가 아님을
진정으로 이해한다면
삶이 얼마나 덜 외로울지
상상해 보라.

음을 기억해 내기를 나는 소망한다.

땅은 진정한 스승이다. 땅의 제자로서 우리가 해야 할 일은 오직 알아차리는 것뿐이다. 주의를 기울이는 것이야말로 살아 있는 세계와 진정으로 함께 호흡하는 호혜주의의 한 방법이며, 열린 눈, 열린 마음, 열린 가슴으로 가르침을 받는 행위다.

연장자들은 "서 있는 사람들인디언들은 나무를 키 큰 사람 또는 서 있는 사람이라고 부른다―옮긴이 사이로 가라."거나 "사슴 사람들과 함께 시간을 보내라."와 같은 조언을 하곤 했다. 그들은 식물과 동물이 우리를 돌보고 치유할 뿐 아니라 때로는 우리를 이끌고 길을 안내해 준다는 사실을 상기시키고자 했던 것이다. 우리가 자신의 지능에만 의존해야 하는 것이 아니고 바깥으로 눈을 돌리면 다른 지능이 있다는 점을 알려 주고자 했던 것이다. 우리가 모든 것을 스스로 해결해야만 하는 처지가 아님을 진정으로 이해한다면 삶이 얼마나 덜 외로울지 상상해 보라.

유정성의 문법을
이해하려면

영어는 명사에 기반을 두고 있는데, 이 점이 물질에 집착하는 문화에 어느 정도 어울리는 것 같기는 하다. 영어에서는 결코 친구나 가족을 가리켜 '그것it'이라고 지칭하지 않는다. 여러분의 소중한 친구가 시험공부를 하는 모습을 보고 "저것이 공부하고 있네Look, it's studying."라고 말할 수 있겠는가. 이는 매우 무례한 언사일 것이다. 하지만 우리는 식물과 동물을 비롯한 다른 존재들, 심지어 지구에게까지 이런 화법을 사용하고 있다.

이것은 단순한 실수가 아니다. 영어는 자본주의의 언어이자 사물의 언어다. 그래서 미묘하게, 때로는 좀 더 직접적으로, 세상은 우리의 소유물이며 따라서 무엇이든 우리가 원하는 대로 해도 된다는 암시를 준다. 그렇게 지구를 우리의 온정과 보살핌의 범위 밖으로 끄집어내고 마는 것이다. 그것은 단지 사물일 뿐이라고 하면서.

포타와토미어를 비롯한 다른 많은 토착민 언어에서는 살아 있는 존재를 가리켜 그것it이라고 칭하지 않는다. 물론 우리에게도 책상, 트랙터, 전화기 등과 같은 사물을 지칭하는 단어들이 있지만 그것으로 살아

> **자본주의:** 자원과 생산 수단이 사적으로 소유되고, 가격, 생산, 상품 분배가 주로 자유 시장에서 벌이는 경쟁으로 결정되는 경제 시스템.

있는 생명체를 지칭하지는 않는다. 인간이 만든 물체는 무생물이다. 토착어에는 우리만 지니고 있는 존경의 문법이 있는데 나는 이것을 유정성有情性, Animacy의 문법이라고 부른다. 우리에게는 살아 있는 세상을 묘사하는 단어가 있다. 이는 우리가 우리의 가족을 가리켜 말할 때 쓰는 단어와 같은 의미다. 그들은 우리의 가족이니까.

우리 중 많은 이가 살아 있는 세상을 그것it이라고 부를 때마다 불편한 감정을 느끼지만, 그he, 그녀she, 그들they이라고 지칭하는 방법 외에 다른 대안을 찾기가 어려운 것이 사실이다. 나는 영어에 유정성의 문법을 도입할 방법이 있을지 궁금해지기 시작했다. 우선 나의 포타와토미어 선생님을 찾아가 질문했다. 우리에게 살아 있는 존재, 사물thing이 아닌 존재being를 의미하는 단어가 있는지를. 그는 대답했다.

"물론이지. 우리에게는 비마아디지아키bimaadizi aki라는 아름다운 단어가 있단다. 지구 생명체. 지구 존재라는 뜻이지."

나는 비마아디지아키라는 포타와토미 단어가 영어에 쉽게 녹아들지 못하리라는 사실을 알았지만, 키ki라는 단어는 영어에 섞어 쓸 수 있을 것 같았다. 키ki는 존재라는 뜻을 지녔고 복수형으로 만들 때는 끝에 'n'을 붙여서 '킨kin'이라고 쓴다.

그래서 거위들이 머리 위로 날아갈 때 이렇게 말할 수 있다.

"킨이 겨울을 나기 위해 남쪽으로 날아가는구나. 그들은 곧 돌아올 거야."

우리가 살아 있는 세계에 대해 말할 때마다, 이 대명사들이 우리와 그들의 관계성을 상기시킬 것이다. 우리가 서로 연결되어 있음을.

11

킨kin: 우리의 친척, 모든 살아 있는 존재.

문화적 전용: 다른 문화나 정체성을 지닌 구성원이 하나의 문화나 정체성의 요소를 무례하고 부적절한 방식으로 채택하는 것.

나는 문화적 전용을 피하기 위해 평소에 포타와토미어에서 유래한 단어를 사용하기를 꺼리는 편이지만, 키ki만큼은 새로운 대명사로 제안하고 싶다. 그것이 우리가 지구 및 그 밖의 모든 살아 있는 존재와 맺은 관계와 책임을 상기시키는 좋은 방법이 될 것이라고 믿기 때문이다.

나는 또한 키라는 단어가 전 세계 언어에서 얼마나 널리 사용되고 있는지도 알게 되었다. 키는 생명 에너지를 뜻하는 말로 많은 국가에서 쓰이고 있으며 기氣, chi라고도 불린다고 한다. 프랑스어로는 퀴qui가 누구who라는 뜻이고, 스페인어로는 퀴엔quien이다.

유정성의 문법은 생물학이 말하는 생물의 특성을 넘어 확장된다. 예를 들어 키는 바위, 산, 물, 불을 포함할 뿐 아니라 우리의 신성한 약초와 북처럼 영혼이 들어 있는 존재들까지 아우른다. 이야기조차 살아 숨 쉰다.

유정성의 문법은 완전히 새로운 삶의 방식으로 우리를 이끈다. 하나의 종이 전체를 지배하는 세계가 아닌 모든 종이 평등한 세계. 우리가 물, 늑대, 우리들 서로와 동등한 관계를 맺고 책임을 다하는 세계. 다른 종들이 우리 자신만큼이나 중요하다는 사실을 인식하는 세계. 그 모든 것이 대명사 속에 함축되어 있다.

토착어 처리에 대하여

포타와토미어와 아니시나베어는 그 땅과 부족의 모습을 담고 있다.

이 언어들은 구전으로 전승되는 살아 있는 전통이며 그들의 오랜 역사에서 한 번도 문자로 기록되지 않았다. 이를 언어로 규격화하기 위해 여러 표기법이 시도되었지만 거대하고 살아 있는 언어의 수많은 변종속에서 어느 한 가지도 뚜렷한 우위를 점하지 못했다. 포타와토미족의 연장자이자 포타와토미어를 유창하게 구사하고 가르치는 스튜어트 킹은 나의 서툰 언어를 교정하여 의미를 명확히 하고 철자와 용법의 일관성을 유지할 수 있도록 조언해 주었다. 무엇보다도 내가 언어와 문화를 잘 이해할 수 있도록 지도해 준 것에 대해 깊이 감사한다. 피에로 체계Fiero system의 이중 모음 철자법은 많은 아니시나베어 화자들에게 널리 받아들여졌지만, 대부분의 포타와토미어 화자들은 피에로 체계를 쓰지 않는다. 관점이 서로 다른 화자들을 존중하기 위해 나는 내가 처음 접한 표기법에 따라 쓰기로 했다.

토착 이야기에 대하여

나는 듣는 사람이고, 내가 기억하는 것보다 훨씬 오래전부터 주위에서 해 주는 이야기를 들었다. 내가 스승들이 들려준 이야기들을 다시 전하는 이유는 그 이야기가 속해 있던 장소와 사람들에게 경의를 표하기 위해서다.

이야기는 살아 있는 존재라고 한다. 이야기는 성장하고, 발달하고, 기억하며, 본질은 바뀌지 않지만 겉모습은 때때로 변한다. 이야기는 땅과 문화와 이야기꾼에 의해 공유되고 다듬어지기에 하나의 이야기가 널리 퍼지기도 하고 다르게 각색되기도 한다. 때로는 목적에 따라 이야기의 한 측면만이 공유되어 부각되면서 다른 다양한 측면은 간과 되기도 한다. 이 책을 통해 나누는 이야기 또한 마찬가지다.

전통적인 이야기들은 한 부족의 집단적 보물이기 때문에 인용 출처를 어느 하나로 특정하기 어렵다. 일반인들에게 공개해서는 안 되는 이야기도 많고, 그런 이야기는 이 책에 싣지 않았다. 하지만 더 넓은 세상에서 임무를 다하도록 자유롭게 퍼져 나가야 할 이야기들도 많다. 이런 이야기들은 여러 버전으로 전해지고 있어서 나는 출판된 문헌을 그 출처로 삼았다. 단, 내가 전하는 이야기들은 직접 인용한 판본 외에도 다양한 상황 속에서 여러 번 들으면서 더욱 풍성해졌음을 밝힌다. 출판본을 찾을 수 없는 입에서 입으로 전해져 온 이야기들에 대해서는 그 이야기꾼들에게 치메그웨치Chi megwech(감사합니다).

식물명 처리에 대하여

우리는 사람 이름의 첫 글자를 대문자로 써야 한다는 규칙을 의심 없이 받아들인다. 조지 워싱턴을 'george washington'이라고 쓰는 행위는 그에게서 인간으로서의 특별한 지위를 박탈하는 것이나 다름없다. 날아다니는 곤충을 대문자로 '모기Mosquito'라고 쓴다면 웃음거리가 되겠지만 보트 브랜드를 일컬을 때라면 받아들여진다.

첫 글자를 대문자로 쓰는 행위는 인간과 그 창조물이 존재의 서열에서 상층부를 차지한다는 인상을 준다. 생물학자들은 식물과 동물이 사람 이름이나 공식 지명을 포함하지 않는 한 그 첫 글자를 대문자로 쓰지 않는 관례를 널리 채택했다. 따라서 봄 숲의 첫 꽃은 '혈근초bloodroot'로 표기되고 캘리포니아 숲속의 분홍색 별꽃은 '켈로그참나리Kellogg's tiger lily'로 표기된다. 이것은 사소한 문법 규칙으로 보이지만 사실은 인간 예외주의라는 뿌리 깊은 통념을 드러낸다. 이것은 우리가 주위의 다른 종과는 근본적으로 다르고 실은 우월하다는 생각이다. 반면, 토착민들의 사고방식에서는 모든 존재가 똑같이 중요하며 각 존재가 서열이 아니라 원을 구성한다고 여긴다.

그래서 이 책에서는 (내 삶에서와 마찬가지로) 이러한 문법적 제한 요소를 걷어 버리고 사람으로 취급할 때는 그것이 실제로 인간이든 아니든 'Maple', 'Heron', 'Wally'라고 자유롭게 썼고, 범주나 개념을 뜻할 때는 'maple', 'heron', 'human'으로 표기하였다.

처음으로 모든 살아 있는 것들과 연결되어 있음을
느꼈던 때를 떠올려 보세요. 어떤 기억이 떠오르나요?

하늘여인 떨어지다

호데노쇼니족과
아니시나베족의 이야기

초록 대지가 눈 이불을 덮고 휴식을 취하는 겨울은
이야기의 계절이다. 이야기꾼은 먼저 오래전 우리에게
이야기를 전해 준 사람들을 불러냄으로써 긴 이야기를
시작한다. 우리는 단지 전달자일 뿐이므로.
태초에 하늘세상이 있었다.

여인은 마치 단풍나무 씨앗처럼,
가을바람에 실려 빙글빙글 돌면서 떨어졌다.

보따리를 손에 꼭 쥔 채, 하늘여인은 한참 동안 떨어졌다.
하늘세상에서 내려온 빛기둥이 여인의 길을 밝혔지만
그녀가 볼 수 있는 것은 오직 아래의 시커먼 물뿐이었다.

하지만 그 공허 속에서 많은 눈들이 난데없는 빛줄기와
작은 물체를 올려다보고 있었다. 처음에는 작은 물체로 보이던
것이 점차 가까워지자 이제 여인으로 보였다.

기러기들이 물 위에서 날아올랐다. 떨어지는 여인을 받아 주려고.

기러기들은 여인을 오랫동안 지탱해 줄 수 없었기에
방법을 찾기 위해 회의를 소집했다.
기러기들의 날개 위에서 여인은 아비, 해달, 백조, 비버, 온갖 물고기가 모여드는
광경을 바라보았다. 커다란 거북 한 마리가 그들 한가운데로 헤엄쳐 오더니
여인이 내려올 수 있도록 등을 내밀었다. 여인은 고마워하며
기러기 날개에서 내려와 거북이
등껍질 위로 발을 내디뎠다.

다른 동물들은 여인이 보금자리로 삼을 땅이 필요하다는 사실을 깨닫고는
어떻게 도울 수 있을지 의논했다. 잠수할 수 있는 동물들이 깊은 물속 바닥에
진흙이 있다는 이야기를 들었다고 했다. 하나둘씩 물속 깊이 진흙을 찾으러 갔다.
하지만 수심이 너무나 깊었고, 어두웠으며 압력 또한 대단해서 모두 빈손으로
돌아오고 말았다. 그때 잠수 동물 중에서도 가장 몸이 약한 사향쥐가 나섰다.
사향쥐가 내려간 뒤 모두가 숨죽여 기다렸다. 한참 뒤 보글거리는 거품과 함께
작고 축 늘어진 몸이 떠올랐다. 그 작은 발로 한 줌의 진흙을 꼭 쥔 채였다.

거북이 말했다.
"진흙을 내 등에 잘 얹어 줘."
하늘여인이 진흙을 거북의 등 위에 펴 발랐다.

여인은 동물들의 선물에 감동하여 감사의 노래를 부르며 춤을 추었다.
여인이 발로 거북 등에 있는 흙을 어루만지며
춤을 추자 한 줌의 흙이 점점 커져 온 대지가
창조되었다.

하늘여인은 떨어질 때 생명의 나무에 달려 있던 온갖 식물의 열매와 씨앗이 달린
가지를 꼭 쥐고 있었다. 여인이 이 열매와 씨앗을 정성스럽게 새 땅에 뿌리자,
하늘세상의 구멍을 통해 햇빛이 쏟아져 들어와 씨앗들이 무성하게 자랐다.
이것은 하늘여인 혼자서 한 일이 아니다. 동물들의 정성 어린 선물과 이에 대한
그녀의 깊은 감사가 어우러져 만들어진 연금술이었다. 이렇게 해서 오늘날의
거북섬북아메리카 대륙을 가리킨다─옮긴이, 우리의 보금자리가 생겨났다.

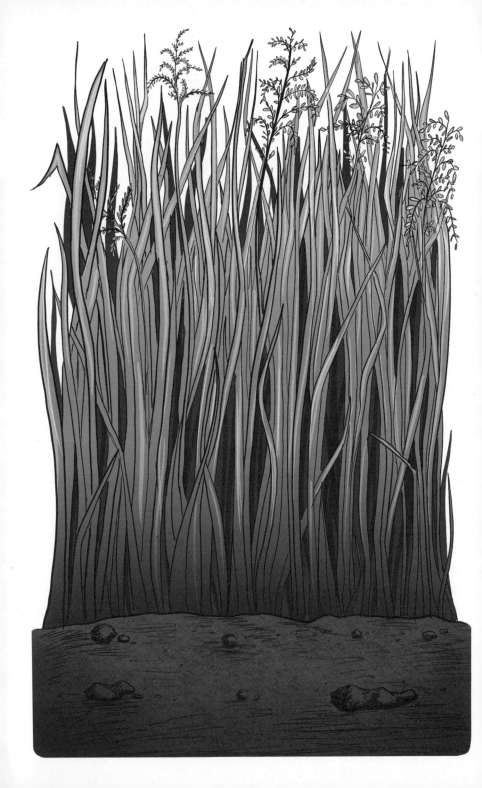

윙가슈크

우리가 함께 있다면, 갓 꺾은 향모를 당신의 손에 쥐여 주고 싶다. 향모는 흐르듯이 하늘거리며 윗부분은 금빛 녹색으로 광택이 있고 줄기는 보라색과 흰색이 섞여 있다. 나는 당신에게 향모 다발을 코에 갖다 대고 냄새를 맡아 보도록 권할 것이다. 어떤 말로 그 향을 설명할 수 있을까? 방금 머리를 감은 어머니가 당신을 안을 때 느껴지는 향기로운 머리칼 냄새, 혹은 여름에서 가을로 넘어가는 길목의 멜랑꼴리한 냄새, 아니면 눈을 감고 음미하고 싶은 그리운 추억의 향기. 향모에 코를 대고 냄새를 맡으면, 잊은 줄도 몰랐던 기억들이 떠오르기 시작할 것이다.

향모의 아름다운 향기를 표현하는 방식에는 여러 가지가 있다. 나는 꿀 향기가 감도는 바닐라 향에 강물과 검은 흙의 냄새가 더해진 느낌이라고 설명하고 싶다. 아마도 이 아름다움에 영감을 받아 향모의 학명이 히에로클로에 오로라타Hierochloe odorata라고 정해졌을 것이다. 향기롭고 성스러운 풀. 나의 포타와토미어에서는 향모를 '윙가슈크'라고 부르는데, 이는 대지의 달콤한 냄새를 풍기는 머리카락이라는 뜻이다.

약초이자 친척

우리 포타와토미 이야기에서는 모든 식물 중에서 윙가슈크가 대지에서 가장 먼저 자라났다고 한다. 그 향기는 하늘여인의 손에 대한 아름다운 기억을 떠오르게 한다. 그래서 우리 부족은 윙가슈크를 네 가지 성스러운 식물 중 하나로 소중히 여긴다. 우리 부족의 연장자들은 제의祭儀가 '기억하기를 기억하는 방법'이라고 말한다. 그렇기에 향모는 많은 토착민 국가에서 귀하게 여기는 강력한 제의용 식물이다. 향모는

> **약:** 서양의 사고방식에서 약은 오직 의사만이 처방할 수 있는 것으로 보지만, 토착민 세계관에서는 약은 땅에서 나온다.

약을 만드는 원료로도 쓰이고 아름다운 바구니를 만드는 데도 쓰인다. 약초이기도 하고 우리의 친척이기도 한 향모의 가치는 물질적인 동시에 영적이다.

네 가지 성스러운 식물: 향모(왼쪽 위), 담배(오른쪽 위), 시더(왼쪽 아래), 세이지(오른쪽 아래)

향모 키우기

내 연못의 한쪽 가장자리에서 향모가 꽃을 피웠다. 첫 번째로 꽃을 피운 풀이다. 몇 년 전에 여기에 향모를 심었는데 이제 제법 넓게 퍼진 모습을 보니 무척 기쁘다. 향모 씨에는 한 가지 재미있는 점이 있다. 이른 6월에 꽃대가 올라오는데 그 씨앗은 좀처럼 싹을 틔우지 못한다. 백 개의 씨앗을 심는다면 운이 좋아야 한 개쯤 싹을 틔울 것이다. 향모에게는 자신만의 번식 방법이 있다. 빛나는 초록 새싹은 길고 가느다란 흰 뿌리줄기를 만들어 내고 이 뿌리줄기는 땅속에서 멀리 뻗어 나간다. 이 뿌리줄기에는 싹을 틔울 수 있는 눈이 가득하다. 여기서 싹이 터서 햇살 아래로 향모가 올라온다. 향모는 모근에서 몇 센티미터 떨어진 곳까지 뿌리줄기를 보낼 수 있다. 이렇게 해서 이 식물은 강변을 자유롭게 뒤덮는 것이다. 대지가 하나로 연

> **뿌리줄기:** 땅속에서 자라고 새싹과 뿌리가 자라는 두꺼운 식물 줄기.

이런 향모의
반항적인 침투 방식이
나는 무척 마음에 든다.

결되어 있다면 온 땅을 다 덮을 수 있을 것이다.

하지만 이 여리고 흰 뿌리줄기는 고속도로나 주차장을 가로지를 수 없다. 심을 향모 모종이 없다면 씨앗을 가지고는 향모를 키울 수 없다. 그래서 향모가 초원 전체를 뒤덮는 일은 극히 드물다. 그보다는 다른 큰 식물 곁에 부드럽고 끈질기게 다가와 자리를 잡는다. 이런 향모의 반항적인 침투 방식이 나는 무척 마음에 든다.

향모의 개화. 향모는 만나의 풀, 바닐라 풀, 성스러운 풀, 마리아의 풀이라고 불리기도 한다.

향모는 스스로 새로운 장소를 찾아간다. 그곳에서 그들이 뿜어내는 빛과 유혹적인 향기가 손짓하며, 마치 당신이 한때 알고 있었고 다시 찾고 싶었던 어떤 것에 대한 기억처럼 의식의 끄트머리를 잡아당긴다. 향모는 당신을 불러 세운 뒤 새로운 눈으로 초원을 바라보라고 요청한다. 무엇이 당신을 기다리고 있었는지 알 수 있겠는가. 당신은 그저 주의를 기울이기만 하면 된다.

향모 땋기

어머니 대지님의 머리카락인 향모를 땋는 전통은 그녀의 안녕을 기원하는 마음을 보여 주기 위한 것이다.

향모 한 다발을 가져다 끝을 묶고 세 갈래로 갈랐으니 땋을 준비가 다 되었다. 부드럽고 윤기가 나며 선물로도 제격인 향모를 땋으려면 어느 정도 힘을 들여야 한다. 물론 한쪽 끝을 의자에 묶거나 이로 꽉 물고 바깥쪽으로 땋으면 혼자서도 땋을 수 있다.

하지만 가장 멋진 방법은 다른 사람에게 끄트머리를 잡아 달라고 하고 살짝 힘을 주어 잡아당기면서 서로에게 몸을 숙여 머리를 맞댄 채 수다를 떨고 깔깔거리며 서로의 손을 바라보면서 땋는 것이다. 한 번은 당신이 향모 다발을 잡아 주었다면 다음에는 상대방이 향모 다발을 잡고 당신이 땋는 식으로.

당신과 상대방 사이에는 향모로 연결된 주고받음의 관계가 생겼다. 잡아 주는 사람도 땋는 사람만큼 중요하다. 향모를 땋은 다발은 끝으로 갈수록 얇고 가늘어진다. 풀잎이 한 가닥씩 남을 때까지 땋아 내려간 뒤에는 끝을 묶어 주면 된다. 땋은 향모 다발은 친절과 온정, 감사의 표시로 선물할 수 있다.

우리 할머니의 등에 드리운 댕기 머리처럼 굵고 빛나는 향모 다발을 당신 손에 쥐여 주고 싶다. 하지만 내 것이어서 당신에게 줄 수 있는 것도 당신 것이어서 당신이 받는 것도 아니다. 윙가슈크의 주인은 윙가슈크 자신뿐이니까.

그 대신 우리와 세상 사이의 관계를 치유할 이야기 한 다발을 전하고자 한다. 이 책을 통해 나는 아니시나베크웨 과학자로서 토착민의 지식과 과학적 지식, 식물의 지혜를 하나로 엮어 내기 위해 최선을 다했다. 이 책에는 과학과 영성과 이야기가 서로 얽혀 있다. 식물이 약이기 때문에 그들의 이야기에는 치유력이 있으리라는 믿음으로 이 책을 썼다. 이 책 속에 들어있는 우리의 이야기들은 사람과 땅이 서로를 치유하는 새로운 관계를 상상하게 해 줄 것이다.

이야기는 어떻게 치유력을 가지게 될까?

향모 심기

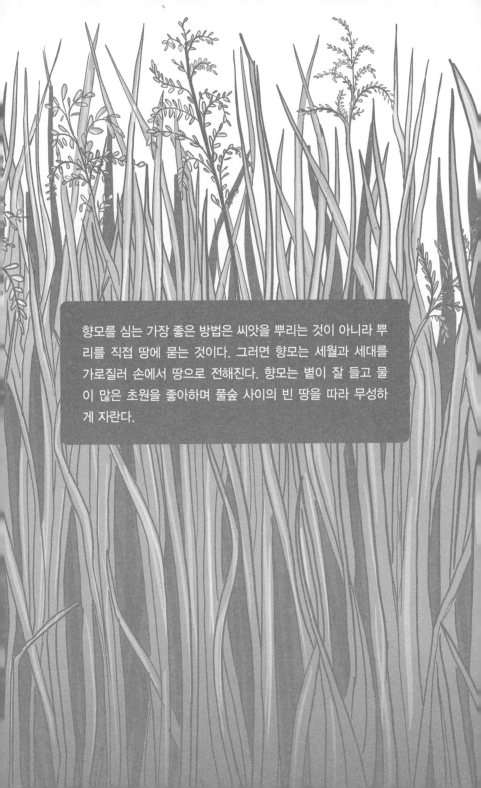

향모를 심는 가장 좋은 방법은 씨앗을 뿌리는 것이 아니라 뿌리를 직접 땅에 묻는 것이다. 그러면 향모는 세월과 세대를 가로질러 손에서 땅으로 전해진다. 향모는 볕이 잘 들고 물이 많은 초원을 좋아하며 풀숲 사이의 빈 땅을 따라 무성하게 자란다.

피칸 회의

1895년 9월의 어느 날

할아버지는 동생들과 함께 낚시를 하러 가서 피칸 숲을 발견했다. 이제 막 익기 시작한 열매들이 떨어져 풀밭을 뒤덮고 있었다. 오클라호마의 인디언 특별 보호 구역은 마침 먹을 것이 부족한 시기였기에 소년들은 이 열매를 양껏 집으로 가져가기로 했다. 피칸은 먹기는 좋지만 나르기가 어렵다. 마치 테니스공을 한 아름 안고 가는 것 같아서 더 많이 들수록 흘리는 양도 많아진다.

할아버지와 동생들은 바지를 벗어서 발목 부분을 꽉 묶은 다음 그 속을 피칸으로 가득 채워서 집으로 돌아왔다고 한다. 나는 이 이야기를 좋아한다. 내 상상 속에서 깡마른 소년들이 팬티 차림으로 피칸으로 속을 가득 채운 바지를 어깨에 둘러멘 채 집으로 뛰어가는 모습이 생생하게 그려진다.

이야기는 우리를 안으로 그리고 밖으로 이끈다. 안으로는 그 이야기가 우리와 우리의 삶에 어떤 반향을 일으키는지 바라보게 하고, 밖으로는 이야기가 준 교훈을 통해 우리가 어떤 행동을 할 수 있는지 생각해 보게 한다. 우리 자신의 행복뿐 아니라 모든 살아 있는 존재들, 즉 우리의 친척들이 함께 번영할 수 있게 하는 교훈.

할아버지의 이야기는 피칸이라는 단어와 우리 부족의 역사에 대한 이야기로 이어지는 문을 열어 준다. 그뿐만 아니라 식물이 우리에게 베푸는 방식, 특히 견과류 나무들의 특별한 열매 맺기 방식이 우리를 어떻게 보살피는지에 대한 탐구로 이어진다.

피칸히커리나무Carya illinoinensis의 열매를 일컫는 피간pigan은 모든 종류의 견과를 통칭하여 부르는 말이다.

· · ·

죽음의 길: 1838년 미국 군대는 대대로 일리노이에 정착해 있던 포타와토미족을 캔자스 동부에 있는 보호 구역으로 강제 이주시켰는데 이때 토착민들은 1,062킬로미터에 달하는 거리를 60여 일 동안 도보로 이주해야 했다. 이 와중에 42명이 사망했는데 대부분 어린이와 노약자들이었다.

정착민들이 미시간호 주변의 우리 땅을 원했으므로 우리는 길게 줄지어 서서 군인들에게 둘러싸인 채 총구로 위협받으며 뒷날 죽음의 길로 알려진 길을 따라 걸어야 했다. 군인들은 우리 호수와 숲으로부터 멀리 떨어진 곳으로 우리를 데려갔다. 우리 조상들은 한 세대 동안 위스콘신에서 중간 여러 지점들을 거쳐 캔자스로, 그리고 다시 오클라호마로 무려 세 번에 걸쳐 '제거removed'되었다.

수많은 것이 그 길을 따라 흩어지고 버려졌다. 절반이나 되는 사람의 무덤, 언어, 지식, 이름까지. 군인이나 선교사가 발음하기 힘든 이름은 금지되었다. 우리 증조할머니의 이름은 '스쳐 지나는 바람'이라는 뜻을 지닌 샤노테에서 샬럿으로 바뀌었다.

우리 조상들이 캔자스에 도착했을 때, 아마도 강가를 따라 늘어서 있는 견과 나무숲을 보고 안도했을 것이다. 이름은 알 수 없었지만 그 열매는 맛있고 풍부했으니까. 새롭게 맛보게 된 이 견과류에 맞는 이름이 없어서 그들은 그냥 견과—피간—라고 불렀고, 이것은 영어로 피칸이 되었다.

연방 정부의 인디언 이주 정책은 많은 토착민 부족을 고향 땅에서 몰아냈다. 이로 인해 우리는 우리의 전통 지식, 삶의 방식, 우리가 뿌리내린 땅과 물로부터 격리되었다. 조상들의 뼈와 여러 세대에 걸쳐 우리를 먹여 살린 식물들로부터 격리된 것이다. 1830년 앤드루 잭슨 대통령이 인디언 이주법에 서명하자, 토착 인디언들은 졸지에 고향을 떠나 보호 구역으로 강제 이주해야 하는 처지가 되었다. 미국 정부는 토착민이 살던 땅을 다른 것과 교환하거나 돈을 받고 팔았다. 하지만 이러한 정책으로도 우리의 정체성을 빼앗지는 못했다. 그래서 정부는

우리 조상들은 한 세대 동안
무려 세 번에 걸쳐 살던 곳에서
'제거'되었다.

새로운 방법을 시도했다. 어린아이들을 가족과 토착 문화로부터 분리시켜 멀리 떨어진 기숙 학교에 보낸 것이다. 시간이 흐르면 이 아이들은 결국 자신이 누구인지 잊게 되리라는 계산이었다.

1860년부터 1978년까지, 미국 전역에 정부가 지원하는-일부는 교회가 운영했다- 인디언 기숙 학교가 350여 개 생겨났다. 아이들은 가족과 친척으로부터 격리되어 집에서 멀리 떨어진 학교로 보내졌다. 학교는 이 아이들이 자기 부족의 언어로 말하거나 부족의 전통 활동을 하는 행위를 엄격히 금지했다. 이 아이들이 겪어야 했던 학대, 외로움, 배고픔 같은 고통은 잘 알려져 있다. 아이들이 떠나온 가족과 지역 사회는 이 학교들이 가진 파급 효과를 여전히 경험하고 있다. 우리 할아버지 역시 함께 피칸을 줍던 다른 형제들과 칼라일 인디언 산업 학교로 보내졌다.

인디언 보호 구역 어디에서나 이들 모집원이 아이들을 정부의 기숙 학교로 보내는 대가로 사례금을 받았다는 기록을 찾아볼 수 있다. 뒤에 부모들은 본인들이 자발적으로 아이들을 이런 학교로 보냈다는 사실을 입증하는 서류에 서명해야만 했다. 서명하기를 거부하면 감옥행이었다. 때로는 서명할 때까지 연방 정부의 식량 배급이 끊기기도 했다. 배급 식량이라고 해 보았자 벌레가 들끓는 밀가루나 악취가 나는 돼지기름이 전부였지만. 어쩌면 소년들은 강제로 기숙 학교로 보내질지도 모른다는 두려움 때문에 바지에 피칸을 가득 채워 집으로

인디언 모집원: 인디언 사무국the Bureau of Indian Affairs이 통과시킨 법을 집행하는 정부 관리들. 정착민들을 토착 인디언에게서 보호하고 각종 조약을 체결할 때 협상을 담당했으며 인디언 아이들을 가족으로부터 격리하여 기숙 학교로 보내는 일을 했다.

달려갔는지도 모른다. 피칸 수확량이 적은 해를 노려, 모집원들은 저녁을 먹을 가망이 없어 보이는 깡마른 아이들을 찾아다녔을지도. 어쩌면 그해에 할머니가 서류에 서명했는지도 모른다.

견과류

1895년의 그날, 소년들이 물고기를 잡아 오지는 못했을지 몰라도 물고기 못지않은 충분한 영양 공급원을 가져온 셈이었다. 견과류는 숲의 생선이라 해도 좋을 만큼 풍부한 단백질과 지방을 함유하고 있어서 가히 '가난뱅이의 고기'라 불릴 만하기 때문이다. 요즘에는 견과류의 껍질을 벗겨 내고 구워서 먹지만, 옛날에는 한데 넣고 죽을 끓여 먹었다. 지방이 위로 떠오르면 걷어 내서 견과류 버터를 만들었다.

피칸 나무와 그 친척들은 혼자일 때보다 함께 성장하고 열매를 맺을 때 더 강하고 무성하게 자란다. 어떻게 해서 그렇게 되는지는 아직까지 구체적으로 밝혀지지 않았다. 유난히 비가 많이 오는 봄이나, 긴 생장 계절과 같은 외부 환경으로부터 오는 어떤 특정 신호가 나무들을 일제히 열매 맺게 한다는 가설을 뒷받침하는 증거가 조금 있을 뿐이다. 이렇게 성장에 유리한 물리적 조건으로 인해 나무들이 에너지 흑자를 달성하면 남는 에너지를 열매 맺는 데에 쓰게 된다는 이론이다. 하지만 서식지에 분포한 나무들의 개별 차이를 고려할 때 환경 요소만으로 이러한 일치에 도달한다고 보기는 어렵다.

당장 먹어 달라고 유혹하듯 달콤한 향을 풍기는 과즙이 풍부한 과일과는 달리 견과류는 돌처럼 단단한 겉껍질과 녹색의 가죽 같은 속껍질로 스스로를 보호한다. 견과류는 풍부한 단백질과 지방으로 몸을 따듯하게 데워 주는 겨울 음식이자 힘든 시기를 버틸 수 있게 해 주는 식량인 것이다. 내용물은 이중으로 잠긴 금고 안에 고이 모셔져 있다. 이것은 배아와 배아가 싹을 틔울 수 있게 하는 영양분을 안전하게 보호하기 위한 방책이지만, 그 덕분에 우리가 견과류를 안전하게 잘 보관할 수 있는 것이다. 섬기는 수확Honorable Harvest은 주어진 것만을 취하고, 잘 사용하며, 받은 것에 대해 감사하고, 그에 보답하는 경작 방식이다.

이러한 가르침에 따라 살아가는 것은 피칸 숲에서는 쉬운 일이다. 우리는 선물에 대한 보답으로 숲을 돌보고 보호하며, 새 나무가 자라서 들판에 그늘을 드리우고 다람쥐가 먹을 수 있도록 씨앗을 심는다.

섬기는 수확은
주어진 것만을 취하고,
잘 사용하며,
받은 것에 대해 감사하고,
그에 보답하는 일이다.

나무의 지혜

연장자들은 나무들이 옛날에는 서로 대화를 주고받았다고 말한다. 나무들이 자신만의 회의를 소집하여 계획을 수립했다는 것이다. 하지만 과학자들은 이미 오래전에 식물은 서로 의사소통할 수 없다고 결론지었으며 그 근거로 동물이 대화할 때 쓰는 방식이 식물에게서는 나타나지 않는다는 점을 들었다. 식물의 잠재력을 동물의 능력이라는 렌즈를 통해서 판단한 것이다.

이 문제에 관해서 우리 연장자들이 옳았다는 확실한 증거가 있다. 나무들은 실제로 서로 대화를 하고 있다. 나무들은 페로몬을 통해 소통한다. 페로몬은 호르몬과 비슷한 화합물로, 의미를 담은 채 바람을 타고 옮겨 다닌다. 꽃가루는 영겁의 세월 동안 바람을 타고 안정적으로 수꽃에서 암꽃으로 운반되어 열매를 맺어 왔다. 바람이 이렇게 확실하게 꽃가루를 전달한다면, 나무가 다른 나무로 보내는 메시지도 충분히 전달할 수 있지 않을까?

과학자들은 나무가 곤충의 공격을 받아-매미나방이 잎을 갉아먹거나 나무껍질 딱정벌레가 파고들 때- 스트레스를 받을 때 특정한 화합물을 방출한다는 사실을 밝혀냈다. 나무는 이렇게 신호를 보내는 것이다.

"여러분, 제가 지금 공격을 받고 있어요. 피해가 더 번지지 않도록 대비하세요."

바람을 맞는 쪽의 나무들은 이런 경고 신호를 전달하는 분자들을 감지하고 위험을 알아차린다. 이런 신호는 나무들이 방어용 화학 물질을 만들어 낼 시간을 벌게 해 준다. 이렇게 나무들은 서로 경고 사인을 주고받고, 침입자는 퇴치된다.

동시다발적 열매 맺기

옛날이야기로 돌아가서, 나는 1895년의 소년들이 피칸을 최대한 많이 주워 재주껏 집으로 가져간 일은 정말로 현명했다고 생각한다. 견과류 나무들이 매년 그렇게 많은 열매를 맺지 않기 때문이다. 몇 해 동안은 풍년이지만 대부분의 해는 흉년이다. 이렇게 들쭉날쭉한 수확량을 보이는 것을 동시다발적 열매 맺기mast fruiting라고 한다.

동시다발적 열매 맺기 방법으로 새로운 숲을 만들어 내려면 각각의 나무가 엄청난 수의 열매를 쏟아 내야 한다. 씨앗을 노리는 포식자들을 완전히 압도해 버릴 정도로. 만약 나무가 매년 꾸준히 조금씩 열매를 맺는다면 포식자들이 몽땅 먹어 버려 다음 세대의 피칸 나무가 자라날 기회가 사라져 버릴 것이다. 견과류는 열량이 높아서 매해 많은 양의 열매를 맺을 수가 없기 때문에 나무들은 해마다 열매를 맺지 않고 충분한 기간 동안 에너지를 비축한 뒤에 한꺼번에 열매를 터뜨린다. 가정에서 큰일을 대비해 저축하는 것과 비슷하다. 이렇게 동시다발적 열매 맺기를 하는 나무는 수년에 걸쳐 당을 만드는데 이것을 찔끔찔끔 써 버리는 것이 아니라 녹말 형태로 바꾸어서 뿌리에 저장한다. 이렇게 꾸준히 열량을 비축하다가 에너지 레벨이 흑자로 돌아서면, 나무는 우리에게 많은 양의 견과류를 한꺼번에 선사한다.

동시다발적 열매 맺기에 대한 일부 연구에 따르면 이러한 동기화 메커니즘은 땅속에서 전개되는 것 같다. 숲은 나무 뿌리에 서식하는 균류인 균근과 거기서 뻗어 나온 균사체의 그물망으로 상호 연결된다. 이 곰팡이 네트워크는 땅에서 광물 영양분을 찾아 나무뿌리에 전달하고 그 대가로 탄수화물을 얻는다. 균근은 나무와 나무 사이를 연결하는 균류 다리가 되어 숲의 모든 나무를 하나로 연결한다. 이들은 마치 로빈 후드처럼 부자에게서 남는 영양분을 빼앗아 가난한 나무에게 공급하는데, 이렇게 해서 모든 나무가 동시에 일정 수준의 탄소량을 비축하게 되는 것이다. 균근은 주고받음을 통해서 호혜성의 그물을 짠다. 이렇게 균류의 그물망으로 연결된 나무들은 하나의 나무처럼 행동한다. 단결을 통해 그들은 생존한다. 모든 번영은 상호적이다. 토양, 균류, 나무, 다람쥐 그리고 소년들까지 모두가 이 호혜성의 수혜자다.

이 호황과 불황의 순환을 두고 수목생리학자와 진화생물학자들이 여전히 다양한 가설을 쏟아 내고 있다. 숲생태학자들은 동시다발적 열매 맺기가 '남는 에너지가 있을 때만 열매를 맺으라'는 간단한 에너지 방정식의 결과라고 생각한다. 말이 된다. 하지만 나무들은 생장 속도와 열량 축적 속도가 서식지에 따라 다

> **균근:** 다른 식물의 뿌리 시스템과 복잡한 공생 관계로 얽혀 있는 균류의 뿌리.

> **균사체:** 다른 식물의 뿌리 시스템과 복잡한 네트워크를 형성하기 위해 흙과 바위 사이를 뻗어 나가는 균류의 가닥.

르다. 그러면 운 좋은 나무는 기름진 농지에 자리 잡은 정착민처럼 금세 부자가 되어 자주 열매를 맺는 반면에 응달에 자리 잡은 이웃 나무는 고생을 겪고 이따금 풍요를 맛보기에 번식하려면 몇 년을 기다려야 한다. 이것이 사실이라면 각각의 나무는 자신만의 일정표에 따라 서로 다른 시기에 열매를 맺어야 할 것이다. 하지만 그렇지 않다. 한 그루의 나무가 열매를 맺으면 모두가 함께 열매를 맺는다. 작은 숲의 한 그루가 아니라 작은 숲 전체가, 숲의 작은 부분이 아니라 전체의 숲이, 카운티 전체가, 주 전체가 한꺼번에 열매를 맺는다. 나무는 개체가 아니

라 집단으로 행동한다. 정확히 어떻게 그렇게 하는지는 아직도 밝혀지지 않았다. 하지만 여기서 우리는 단결의 힘을 본다. 하나에게 일어나는 일은 모두에게 일어난다. 굶어도 같이 굶고 먹어도 같이 먹는다. 모든 번영은 상호적이다.

'모든 번영은 상호적이다.'라는 구절에 대해 생각해 보세요.
여러분은 이 상호 의존성의 개념을
사회 정의에 어떻게 적용할 수 있을까요?
이웃 주민들은 지금 어떤 문제를 가지고 있나요?
공동체의 모든 사람이 번영하려면 어떤 집단행동을
할 수 있을까요?

딸기의 선물

우리의 창조 이야기에서, 하늘여인이 하늘세상에서 내려올 때 태중에 품고 있었던 아름다운 딸은 선한 초록 대지에서 모든 존재를 사랑하고 그들로부터 사랑을 받으며 자라났다. 그녀가 죽을 때, 마지막 선물처럼 우리가 가장 귀하게 여기는 식물들이 그녀의 몸에서 자라났다. 딸기는 그녀의 심장에서 올라왔다.

하트 베리

포타와토미어에서 딸기는 오데 민ode min, 즉 심장 베리라고 한다. 우리는 딸기를 베리의 지도자로 여긴다. 여름에 첫 번째로 열매를 맺는 식물이기 때문이다. 과학자로서는 딸기의 학명인 프라가리아 비르기니아나Fragaria virginiana라는 라틴어로 부른다. 모든 이름에서 딸기의 달콤한 향이 느껴진다.

어떤 면에서 나는 딸기가 키웠다. 어쩌면 딸기 밭이 키웠다고 하는 편이 더 맞을지도 모르겠다. 나에게 세상에 대한 감각과 그 속에서의 나의 자리를 선사한 것은 야생 딸기였다. 우리 집 뒤편에는 돌담으로 구분된 오래된 건초 밭이 있었는데 경작하지 않은 지 오래됐지만 그 당

시에는 아직 숲으로 바뀌지는 않았었다. 학교 버스가 언덕길을 올라 아이들을 내려 주면, 나는 빨간 격자무늬 책가방을 던져 놓고 옷을 갈아입은 다음 엄마가 심부름 거리를 생각해 내기 전에 딸기 밭으로 달음질을 쳤다. 야생 장미처럼 가운데가 노란 흰색 꽃잎들이 수천 평에 달하는 오월의 들판을 점점이 수놓고 있었다. 우리는 때때로 그 세겹잎을 들춰 딸기가 얼마나 자랐는지 확인하곤 했다. 마침내 꽃잎이 떨어지면 작은 초록색 알맹이가 모습을 드러냈고, 해가 점점 길어지고 날이 따뜻해짐에 따라 서서히 흰색 열매로 자라났다. 아직 시큼했지만 진짜 딸기가 될 때까지 기다릴 인내심이 없었기에 우리는 그것들을 따서 입에 넣었다.

> **세겹잎:** 삼출복엽이라고도 하며 세 장의 작은 잎으로 이루어진 겹잎.

자연의 선물 경제

자라면서 나는 세상을 선물 경제로 경험했다. 물론 이 들판을 한참 벗어난 곳에서 우리 부모님이 생계를 유지하기 위해 얼마나 힘들게 고생하셨는지는 다행히도 몰랐다. 우리 가족이 서로 주고받는 선물은 거의 언제나 손수 만든 것이었다. '누군가를 위해 직접 만든 것', 나는 그것이 선물의 정의라고 생각했다. 선물 경제에서 재화와 용역은 사고파는 것이 아니라 대지가 주는 선물이다. 지천으로 널린 딸기는 정말 대지가 주는 선물처럼 느껴졌다. 나는 딸기로 돈을 벌지도 딸기 값을 지불하지도 않았고, 딸기를 위해 노동을 하지도 않았다. 물론 때때로

> **천연자원:** 인간의 행동에 의해 만들어진 것이 아닌, 자연에 존재하는 자원이나 물질. 태양, 땅, 바다, 동물, 식물, 바람 등이 여기에 속한다.

조금의 수고를 하기는 했지만 대가를 받아야 하는 노동은 아니었다. 이것을 두고 천연자원이라고 부를 수도 있지만 사실 그것은 자연의 선물이다.

내 어릴 적 들판은 온갖 종류의 베리와 가을의 피칸, 엄마에게 꺾어다 주었던 야생화 꽃다발뿐만 아니라 일요일 오후의 산책로까지 아낌없이 베풀어 주었다. 들판은 우리의 놀이터, 은신처, 야생 동식물 보호구역, 생태학 교실이자 돌담에 올려놓은 깡통 맞히기를 하던 장소였다. 모든 것이 공짜였다. 나는 그렇게 생각했다.

아빠는 야생 딸기를 좋아하신다. 그래서 아버지의 날이 되면 엄마는 항상 딸기 쇼트케이크를 만드셨다. 엄마가 바삭바삭한 시트를 굽고 생크림을 단단하게 저어서 케이크를 만들면, 딸기를 따 오는 일은 우리의 몫이었다. 아버지날 전날이면 우리는 병을 들고 들판에 나가 그 안에 딸기를 가득 담았다. 물론 우리 배 속으로 들어가는 딸기가 더 많았지만. 집으로 돌아오면 따 온 딸기를 식탁에 쏟아 놓고 벌레를 골라냈다. 분명 다 잡아내지 못했을 텐데도 아빠는 한 번도 케이크에 첨가된 단백질에 대해 말씀하신 적이 없다.

우리가 딸기, 사과, 콩을 재화나 용역이 아닌 선물로 대할 때 모든 것이 바뀐다. 감사함이 생겨난다. 적어도 나는 그러하기를 기대한다. 여기서 감사는 '고맙습니다.'라는 예의 바른 인사 그 이상의 의미다. 그것은 관계를 단단히 엮어 주는 실마리가 된다.

감사는 풍요의 느낌을 선사한다. 감사함을 느낄 때, 우리는 선물을 주는 상대방의 관대함에 대한 존경의 의미로, 더 가지기 위해 욕심을 부리지 않고 딱 필요한 만큼만을 취하게 된다. 그것이 딸기이든, 소중한 시간을 내서 우리의 이야기를 들어주는 친구이든, 차로 당신을 어디든 데려다주는 부모님이든 말이다.

선물에 대한 우리의 첫 번째 책임이 감사라면, 두 번째 책임은 호혜주의다. 즉 선물에 대해 답례하는 것이다. 자연의 관대함에 대한 보답으로 우리는 무엇을 줄 수 있을까? 이것은 우리가 스스로 던져 볼 수 있는 아름다운 질문이다. 만약 우리가 소비하는 모든 것이 어머니 대지가 우리에게 주신 선물이라고 생각한다면 어떻게 될까?

우리는 우리에게 주어진 것들을 더욱 소중히 여기고 잘 돌보게 될 것이다. 받은 선물을 함부로 취급하면 대가를 치르게 된다. 우리의 생각은 우리의 행동에 영향을 미치고 우리의 행동은 큰 파급 효과를 낳는다. 우리가 딸기를 상품으로 대하면, 딸기는 소모되고 착취의 대상

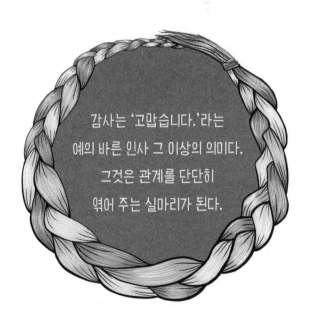

감사는 '고맙습니다.'라는
예의 바른 인사 그 이상의 의미다.
그것은 관계를 단단히
엮어 주는 실마리가 된다.

이 된다. 그리고 여기에는 대가가 따른다.

나는 내가 할 수 있는 방식으로 딸기에게 보답해야 한다고 배웠다. 그것은 딸기 씨를 뿌리는 일이 될 수도 있고, 작은 열매들을 다시 땅에 심어서 다음 해에 새로운 열매를 맺도록 만드는 일일 수도 있다. 누구도 나에게 이런 것들을 직접 가르친 적이 없다. 딸기가 스스로 보여 준 것이다. 감사와 호혜주의는 선물 경제의 화폐다. 선물은 나눌수록 그 가치가 커진다. 진정으로 재생 가능한 자원인 셈이다.

시장 경제

시장 경제는 우리가 필요로 하는, 또는 필요하다고 여기는 자원을 소비하는 방식이다. 희소성에 대한 인식은 우리의 의사 결정에 영향을 미친다. 모든 것은 재화와 용역이라는 상품으로 치환되고 종종 먼저 차지해야 한다는 긴박감이 동반된다.

우리가 세상과 맺는 관계를 어떻게 바라볼 것인가라는 문제는 매우 중요하다. 그것은 기술이나 정책만큼이나 우리의 미래를 바꿔 놓을 수 있는 도덕적 상상력이기 때문이다. 우리가 소중하게 여기는 무엇인가를 상품이 아니라 선물이라고 인식할 때, 하나의 문이 열린다. 많은 주류 문화가 땅을 재산으로 보는 방식을 선택했지만, 우리는 전혀 다른 선택을 할 수 있다. 당신과 내가 함께. 우리는 온 세상을 선물로 보는 삶의 방식을 선택할 수 있다.

어떤 것을 선물로 보면 그것과의 관계가 변화한다. 당신이 가게에서 산 니트 모자는 상품이다. 가장 친한 친구가 당신만을 위해서 만들거나 골라서 선물한 모자와는 완전히 다르다. 이렇게 같은 물건이라도 그 의미가 달라지는 이유는 당신이 그것과 맺은 관계가 다르기 때문이다. 당신은 친구가 선물한 모자를 가게에서 사 온 모자보다 훨씬 소중하게 여길 것이다. 학자이자 작가인 루이스 하이드Lewis Hyde는 "선물과 상품의 근본 차이는 선물은 두 사람 사이에 감정적인 유대감을 형성한다는 데 있다."라고 설명했다.

야생 딸기는 땅과 태양의 힘으로 자연적으로 만들어지기에 선물의 정의에 들어맞지만 식료품점의 딸기는 생산자와 소비자라는 관계 속에 들어 있기에 그렇지 않다. 이 관계가 모든 것을 바꾼다. 선물 경제를 꿈꾸는 사람으로서 나는 야생 딸기가 식료품점의 매대에 있는 것을 보면 몹시 속이 상한다. 야생 딸기는 상품이 아니라 자연의 선물이라고 믿기 때문이다.

우리가 향모를 팔지 않는 까닭도 같은 이유에서다. 우리에게 선물로 주어진 것이기에 남들에게도 선물로 주어야 한다. 나의 친한 친구 월

우리는 온 세상을
선물로 보는 삶의 방식을
선택할 수 있다.

리 '곰' 메시고드는 포타와토미 제의에서 불을 지키는 불지기로서 우리를 대신해서 향모를 많이 사용한다. 그를 도와 향모를 뽑아 가져다주는 사람들이 있지만, 가끔 향모가 바닥날 때가 있다. 파우와우나 장터에 가면 가끔 우리 부족이 향모를 파는 모습을 볼 수 있다. 월리가 제의에 쓸 향모가 부족할 때는 튀긴 빵이나 구슬 꾸러미를 파는 부스들 사이에서 향모를 파는 부스에 찾아가서 주인에게 자신을 소개하고 초원에서 하듯 향모를 좀 쓰게 해 달라고 부탁한다. 돈을 주고 살 수는 없다. 돈이 없어서가 아니라 그렇게 하면 제의에 필요한 향모의 본질이 훼손되기 때문이다. 월리는 주인이 향모를 넉넉히 담아 줄 것이라고 기대하지만, 그렇지 않을 때도 많다. 시장 경제적 사고방식에 물든 주인은 연장자가 자신을 갈취한다고 생각하여, "이봐요, 그냥 가져가시면 안 돼요."라고 말한다. 하지만 그냥 주어지는 것, 그게 바로 선물의 본질이다. 성스러운 식물이기에 사고팔 수 없다. 향모는 어머니 대지의 것이다.

향모를 뽑는 사람은 자신과 공동체의 필요에 따라 적절하고도 공손하게 행동한다. 대지의 선물에 보답하고 윙가슈크를 잘 돌본다. 향모를 땋은 다발은 존경과 감사를 표하고 치유하며 힘을 불어넣고자 하는 의미로 선물한다. 월리가 향모를 불에 바칠 때, 향모는 손에서 손으로 전해지며 더욱 풍성해진다. 향모는 선물이 전해지는 과정에서 존중과 감사의 마음을 타고 끊임없이

불지기: 공동체의 제의나 각종 행사에 쓰이는 불을 피우고 유지하는 역할을 하며 많은 아메리카 원주민 공동체에서 신성하고 명예로운 지위로 여긴다.

파우와우: 아메리카 원주민의 큰 행사로 많은 부족과 공동체가 함께 모여 노래, 음악, 춤, 음식을 통해 조상의 전통을 기린다.

변화하는 것이다.

이것이 선물의 근본 속성이다. 선물은 이동하며, 전해질 때마다 가치가 커진다. 더 많이 나눌수록 그 가치는 커진다. 우리는 무엇을 받든 다시 주어야 한다고 배웠다.

시장 경제와 사유 재산에 물든 사회에서는 이 같은 개념을 이해하기 어렵다. 서구의 사고방식에서는 사유 재산을 '권리'로 이해하지만, 선물 경제에서 사유 재산에는 '책임'이 따라오기 때문이다.

지구라는 선물

나는 식물학자이기도 하지만 한편으로는 시인이기도 하다. 세상은 나에게 은유로 말한다. 내가 딸기의 선물에 대해 말할 때, 그것은 프라가리아 비르기니아나가 밤을 새워 나만을 위한 선물을 마련했다는 뜻은 아니다. 내 말은 우리가 어떤 관점을 취하느냐에 따라 인간과 딸기의 관계가 달라진다는 뜻이다. 감사와 호혜성의 관계는 식물과 인간 모두의 진화적 적합성을 높일 수 있다. 자연을 존중과 호혜성으로 대하는 종과 문화의 유전자는 자연을 적대시하고 파괴하는 문화보다 더 높은 확률로 후대에 전해질 것이다.

사람들의 삶이 땅에 직접적으로 매여 있던 옛날에는 세상을 선물로 이해하기가 훨씬 쉬웠다. 가을이 오면 "우리 여기 있어요."라고 알리듯이 울어 대는 기러기 떼로 하늘이 뒤덮였고, 사람들은 자연스럽게 하늘여인을 구하러 온 기러기 떼의 창조 이야기를 떠올렸다. 사람들은 굶주렸고, 겨울이 다가오고 있었다. 기러기들은 습지를 음식으로 채웠다. 기러기는 자연의 선물이었고 사람들은 감사와 사랑과 존경으로 그 선물을 받았다.

하지만 음식이 하늘을 뒤덮은 기러기 떼로부터 오지 않는다면, 손끝으로 따뜻한 깃털을 느낄 수 없다면, 다른 생명이 내 소유물이라고 여겨 감사하는 마음이 들지 않는다면, 음식은 만족감을 주지 못할지도 모른다. 배는 불러도 영혼은 계속 굶주리게 될지도 모른다.

미끄러운 비닐로 싼 스티로폼 접시에 음식-평생을 비좁은 우리에 갇혀 사육된 동물의 사체-이 담기면 알 수 없는 무엇인가가 부서진다. 그것은 생명의 선물이 아니다. 도둑질이다. 우리의 현대 사회에서 이 땅을 다시 선물로 이해하고 받아들이려면 어떻게 해야 할까?

어떻게 하면 우리와 세상 사이의 신성한 관계를 회복할 수 있을까? 우리가 다시 원시 시대로 돌아가 수렵과 채집을 할 수는 없지만-세상이 우리의 무게를 견디지 못할 것이다- 시장 경제 시스템 안에서도 마치 살아 있는 세상이 우리에게 주어진 선물인 것처럼 행동할 수는 없을까?

> 현대 사회에서
> 이 땅을 다시 선물로 이해하고
> 받아들이려면
> 어떻게 해야 할까?

우선 월리의 이야기를 들어 보자. 그가 향모를 판매하는 행위에 대해 말했듯이, "사지 말라." 참여하기를 거부하는 일은 도덕적 선택의 문제다. 물은 모두에게 주어진 선물이지 사고팔기 위한 물건이 아니다. 그러니 사지 말라. 더 높은 이윤을 내기 위해서 토양을 고갈시키고 우리의 친척들을 중독시키고 대지를 쥐어짜서 만든 음식이라면 사지 말라.

어린 시절 들판에서 딸기가 익기를 기다리며 아직 익지 않은 하얗고 시큼한 딸기를 따 먹곤 했다. 배가 고파서 그랬던 적도 있지만 대부분은 참을성이 없어서였다. 이런 근시안적 탐욕이 어떤 결과를 낳는지 잘 알고 있었지만 그냥 먹어 버리는 쪽을 택한 것이다. 다행히도 초록 잎사귀 아래의 딸기처럼 우리의 자제력도 커지는 법이어서 나는 기다리는 법을 배웠다. 시장 경제는 여기 거북섬에서 400여 년 동안 시큼한 흰 딸기를 비롯해 모든 것을 집어삼켰다. 하지만 사람들은 이제 입안의 시큼한 맛에 질리기 시작했다. 선물로 이루어진 세상에서 다시 살고 싶다는 거대한 갈망이 다가오고 있다. 향기가 점점 진해진다. 마치 익어가는 딸기의 향이 바람에 실려 오듯이.

> 우리가 자연과 소통한다고 느낄 때 우리의 인식, 참여, 세상과의 연결은 어떻게 달라지는가? 바다가 말을 거는 것처럼 느꼈던 때를 기억하는가? 아니면 바람이? 그것도 아니면 창밖의 새들이? 이런 느낌이 당신과 세상의 관계를 어떻게 변화시키고 있는가?

> 지금까지는 사서 사용했지만, 이 장을 읽고 나서 상품이 아니라 선물이라고 이해했다면 이 새로운 정보가 당신의 쇼핑 습관에 어떤 영향을 미칠까요?

공물

우리 부족은 카누의 부족이었다. 그들이 우리를 강제로 걷게 하기 전까지는.

우리가 살던 호숫가 오두막을 빼앗기고 판잣집과 흙바닥 신세가 되기 전까지는.

우리는 하나의 원이었다. 뿔뿔이 흩어지기 전에는.

우리 부족은 매일 주어진 하루에 감사하는 언어를 공유했다.

그들이 우리로 하여금 잊게 만들기 전까지는.

하지만 우리는 아직 잊지 않았다. 다 잊은 것은 아니다.

타호어스의 신들

우리 가족은 여름이면 애디론댁산맥에서 카누 캠핑을 하곤 했다. 아빠가 모닝커피를 만들기 위해 커피포트를 버너에 올리는 일로 매일 하루를 시작하였다.

아빠가 빨간 모직 체크무늬 셔츠를 입고 바위 위에 서서 호수를 내려다보던 모습이 아직도 눈에 선하다. 아빠가 버너에서 커피포트를 들어 올리면 번잡한 아침의 움직임이 한순간에 멈춘다. 누구도 말하지 않았지만 우리 모두는 주의를 기울여야 할 때라는 사실을 안다. 아빠는 천막 가장자리에 서서 한 손으로 커피포트를 들고 커피를 땅에 붓는다.

두꺼운 갈색 물줄기가 땅으로 쏟아진다. 아빠는 고개를 들고 아침 해를 향해 정적을 깨며 말한다.

"타호어스의 신들께 바칩니다."

커피는 매끄러운 화강암 위를 흘러 호수의 물과 합쳐진다. 그제야 아빠는 김이 모락모락 나는 커피를 엄마와 자신의 컵에 따른다. 북쪽 숲속의 아침은 매일 그렇게 시작된다. 다른 모든 것에 앞서, 감사의 말과 함께.

나는 한 번도 그 말의 출처를 묻지 않았고 아빠도 결코 설명하지 않았다. 그 말은 그저 호숫가 생활의 일부였다. 그 말의 리듬은 내 마음을 편안하게 해 주었고 그 의식은 우리 가족을 하나로 연결해 주었다. 그 말로써 우리가 "저희 왔어요."라고 숲에 전하는 것 같았다. 나는 대지가 우리가 하는 말을 듣고 이렇게 중얼거린다고 상상했다.

'오, 고맙다는 말을 할 줄 아는 사람들이 왔구나.'

우리가 어떤 장소를
이름으로 부르면
그곳은 황야에서
고향으로 바뀐다.

타호어스는 애디론댁산맥에서 가장 높은 봉우리인 마시산을 알곤 킨어로 부르는 이름이다. 마시산이라는 이름은 윌리엄 L. 마시William L. Marcy라는 주지사를 기리기 위해 붙여졌는데, 정작 그 주지사는 한 번도 이 거친 비탈에 발을 들여놓은 적이 없었다. '구름을 가르는 자'라는 뜻을 지닌 타호어스야말로 이 산의 본질을 잘 드러내는 진짜 이름이다. 우리 포타와토미족에게는 공식 이름과 진짜 이름이 따로 있다.

진짜 이름은 가까운 사이나 제의에 서만 사용된다. 아빠는 타호어스의 정상에 여러 번 가 보았고 그 봉우리를 진짜 이름으로 불러도 좋을 만큼 충분히 잘 알고 있었다. 나는

당신이 사는 곳의 토착어 이름을 알고 있나요? 모른다면 어떻게 알아낼 수 있을까요?

내가 사랑하는 이 장소가 나조차 모르는 내 진짜 이름을 알고 있다고 상상했다. 우리가 어떤 장소를 이름으로 부르면, 그곳은 황야에서 고향으로 바뀐다.

가끔 아빠는 포크드 호수나 사우스 연못 또는 브랜디 개울 등으로 우리를 데리고 갔는데 캠핑을 위한 천막을 치고 나면 언제나 그곳 신들의 이름을 불렀다. 나는 자연스럽게 이 모든 장소는 우리가 도착하기 전부터 그리고 우리가 떠난 뒤에도 다른 존재들의 소중한 보금자리라는 사실을 이해하게 되었다. 아빠는 신들의 이름을 부르고 그날 처음 만든 커피를 선물로 바치면서 다른 존재들을 존중하는 법을 우리에게 조용히 가르쳤다.

오래전 우리 부족도 매일 아침 노래와 기도 그리고 성스러운 담배를 바치며 감사 의식을 치렀다고 한다. 하지만 그 시절, 우리에게는 성스러

운 담배도 없었고 노래도 어떻게 부르는지 몰랐다. 우리 할아버지가 칼라일 인디언 산업 학교로 보내졌을 때 그 모든 전통을 빼앗긴 것이다.

우리 엄마에게도 존중의 의식이 하나 있었다. 캠핑 장소를 떠날 때 우리는 주변을 말끔하게 청소해야 했다. "도착했을 때보다 떠날 때 더 좋은 곳이 되게 해야 한다."라고 엄마는 항상 강조하셨다. 다음 사람이 와서 쓸 수 있게 장작과 불쏘시개를 남겨 두고 비에 젖지 않도록 자작나무 껍질을 덮어 두는 것까지 잊지 않았다. 우리 뒤에 온 사람들이 어두워진 뒤에 도착해서 저녁 식사를 데울 준비가 다 되어 있는 것을 보고 기뻐할 일을 상상하면 기분이 좋았다. 엄마의 배려가 담긴 의식儀式이 우리를 그 사람들과 연결해 준 것이다.

일요일이 되면, 다른 아이들이 교회에 갈 때 우리 가족은 왜가리나 사향뒤쥐를 찾아보거나 봄꽃을 꺾으러 강가로 나가곤 했다. 제의의 말도 함께였다. 이번에는 냄비 가득 토마토 수프가 보글보글 끓고 있었고 첫 모금은 눈 위에 공물로 바쳤다.

"타호어스의 신들께 바칩니다."

제의가 끝난 뒤에야 우리는 장갑을 낀 손안에 김이 모락모락 나는 토마토 수프 컵을 하나씩 받아 들었다. 이런 제의는 야외에서만 이루어졌으며 우리가 살던 마을에서는 한 번도 하지 않았다.

제의

사춘기에 접어들자, 공물과 제의에 대해 나는 분노와 슬픔을 느끼기 시작했다. 우리는 이미 영어를 쓰고 있었기 때문에 우리가 하고 있는 행위가 진짜 우리 부족의 언어로만 전달할 수 있는 의미를 전하지 못하는 가짜 의식이라고 느껴졌기 때문이다. 어딘가에 전통적인 방식으로 제의를 하는 사람들이 있다고 했다. 그들은 잃어버린 언어를 알고 있으며 내 이름을 포함한 모든 이의 진짜 이름을 부른다고 했다.

하지만 바위 아래로 흘러내린 커피가 이끼 잎사귀를 벌렸듯, 제의는 잠들어 있던 무엇인가를 다시 깨웠다. 오래전에 알고 있었으나 이미 잊어버린 어떤 것에 대해 나는 다시 마음을 열었다. 그 감사의 언어와 커피는 이 숲과 호수가 선물이었음을 다시 기억하게 했다. 제의는 크든 작든 감사하는 삶의 방식에 주의를 기울이게 하고 이 세상에서 다시 깨어나게 한다. 혼란스러운 가운데에서도 나는 알 수 있었다. 그것이 가짜 의식이었는지는 몰라도 어머니 대지는 마치 그것이 진짜인 것처럼 커피를 마셨다는 사실을. 대지는 나를 안다. 내가 길을 잃었을 때조차도.

우리 부족의 이야기는 조류에 휩쓸린 카누처럼 처음 시작된 곳으로 거슬러 올라갔다. 내가 자라면서 우리 가족은 역사에 의해 해어진, 하지만 결코 끊어지지 않은 부족의 연결 고리를 발견했다. 우리의 진짜 이름을 아는 사람들을 만난 것이다. 오클라호마의 숲속 오두막에서 네 방향으로 감사의 인사를 보내는 소리-성스러운 담배와 옛 언어로 된 제의의 말-를 처음으로 들었을 때, 마치 우리 아빠의 목소리를 듣는 것같았다. 언어는 달랐지만 심장은 같았다.

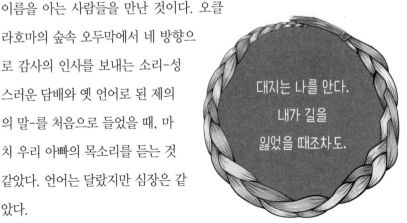

대지는 나를 안다.
내가 길을
잃었을 때조차도.

우리의 제의는 고독했지만, 존중과 감사를 바탕으로 한, 땅과 같은 유대감에서 비롯되었다. 제의는 우리가 가족, 부족, 대지와 연결되어 있음을 일깨워 주는 유대감의 연결 고리다.

이제 우리를 둘러싼 원은 더 커졌다. 우리가 속한 부족 전체를 아우른다. 하지만 제의의 말은 여전히 똑같다.

"저희 왔어요."

그러면, 대지는 여전히 혼잣말로 이렇게 중얼거린다.

"오, 고맙다는 말을 할 줄 아는 사람들이 왔구나."

이제 아빠는 우리 부족의 언어로 기도문을 읊을 수 있다. 하지만 나는 여전히 처음 들었던 그대로, "타호어스의 신들께 바칩니다."라는 아빠의 목소리를 듣는다.

나는 그제야 타호어스의 신들에게 바치는 공물의 의미를 이해한 것 같았다. 그것은 나에게 있어, 잊히지 않은, 역사가 빼앗아가지 못한 단 하나의 것이었다. 그것은 우리가 이 대지에 속해 있으며, 고맙다는 말을 할 줄 아는 사람들이라는 앎이었다. 수년 뒤에 나는 아빠에게 물었다.

"그 제의는 어디에서부터 온 거예요? 할아버지한테 배운 거예요? 할아버지는 증조할아버지에게 배우셨나요? 그렇게 해서 카누의 시대까지 거슬러 올라가는 거예요?"

아빠는 한참 생각하더니 이렇게 대답했다.

"아니, 그렇진 않아. 그냥 그렇게 한 거야. 그래야 할 것 같았거든."

그게 다였다. 그랬던 것 같다.

몇 주 뒤에 다시 그 이야기가 나왔을 때 아빠는 이렇게 말했다.

"그 커피 말이다. 어쩌다 그걸 땅에 붓기 시작했는지 생각해 봤다.

그때 커피 원두를 넣고 끓였는데 필터가 없었거든. 그렇게 오래 끓이면 커피 찌꺼기에서 거품이 생겨서 커피포트 주둥이가 막혀 버린단다. 그래서 첫 잔을 주둥이를 막고 있는 커피 찌꺼기와 함께 쏟아 버린 거야. 그러니까 처음에는 커피포트의 주둥이를 씻어 내려고 그렇게 했던 것 같구나."

모든 감사의 그물망, 그 모든 기억의 이야기가 단지 커피 찌꺼기를 땅바닥에 쏟아 버리는 것에 불과했다니 충격이 아닐 수 없었다.

"하지만 항상 주둥이가 막혀 있었던 것은 아니야. 처음에는 그렇게 시작했지만 점차 다른 뭔가가 됐어. 생각이라고 할 수도 있고, 존중이나 일종의 감사였던 것 같아. 아름다운 여름 아침이라면 기쁨이라고 불러도 되겠지."

> **무엇이 당신을 기쁘게 하나요?**

그것이 제의의 힘인 것 같다. 평범한 일상이 성스러운 것이 되고 커피는 기도가 된다. 모든 것을 다 가진 지구에게 그것 말고 다른 무엇을 바칠 수 있겠는가? 우리 자신의 것이 아니라면 무엇을 줄 수 있겠는가? 우리가 바칠 수 있는 것은 직접 만든 제의, 낯선 곳을 정겨운 보금자리로 만드는 제의뿐이다.

> 가정이나 학교 또는 직장에서
> 우리가 사는 지역의 땅과 물에 대한 존중과 감사의 마음을
> 가지게 하는 의식을 치른다면 어떤 방법이 좋을까요?

참취와 미역취

나는 엄마 어깨너머로 본 그 꽃이 내가 태어나서 처음으로 본 꽃이 었다고 상상하기를 좋아한다. 분홍색 담요가 내 얼굴에서 흘러내리고 그 꽃의 화려한 색깔이 내 의식으로 쏟아져 들어왔다고. 첫눈에 반했 다. 아마도 그때, 모든 시선은 작고 동글동글한 아기인 나에게 쏠려 있 었겠지만, 내 시선은 참취와 미역취에 꽂혀 있었을 것이다. 나는 이 두 꽃과 함께 태어났고, 해마다 내 생일이면 다시 피어난 이 꽃들과 나는 서로를 축하한다.

18년 뒤, 나는 입시생으로 대학교에 도착했 다. 당시 임학과에는 여학생이 거의 없었고 특히 나처럼 생긴 여학생은 단 한 명도 없었을 것이

식물학: 식물을 다루는 생물학의 한 분야.

다. 좋은 첫인상을 남기고 싶었기 때문에 나는 신입생 면접에서 나올 수 있는 거의 모든 질문에 대한 답을 미리 준비해 두었다. 면접관은 안 경 너머로 나를 빤히 쳐다보며 물었다.

"왜 식물학을 전공하려고 하죠?"

그의 연필이 등록 양식지 위에 놓여 있었다.

내가 식물학자가 되기 위해 태어났다는 사실을 그에게 어떻게 설명해야 할까? 내 침대 밑에는 씨앗과 잎사귀가 담긴 신발 상자가 있다는 사실을. 자전거를 타고 가다가 새로운 종의 식물이 보이면 확인하기 위해 멈추어 서곤 한다는 사실을. 식물들이 내 꿈을 온통 색칠하고 있다는 사실을. 식물들이 나를 선택했다는 사실을 어떻게 그가 믿도록 할 수 있을까? 그래서 그냥 진실을 말했다. 내가 식물학을 공부하고 싶어 하는 이유는 참취와 미역취가 함께 있을 때 왜 그렇게 아름답게 보이는지 알고 싶어서라고.

이 두 식물은 따로 자라기보다는 주로 함께 나란히 자란다. 분명 이 우주의 질서와 조화 속에는 왜 그 둘이 함께 있을 때 그렇게 아름답게 보이는지에 대한 마땅한 대답이 있을 것이다. 나는 그 이유를 알고 싶었다. 나는 왜 어떤 줄기는 바구니를 엮을 수 있을 만큼 잘 구부러지고, 어떤 줄기는 부러지고 마는지, 왜 가장 큰 베리는 그늘에서 자라며, 왜 약효가 있는지, 그리고 어떤 식물을 먹을 수 있는지 등등 아주

참취 (왼쪽), 미역취 (오른쪽)

많은 것에 대해 알고 싶었다. 그때 나는 분명 빨간 격자무늬 셔츠를 입은 채 미소를 짓고 있었을 것이다. 하지만 그 면접관은 웃지 않았다. 그는 내가 하는 말을 하나도 적을 필요가 없다는 듯이 연필을 내려놓았다. 그는 말했다. 과학은 아름다움에 관한 것이 아니라고. 인간과 식물의 관계에 관한 것도 아니라고. 아름다움을 논하고 싶다면 미대에 가야 한다고.

할 말이 없었다. 내가 실수를 저지른 것이다. 투지가 일지는 않았다. 단지 내 실수에 당황했을 뿐. 나 자신을 방어할 수 있는 어떠한 말도 떠오르지 않았다. 그는 어쨌든 내가 일반 식물학과 다른 기초 수업을 들을 수 있도록 서명해 주었고, 나는 등록을 위한 증명사진을 찍기 위해 자리에서 일어섰다. 그때는 미처 알지 못했지만, 그날은 우리 할아버지가 칼라일 인디언 산업 학교에 입학한 첫날의 완벽한 재연이었다. 할아버지는 언어와 문화와 가족을 모두 버리라는 명령을 받았고, 그 교수는 내가 어디에서 왔고 무엇을 아는지에 대해 스스로 의심하게 만들었으며 자신이 옳다고 주장했다. 내 머리카락만 자르지 않았을 뿐 모든 것이 똑같았다.

> 누군가가 한 말 때문에 당신 자신, 당신의 신념, 당신의 내면 지식에 대해 근본적인 의문을 품게 된 적이 있나요? 있었다면 그때 그것을 어떻게 내면에서 조정했나요?

나중에 안 사실이지만 참취와 미역취가 왜 함께 자라는지에 대한 생물물리학적 설명도 가능했다. 그것은 미학과 생태학의 문제였다. 노란색과 보라색은 색상환에서 정반대의 위치를 차지하는 보색 관계에 있

생물물리학: 생물학적 문제에 대해 물리학적 원칙과 방법을 적용하는 학문.

생태학: 생물과 환경의 상호 관계에 대해 연구하는 생물학의 한 분야.

다. 이렇게 보색 관계의 색채를 가진 두 종류의 꽃이 함께 자라면 각각 따로 있을 때보다 꽃가루받이를 해 줄 벌들을 더 많이 불러들일 수 있다. 이것은 검증 가능한 가설이다. 과학의 문제이자, 예술의 문제이고 또한 아름다움의 문제이기도 하다. 세상은 왜 이렇게 아름다운가? 나는 이것이 우리 모두가 탐구하고 있는 질문이기를 바란다.

아름다움은 보는 사람의 눈 속에 있다

인간의 색 지각은 특수한 수용체 세포인 망막의 막대세포와 원추세포의 작용에 의존한다. 원추세포는 서로 다른 파장의 빛을 흡수하여 해석을 위해 뇌의 시각 피질로 전달한다. 인간의 눈에는 세 종류의 원추세포가 있는데, 하나는 빨간색과 관련된 파장을 주로 감지하고, 다른 하나는 파란색을 담당한다. 나머지 하나는 보라색과 노란색을 감지한다. 우리의 눈은 이러한 파장에 매우 민감해서 원추세포에 특정 자극이 과도하게 집중되면 다른 주변 세포에까지 흘러넘치게 된다.

지인인 판화가가 알려 주었는데, 노란색 블록을 오랫동안 쳐다보다가 흰

노란색 블록을 쳐다보다가 흰 종이로 시선을 옮겨 보세요. 무엇이 보이나요? 에너지의 상호작용이란 무엇을 의미하나요?

광합성: 식물이 빛을 흡수하여 물과 이산화탄소를 포도당과 산소로 바꾸는 과정.

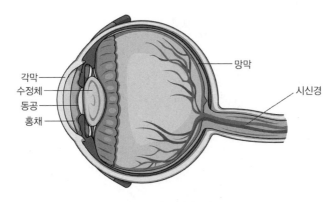

막대세포와 원추세포는 특별한 수용체 세포로서
인간이 색깔을 인지하게 하는 역할을 한다.

종이로 시선을 옮기면 잠시 보라색 잔상이 보인다고 한다. 이러한 잔
상 효과가 일어나는 이유는 보라색과 노란색 사이에 에너지의 상호 작
용이 활발하게 일어나기 때문이다. 참취와 미역취는 이러한 사실을 우
리보다 먼저 알았던 것이다.

물론 참취와 미역취의 문제는 내가 정말 알고 싶었던 것을 단지 상
징적으로 보여 준 사례일 뿐이다. 나는 우리 모두를 하나로 연결하는
실마리, 그 관계와 연결의 구조를 간절히 이해하고 싶었다. 우리가 왜
세상을 사랑하는지, 왜 아주 평범한 초원이 우리를 뒤흔들어 경외감에
사로잡히게 만드는지를 진정으로 알고 싶었다.

변화하는 세계관

어린 시절을 보낸 숲을 떠나 대학교에 들어
가면서, 나도 모르는 사이에 나의 세계관이 달
라졌다. 식물을 스승이자 동반자로 여기고 상

> **세계관:** 세계를 이해하고
> 받아들이는 방식.

왜 세상은
이토록 아름다울까?

호 책임을 공유했던 세계에서 과학의 영역으로 옮겨 간 것이다. 과학에서는 식물에게 "누구세요?"라고 묻는 대신 "저건 뭐지?"라고 말한다. 누구도 식물에게 "우리에게 무슨 이야기를 들려줄 수 있나요?"라고 묻지 않는다. 주된 질문은 "저건 어떤 원리로 작동하는 거지?"였다. 식물은 주체에서 대상으로 전락했다. 식물학이 공식화되고 가르쳐지는 방식은 나처럼 생각하고 느끼는 사람에게 많은 여지를 남겨 주지 않았다. 내가 그것을 이해할 수 있는 유일한 방법은 내가 식물에 대해 믿어 왔던 모든 것이 사실이 아니라고 내리는 결론뿐이었다.

내 첫 식물학 수업은 재앙이었다. 간신히 C를 받았다. 그만두고 싶을 때도 많았다. 하지만 배우면 배울수록, 식물의 섬세한 구조와 광합성의 원리에 점점 깊이 빠져들었다. 참취와 미역취의 동반자적 관계는 한 번도 다루어지지 않았지만, 나는 식물의 생태, 진화, 분류, 생리, 토양, 균류에 매료되었다. 주위의 모든 것, 모든 식물이 나에게는 스승이었다. 감사하게도 훌륭한 멘토들도 만날 수 있었다. 가슴이 이끄는 과학을 하는 친절하고 따뜻한 교수들도 있었던 것이다.

토착 세계관은 나에게 관계를 발견하고 세계를 하나로 연결하는 실마리를 이해하는 법을 가르쳤다. 나누기보다는 함께하는 삶의 방식이다. 하지만 과학의 길은 분류하는 법을 훈련시켰다. 사물을 가장 작은 부분으로까지 나누고 구분하며, 모든 것에서 증거와 논리를 찾는 작업이다.

몇 년간의 대학 교육과 세 개의 학위를 받은 뒤, 나는 대학교수가 되었다. 교수로서의 일은 나를 참취와 미역취로부터 무척 동떨어진 식물의 세계로 이끌었다. 마침내 식물을 이해하게 된 것 같다고 느꼈던 때를 기억한다. 나 역시 대학에서 내가 배운 바 대로의 식물의 역학을 가르치기 시작했다. 식물들의 노래를 잊은 채 그 이름만을 가르치고 있던 것이다.

연장자들의 지혜

과학의 길을 걸으면서 나는 토착 세계관에서 벗어나게 되었다. 하지만 세상은 우리의 길을 인도하는 자신만의 방법을 가지고 있었다. 토착민 연장자들의 모임에서 나에게 전통 식물 지식에 대해 이야기해 달라는 초대장을 보내온 것이다. 그 모임에 초대된 한 나바호족 여인의 이야기를 나는 결코 잊을 수 없다. 대학에서 식물학을 공부한 적이 전혀 없음에도 그녀는 몇 시간 동안이나 자신의 지역에 사는 식물들의 이름을 하나하나 불러 가며 설명했는데 그녀가 내뱉는 단

> 주체와 대상은 어떻게 다른가요? 그리고 이 차이는 우리가 지구와 모든 살아 있는 존재들을 돌보는 방법에 어떤 영향을 줄까요?

어 하나하나가 나를 사로잡았다. 그녀는 각각의 식물이 어디에 사는지, 언제 꽃을 피우는지, 누가 그 옆에 둥지를 트는지, 어떤 약효가 있는지 등에 대해 말해 주었다. 뿐만 아니라 그 식물들에 얽힌 이야기, 그들의 탄생 설화, 어떻게 그 이름을 가지게 되었는지, 어떤 이야기를 우리에게 전해 주는지에 대해서도 이야기했다. 그녀는 아름다움에 대해 말하고 있었다.

그녀의 이야기는 나를 흔들어 깨워 딸기를 따던 시절로 다시 데려갔고 그때 내가 알던 것을 다시 떠오르게 했다. 그녀의 지식은 내 것보다 훨씬 넓고 깊었으며 인간의 모든 이해 방식을 아우르고 있었다. 그녀는 참취와 미역취에 대해서도 설명할 수 있었다.

그것은 전환점이었다. 과학의 길을 걷느라 잊을 뻔했던 소중한 것들을 다시 기억하게 해 주었다. 이 연장자들의 지식은 너무나 온전하고 풍부하면서도 따뜻했다. 나는 이 풍요로운 앎의 방식을 되살려 우리의 현실과 조화를 이루게 하기 위해 내가 할 수 있는 모든 것을 다 하고 싶었다.

원주민 학자 그렉 카제테Greg Cajete에 따르면, 토착민들의 앎의 방식에서는 존재의 네 가지 측면, 즉 마음, 몸, 감정, 영혼으로 어떤 것을 이해했을 때라야 진정한 이해에 도달하는 것으로 본다고 한다. 과학자로서의 훈련을 시작했을 때, 나는 과학이 이 네 가지 앎의 방식 중에서 오직 한 가지, 혹은 두 가지 측면—마음과 몸—만 인정한다는 사실을 깨달았다. 하지만 아름다움에 이르는 길을 발견하려면 이 네 가지 측면 모두를 포함한 인간 존재 전체를 이해해야만 한다.

그해 9월 보라색과 노란색의 짝은 한쪽의 아름다움이 다른 쪽을 비추며 더욱 황홀하게 빛났다. 과학과 예술, 물질과 정신, 토착민들의 지식과 서구의 과학이 서로에게 참취와 미역취가 될 수 있을까?

나는 정확히 내가 출발했던 곳으로 돌아왔다. 그것은 아름다움에 관한 문제였다. 과학이 결코 묻지 않는 질문으로 돌아온 것이다. 중요하지 않아서가 아니라, 앎의 방식으로서의 과학은 너무나 편협해서 이러한 질문을 감당할 수 없기 때문이었다.

살아 있는 세계에 진정으로 주의를 기울였던 때를 기억한다. 식물들의 이름뿐 아니라 그들의 노래에도 귀를 기울였던 때를. 그들의 노래를 기억하는 나는 그것을 세상과 공유해야 할 무거운 책임을 느낀다. 그 노래와 우리의 이야기들이 사람들로 하여금 다시 이 세계와 사랑에 빠지게 할 수 있을지 확인하고 싶다.

환경 오염, 질병, 식품 안전성 등과 같이
당신의 공동체가 직면하고 있는 문제에 대해 알아보세요.
과학이 현재의 해결책들을 어떻게 제한하고 있나요?
대안을 생각해 내는 데 도움이 되는 세계관은 무엇일까요?
무엇이 효율적인 대안이 될 수 있을까요?

향모 키우기

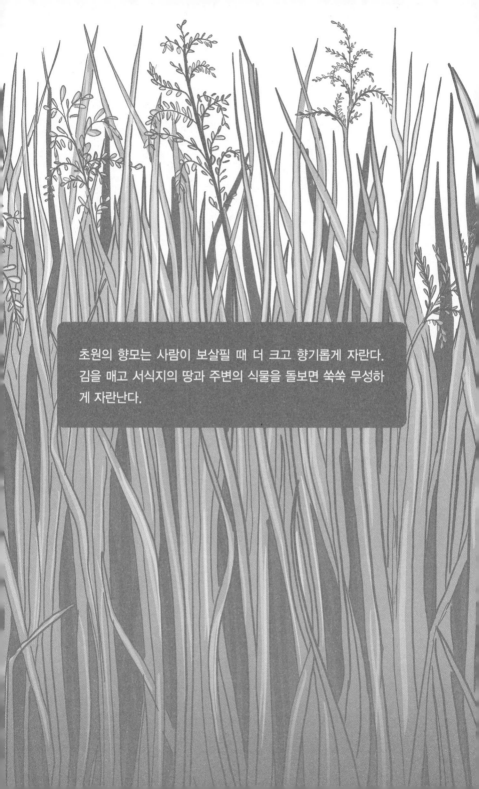

초원의 향모는 사람이 보살필 때 더 크고 향기롭게 자란다. 김을 매고 서식지의 땅과 주변의 식물을 돌보면 쑥쑥 무성하게 자란난다.

단풍 설탕의 달

아니시나베족의 시조始祖이자 우리의 스승이며 반은 사람이고 반은 마니도인 나나보조는 세상을 거닐면서 누가 번성하고 누가 쇠퇴하는지, 누가 본래의 가르침을 마음에 새기고 있고 누가 무시하는지 눈여겨보았다. 그는 정원이 가꾸어지지 않고, 그물이 수선되지 않고, 아이들이 살아가는 법을 배우지 못하는 마을을 보고 크게 실망하였다. 장작더미도 찾아볼 수 없었고 옥수수 곳간은 텅 비어 있었다. 사람들은 단풍나무 아래에 입을 벌리고 누워 너그러운 나무의 진하고 달콤한 시럽을 받아 먹고 있었다. 사람들은 게을렀고 조물주의 선물을 당연한 것으로 여겼다. 그들은 더는 제의를 올리지도 서로를 돌보지도 않았다. 나나보조는 이들을 바로잡는 일이 자신의 책무임을 알았기에 강에 가서 여러 개의 양동이에 물을 떠 왔고, 이 물을 단풍나무에 부어 시럽을 희석시켰다. 오늘날의 단풍나무 수액은 사람들에게 가능성과 책임감을 동시에 일깨우기 위해 단맛의 흔적만 남은 물줄기처럼 흐른다. 그래서 1리터의 시럽을 만들려면 40리터의 수액이 필요하다.

마니도: 강력한 영적 존재.

본래의 가르침: 계명이나 계율과 같은 구체적인 지시가 아니라 이야기 속에 들어있는 토착적인 가르침이다. 나침반처럼 방향을 알려 줄 뿐 구체적인 지도는 제시하지 않는다. 삶의 과제는 자신만의 지도를 만드는 일이다.

단풍 설탕 만들기

처음 뉴욕주 페이비어스에 있는 농장으로 이사를 왔을 때 우리 딸들은 마구간 위의 다락방을 뒤지고 다니기를 좋아했다. 다락에는 우리보다 먼저 살았던 가족들이 남기고 간 거의 두 세기에 걸친 잡동사니들이 가득했다. 어느 날은 딸들이 다락에서 끄집어낸 작은 금속 텐트들을 온 집안에 쏟아 놓고 놀고 있었다. 그 텐트들은 옛날에 단풍나무 수액을 채취할 때 비와 눈을 막으려고 수액 양동이 위에 쳐 두던 것이었다. 딸들은 이 텐트의 원래 용도를 알게 되자 직접 메이플 시럽을 만들고 싶어 했다. 그래서 우리는 봄에 쓸 수 있도록 양동이에 묻은 쥐똥을 씻어 내고 수액을 받을 준비를 했다.

우리는 달력과 온도계를 보며 어느 때보다도 간절히 봄을 기다렸다.

단풍나무 수액을 채취하려면 드릴로 나무에 구멍을 뚫어야 한다. 그런 뒤 그 구멍에 빨대처럼 생긴 튜브를 꽂는다. 튜브의 한쪽은 10센티미터 정도 길이의 홈통이 있고 아래쪽에는 양동이를 걸 수 있는 고리가 있다.

수액이 흐르기 위해서는 따뜻한 낮과 추운 밤의 조합이 필요하다. 따뜻하다는 말은 물론 상대적인 표현으로, 섭씨 1도에서 6도 정도를 말한다. 그래야 태양이 나무줄기를 녹여 그 안에 들어 있는 수액을 흐르게 할 수 있기 때문이다.

어느 날 라킨이 물었다.

"나무들은 온도계도 없는데 어떻게 때가 된 것을 알죠?"

정말 어떻게 눈도 코도 신경도 없는 존재가 언제 무엇을 해야 할지를 알 수 있을까? 심지어 햇빛을 감지할 잎사귀조차 없이, 눈을 제외한 나무의 모든 부위는 죽은 껍질로 뒤덮여 있다. 그런데도 나무는 한겨울에 며칠 반짝 날이 풀려도 결코 속지 않는다.

단풍나무는 우리보다 훨씬 정교한 봄 감지 시스템을 갖추고 있다. 모든 눈에는 수백 개의 광센서가 있고, 여기에는 피토크롬이라는 광흡수 색소가 가득 들어 있다. 광센서가 하는 일은 빛의 양을 측정하는 것이다. 적갈색 비늘로 뒤덮인 채 단단하게 말려 있는 각각의 눈에는 단풍나무 가지의 배아 사본이 들어 있다. 이 눈들은 언젠가 온전한 가지가 되어 바람에 잎을 바스락거리며 햇빛을 흠뻑 받아들일 날을 기다린다. 하지만 너무 일찍 싹을 틔우면 얼어 죽고, 너무 늦으면 봄을 놓치게 된다. 그래서 가장 알맞은 때를 알아야 하는 것이다. 하지만 이 어린싹들이 나뭇가지로 자라기 위해서는 에너지가 필요하다. 모든 신생아가 그렇듯이 눈들은 배가 고프다.

피토크롬: 빛을 감지하고 성장을 시작하도록 유도하는 식물 단백질 색소.

인간에게는 그런 정교한 시스템이 없으므로 우리는 다른 징후를 찾는다. 나무 밑동 둘레에 있는 눈雪이 움푹 패기 시작하면 수액을 채취할 때가 된 것이다. 우리는 드릴을 들고 나무 주위를 돌며 알맞은 지점을 찾았다. 지면에서 90센티미터 높이에 표면이 매끄러운 부분이 있었다. 오래전에 아문 수액 채취의 흉터였다. 우리 집 다락방에 수액 양동이를 두고 간 사람들이 남긴 상처일 것이다. 이제 우리는 그들이 팬케이크에 무엇을 뿌려 먹었는지 안다.

스파일끝부분에 홈통이 있고 빨대처럼 생긴 수액 채취 도구—옮긴이을 꽂기가 무섭게 수액이 떨어지기 시작한다. 첫 방울이 양동이 바닥을 톡 하고 두드렸다. 딸들이 양동이를 덮은 텐트를 들추자 소리는 더 크게 울려 퍼졌다. 스파일을 꽂고 양동이를 걸고 텐트를 올려 두는 설치 작업이 끝날 때쯤, 첫 번째 양동이에서는 이미 다른 음이 울리고 있었다. 양동이가 채워짐에 따라 음높이가 달라진다. 둥둥, 동동, 땅땅. 수액 방울이 떨어질 때마다 양철 양동이가 울리고 마당도 그 장단에 맞추어 노래한다.

딸들은 그 광경을 넋을 놓고 바라본다. 수액 방울은 물처럼 맑지만 어쩐지 더 진하다. 스파일 끝에 매달린 채 햇빛을 머금고 조금씩 커진다. 아이들은 혀를 내밀고 기쁨에 찬 얼굴로 한 방울씩 떨어지는 달콤한 수액을 받아 마신다.

양동이가 가득 차면, 큰 통에 옮겨 붓는다. 이렇게 많이 나올 줄은 몰랐다. 내가 불을 피울 동안 딸들은 양동이를 다시 걸어 둔다. 우리의 증발기는 오래된 통조림 주전자뿐이다. 헛간에서 가져온 벽돌을 쌓아 만든 오븐 선반에 주전자를 올린다. 수액 주전자를 데우려면 시간이 오래 걸리고 딸들은 금세 흥미를 잃는다. 아이들을 데려다 침대에 눕히자, 다들 아침에 시럽을 맛볼 기대감으로 들떠 있다.

불 옆에 마당 의자를 가져다 두고 앉아 영하의 밤 추위에도 수액이 잘 끓도록 땔감을 계속 넣어 준다. 졸아드는 수액을 맛본다. 시간이 지날수록 확실히 달아지지만, 15리터 주전자로 만들 수 있는 시럽의 양은 고작 팬케이크 하나 만드는 데에도 충분하지 않을 것이다. 수액이 끓어서 졸아들면 다시 큰 통에서 신선한 수액을 가져다 붓는다. 그렇게 하기를 몇 번 되풀이하다 결국 너무 추워져서 나는 따뜻한 침대로 돌아간다.

아침에 다시 나와 보니, 큰 통 속에 들어 있는 수액은 꽁꽁 얼어 있었다. 다시 불을 피우다 문득 우리 조상들이 단풍 설탕을 만들었던 방법에 관해 들은 이야기가 떠올랐다.

단풍나무 네이션 사람들

단풍나무 네이션 사람들은 수액을 끓이는 주전자가 등장하기 훨씬 전부터 단풍 설탕을 만들었다. 그들은 자작나무 껍질로 만든 통에 수액을 받아서 배스우드 나무의 속을 파서 만든 통나무 홈통에 부었다. 이 홈통은 표면적이 넓고 깊이가 얕아서 얼음이 생기기에 알맞았다. 매일 아침마다 얼음을 제거하면 수액은 더욱 농축되었고, 이렇게 농축된 수액을 끓여서 설탕을 만들었다. 단풍나무 수액은 이 방법을 쓸 수 있는 계절에 흘렀으니까.

옛날에는 설탕을 만드는 계절이 오면 가족이 다 같이 '설탕 캠프'로 거처를 옮겼는데 그곳에는 전년에 쓴 장작과 기타 장비가 보관되어 있었다. 할머니와 아기들은 썰매를 타고 이동했다. 설탕을 만드는 데는 오래된 지식과 여러 사람의 손이 필요했다. 시럽이 적당한 농도가 되면 굳혀서 부드러운 케이크, 단단한 사탕, 과립 설탕 등 다양한 형태로 만들었다. 여자들은 마카크makak라고 불리는 자작나무 껍질로 만든 상자에 단풍 설탕을 담아서 가문비나무 뿌리로 단단히 묶었다. 자작나무 껍질은 천연 항진균제로 부패 방지 효과가 있어서 설탕을 여러 해 동안 보관할 수 있었다.

우리 부족은 설탕 만드는 법을 다람쥐에게서 배웠다고 한다. 늦은 겨울, 모아 둔 견과가 바닥이 나면 배고픈 다람쥐들은 나무 꼭대기로 올라가 설탕단풍나무의 가지를 갉아 먹는다. 나무껍질을 벗기면 수액이 나오는데 이것을 마시는 것이다. 밤에 기온이 영하로 떨어지면 흘러나온 수액이 얼어서 사탕 같은 달콤한 결정체 껍질이 생긴다. 다람쥐들은 전날 왔던 길을 따라가며 이 설탕 결정을 핥아 먹는데, 그 양은 다람쥐들이 일 년 중 가장 배고픈 시기를 견디기에 충분하다.

우리 부족은 이 시기를 '단풍 설탕의 달Maple Sugar Moon'—지지바스크트 기지스Zizibaskwet Giizis—이라고 부르고, 그 전달을 '눈 위의 딱딱한 껍질의 달Hard Crust on Snow Moon' 또는 '굶주림의 달Hunger Moon'이라고 부른다. 저장해 둔 식량이 바닥나고 사냥감도 별로 없는 시기이기 때문이다. 단풍나무는 이렇게 가장 배고픈 시기에 식량을 제공하여 사람들을 먹여 살렸다. 그에 대한 답례로, 사람들은 수액이 흐르기 시작하는 시기가 찾아오면 감사의 제의를 열었다.

단풍나무

단풍나무는 자신에게 주어진 사람들을 돌보라는 본래의 가르침을 해마다 수행한다. 그와 동시에 자신의 생존도 도모한다. 계절의 변화를 감지한 단풍나무의 눈은 배가 고프다. 이 어린싹이 어엿한 잎으로 성장하기 위해서는 음식이 필요하다. 그래서 눈이 봄을 감지하면 줄기를 따라 뿌리까지 호르몬 신호를 보낸다. 이것은 빛의 세계에서 땅 밑으로 보내는 일종의 기상 알람이다. 이 호르몬은 아밀라아제녹말을 엿당, 소량의 덱스트린, 포도당으로 가수 분해하는 효소─옮긴이의 형성을 유도하는데, 이 효소는 뿌리에 저장된 큰 녹말 분자를 작은 설탕 분자로 쪼개는 역할을 한다. 뿌리의 설탕 농도가 높아지기 시작하면 삼투 현상이 일어나 흙으로부터 물을 빨아들인다. 이 물에 녹은 설탕은 눈에 영양을 공급하기 위해 줄기를 따라 위로 올라가는데 이것이 단풍나무 수액이다. 눈과

사람들을 먹이려면 많은 양의 설탕이 필요하기 때문에 나무는 물관부를 이용하여 수액을 위로 올려 보낸다. 평상시에는 나무껍질 아래의 얇은 체관부를 통해 당을 운반하지만, 잎이 스스로 양분을 만들기 전인 봄에는 아주 많은 양의 설탕이 필요하므로 물관부까지 이 운송 작업에 동원되는 것이다. 설탕을 이런 식으로 나르는 경우는 일 년 중

> **체관부:** 당과 같은 영양분을 잎으로부터 뿌리로 운반하는 고등 식물의 복잡한 조직.

> **물관부:** 뿌리를 통해 흡수된 물과 영양분을 식물의 여러 부위로 운반하는 고등 식물의 복잡한 조직.

이때뿐이다. 눈이 싹을 틔우고 새잎이 돋아나면 잎이 스스로 설탕을 만들기 때문에 물관부는 물을 나르는 원래의 임무로 돌아간다.

다 자란 잎은 쓰고도 남을 만큼 설탕을 만들기 때문에, 설탕은 다시 방향을 바꾸어 잎에서 뿌리로 체관부를 따라 흐르기 시작한다. 이른 봄, 눈을 먹이던 뿌리가 이제는 다시 여름 내내 잎으로부터 양분을 공

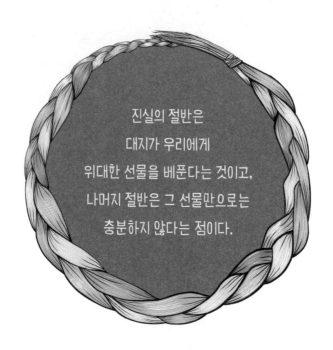

진실의 절반은
대지가 우리에게
위대한 선물을 베푼다는 것이고,
나머지 절반은 그 선물만으로는
충분하지 않다는 점이다.

급받는 것이다. 설탕은 다시 녹말로 바뀌어 원래의 '뿌리 저장소'에 저장된다. 우리가 겨울날 아침에 팬케이크 위에 붓는 시럽은 황금빛 물줄기가 된 접시 위의 여름 햇살인 셈이다.

지금도 어쩌다 그 단풍 설탕 채취 모험 이야기가 나오면, 딸들은 고개를 절레절레 흔들며 말한다.

"아, 그때 정말 너무 힘들었어."

하지만 한편으로는 나무에서 직접 수액을 받아 마시던 경이로운 순간도 기억한다. 시럽이 아니라 수액이었지만.

나나보조는 일이 너무 쉬워서는 안 된다고 못을 박았다. 그의 가르침은 우리에게 상기시킨다. 진실의 절반은 대지가 우리에게 위대한 선물을 베푼다는 것이고, 나머지 절반은 그 선물만으로는 충분하지 않다는 점을.

책임은 단풍나무에게만 있는 것이 아니다. 나머지 책임 절반은 우리 몫이다. 우리가 단풍나무의 변화에 참여해야 한다. 그 달콤한 맛을 증류해 내는 것은 우리의 일이고, 감사를 표현하는 방법이다.

어머니 대지가 우리에게 선물을 주실 때 이 선물을 섬기는 방식으로 수확해야 할 책임까지 함께 부여하셨다고 생각해 보세요. 당신이 사는 지역에서의 천연자원 채취는 어떤 식으로 이루어져야 할까요?

위치헤이즐

11월은 꽃의 계절이 아니다. 낮은 짧고 쌀쌀하다. 그래서 어쩌다 드물게 해가 나면 일단 밖으로 나가야 한다. 이맘때면 숲이 조용하므로 벌 한 마리가 윙윙거리는 소리가 유난히 크게 들린다. 꽃도 없는데 벌이라니? 호기심에 사로잡혀 따라간다. 무슨 이유로 11월에 벌이 나왔을까? 벌은 앙상한 나뭇가지로 곧장 날아간다. 자세히 보니 노란 꽃들이 흩뿌려져 있다. 위치헤이즐이다. 겨울이 오기 전 마지막 몸부림. 문득 오래전 11월이 떠오른다.

우리 딸 라킨의 눈을 통해 전해진 대로

그 기억 속의 위치헤이즐

나는 다섯 살 때 켄터키 들판에서 엄마와 야생 블랙베리를 찾고 있을 때 헤이즐 바넷을 처음 만났다. 산울타리에서 높은 목소리로 우리를 부르는 소리가 들려왔다.

"안녕하세요. 안녕하세요."

울타리 옆에는 내가 본 중에 가장 나이가 많아 보이는 여인이 서 있었다. 나는 약간 겁이 나서 엄마 손을 꼭 잡았다. 헤이즐은 울타리에 기대어 몸을 지탱했다. 회색 머리칼을 틀어 올렸고, 치아가 다 빠진 입 주위에는 굵은 주름이 햇살처럼 뻗쳐 있었다.

"밤에 당신네 집에 불이 켜지면 보기가 좋아요. 이웃이 있는 것 같아 서 든든하다고 할까. 밖에 나와 있는 걸 보고 인사라도 하려고 따라왔 지 뭐예요."

엄마는 자기소개를 하고 우리가 몇 달 전에 이사를 왔다고 설명했다.

"이 작은 기쁨 보따리는 누구실까?"

그녀가 철조망 위로 몸을 숙여서 주름진 손으로 내 볼을 꼬집으며 물었다. 그녀는 정원에서 침실 슬리퍼를 신고 있었는데 우리 엄마라면 절대로 허락하지 않을 일이었다. 나는 헤이즐이라는 사람의 이름을 그 때 처음 들어 보았는데 위치헤이즐이라는 꽃 이름은 들어 본 적이 있 었기 때문에, 그녀가 마녀witch가 틀림없다고 생각했다. 나는 엄마 손을 더욱더 꼭 붙들었다. 그녀가 식물과 함께 있는 모습을 보면 언젠가 실 제로 '마녀'라고 불린 적이 있었을지도 모른다는 생각이 들었다.

뜻밖에도 헤이즐과 엄마는 요리법과 정원 가꾸는 방법 등을 공유하 며 친구가 되었다. 엄마는 낮에는 시내에 있는 대학교에서 교수로 일 하면서 현미경을 들여다보고 과학 논문을 썼다. 하지만 봄에는 저녁마 다 정원에 나가 맨발로 콩을 심었고 삽질을 하다 두 동강이가 난 지렁 이들을 내가 양동이에 담는 것을 도와주었다. 나는 내가 만든 벌레 병 원에서 지렁이들을 잘 간호하면 다시 건강해질 거라고 믿었다. 엄마는 나를 격려하며 이렇게 말했다.

"사랑으로 치유하지 못하는 상처는 없단다."

헤이즐은 작은 샷건 하우스방이 일렬로 배치된 소형 주택—옮긴이에 아들 샘과 딸 제이니와 함께 살았다. 샘은 장애가 있었고, 제대 군인 지원금과 석탄 회사에서 나오는 연금으로 온 식구가 근근이 살아가고 있었다. 당연하게도 형편은 넉넉하지 못했다. 샘이 몸이 좋아져서 낚시를 할 수 있게 됐을 때는 강에서 커다란 메기를 잡아다 우리 집에 가져다주곤 했다. 한 번은 블랙베리를 양동이로 하나 가득 담아 가져온 적도 있다. 엄마는 선물이 너무 과하다고 여겨 받지 않으려고 했지만 샘은 단호했다.

"그건 말도 안 돼요. 이건 제 것이 아니에요. 주님께서는 우리더러 나눠 먹으라고 블랙베리를 만드신 거라고요."

우리는 쿠키를 구우면, 헤이즐의 집으로 한 접시 가져가서 그 집 현관 앞 계단에 앉아 레모네이드와 함께 쿠키를 먹었다. 헤이즐은 눈보라를 뚫고 아기를 받으러 갔던 이야기, 사람들이 약초를 얻으러 그녀의 집을 찾아왔던 이야기 등을 들려주었다. 엄마는 학생들이나 엄마가 했던 여행에 대한 이야기를 많이 했는데, 헤이즐은 비행기를 타고 하

사랑으로
치유하지 못하는
상처는 없단다.

늘을 난다는 생각만으로도 놀라워했다. 엄마는 헤이즐이 해 주는 이야기를 좋아했다.

엄마와 헤이즐은 서로 비슷한 데가 있었다. 두 사람 모두 대지에 두 발을 단단히 뿌리내리고 남의 짐까지 들어 줄 만큼 튼튼한 등을 가졌으며 그에 대한 자부심이 있었다. 그래서인지 두 사람에게서는 서로에 대한 깊은 존경심이 느껴졌다.

헤이즐은 바로 도로 아래쪽에 있는 제스민 카운티에서 나고 자랐다. 하지만 그녀가 말하는 것을 듣고 있으면 그곳이 마치 수백 킬로미터나 떨어진 곳처럼 느껴진다. 그녀도, 샘도 제이니도 운전을 못 했기 때문에 그녀의 옛집은 커다란 산맥으로 가로막혀 있는 것만큼이나 그녀에게는 돌아갈 수 없는 먼 곳이 되어 버린 것이다. 헤이즐은 샘이 크리스마스이브에 심장 발작을 일으켰을 때 샘을 돌보면서 함께 지내기 위해 여기 왔다고 했다. 그날 이후로 그녀는 고향으로 돌아가지 않았지만 그리움은 뼈에 사무쳤다. 옛집 이야기를 할 때면 언제나 그녀는 아련한 눈빛이 되어 먼 곳을 바라보곤 했다.

엄마는 이런 고향에 대한 그리움을 이해했다. 엄마는 애디론댁산맥이 있는 북쪽 지역에서 태어난 북부 소녀였다. 대학원에 다니고 연구 활동을 하느라 여러 곳을 전전했지만 언젠가는 고향으로 돌아갈 거라고 생각했다. 엄마는 좋은 일자리와 아빠의 경력 때문에 켄터키까지 왔지만, 나는 엄마가 고향 사람들과 고향의 숲을 얼마나 그리워했는지 안다.

헤이즐은 나이가 들어가면서 점점 더 우울해졌다. 다시 돌아갈 수 없는 옛 시절 이야기를 부쩍 많이 했다. 남편 롤리가 얼마나 훤칠하고 잘생겼는지, 또 그녀의 정원이 얼마나 아름다웠는지 이야기하고 또 이야기했다. 한 번은 엄마가 헤이즐에게 예전에 살던 곳에 데려다주겠다고 했지만, 그녀는 고개를 저었다.

"정말 고마운 말이지만 그런 신세를 질 순 없어요. 어쨌든 다 지난 일이니까요."

어느 가을 오후, 헤이즐에게서 전화가 왔다.

"자기가 눈코 뜰 새 없이 바쁜 사람인 줄은 알지만, 나를 한 번만 고향에 태워다 줄 수 있다면 정말 고맙겠어요. 눈발이 날리기 전에 그 지붕을 꼭 봐야겠어요."

엄마와 나는 헤이즐을 태우고 켄터키 강을 향해 차를 몰았다. 얼마 뒤 우리는 고속도로를 벗어나 좁은 흙길을 따라 달렸다. 그때 헤이즐이 뒷좌석에서 울기 시작했다.

"오, 우리 옛길이에요."

나는 그녀의 손을 쓰다듬었다. 엄마도 자신이 자란 옛집을 지나치면서 이렇게 운 적이 있었기에 그 모습을 본 나는 어떻게 위로해야 할지를 알았다. 우리는 아까시나무가 우거진 숲 아래의 풀밭에 멈추어 섰다.

"여기예요. 여기가 내 정다운 옛집이에요."

그녀가 말했다. 우리 앞에 있는 것은 오래된 학교 건물이었다. 사방에 긴 예배당 창문이 있고 앞쪽에는 두 개의 문이 있었다.

헤이즐은 허둥지둥 차에서 내렸고 나는 그녀가 키 큰 풀숲에서 넘어지기 전에 서둘러 보행 보조기를 가져다주어야 했다. 엄마와 나는 헤이즐의 안내에 따라 옆문을 지나 현관으로 올라갔다. 그녀는 손이 너무 떨려서 문을 못 열겠다며 나에게 대신 열어 달라고 했다. 내가 문을 잡고 있는 동안 그녀는 터벅터벅 집 안으로 들어가더니 멈추어 섰다. 안은 교회처럼 조용했다. 나는 그녀를 따라 안으로 들어서려고 했지만 엄마가 내 팔을 잡았다.

"그냥 혼자 계시게 두렴."

엄마가 표정으로 말했다.

우리 앞에 있는 방은 마치 옛날이야기 그림책 속 한 장면 같았다. 크고 오래된 장작 난로가 뒤쪽 벽에 기대어 있었고 그 옆에는 주물 프라이팬이 매달려 있었다. 행주는 싱크대 옆에 반듯하게 걸려 있었고, 한때 흰색이었을 커튼 뒤로 바깥의 숲이 내다보였다. 높은 천장은 반짝이로 장식되어 있었고 문틀 옆에는 크리스마스카드가 줄줄이 붙어 있었다. 주방에는 온통 크리스마스 장식이 걸려 있었다. 성탄절 무늬 식탁보가 깔린 식탁 한가운데에는 거미줄에 뒤덮인 플라스틱 포인세티아가 잼 병에 꽂혀 있었다. 식탁이 차려져 있고 접시에는 아직 음식이 남아 있었다. 갑작스럽게 병원에서 걸려 온 전화에 식사가 중단된 상황을 말해주듯 의자들은 뒤로 밀려나 있었다.

"이게 다 뭐람. 얼른 치워야겠어."

헤이즐이 말했다. 마치 방금 외식하고 돌아와서 본 집 안 꼴이 마음에 안 드는 깐깐한 주부처럼 팔을 걷어붙이고 집 안 정돈을 하려고 덤벼들었다. 엄마는 정리 정돈은 다음에 하고 우선 집 구경부터 시켜 달라며 그녀를 진정시켰다. 헤이즐은 우리를 응접실로 안내했다. 그곳에는 뼈대만 남은 크리스마스트리가 서 있었고 바닥에는 솔잎이 잔뜩 떨어져 있었다. 트리 장식이 나뭇가지에 고아처럼 매달려 있었다. 예전에는 분명 아늑한 방이었을 것이다.

"세상에, 이 먼지부터 좀 치워야겠어."

헤이즐이 소매 끝으로 두껍게 쌓인 먼지를 닦으며 말했다.

헤이즐은 엄마의 팔에 기댄 채 우리와 함께 밖으로 나와 공터를 거닐었다. 집 뒤편에는 잿빛 가지마다 노란 꽃이 피어 있는 나무가 있었다.

"이것 좀 봐요. 내 오랜 친구가 반겨 주네요."

헤이즐은 이렇게 말하며 마치 악수라도 하려는 듯이 나뭇가지로 손을 뻗으며 말했다.

"예전에 약으로 쓰려고 이 나무로 위치헤이즐 다발을 많이 만들었어요. 사람들이 이걸 얻으러 많이 왔었어요. 특별한 약효가 있거든요. 가을이면 이 나무껍질을 삶아서 약을 만들었죠. 그리고 겨울 동안 통증, 화상, 발진이 있을 때마다 발랐어요. 다들 원했죠. 숲에서 치료 약을 구할 수 없는 상처는 없답니다. 위치헤이즐은 몸에만 좋은 것이 아니라 마음에도 좋아요. 놀랍게도 추운 11월에 꽃을 피워요. 선한 주님께서 우리에게 위치헤이즐을 주신 이유는 언제나 우리 곁에는 좋은 것들이 있음을 알게 해주시기 위해서예요. 정말 아무것도 없는 것처럼 보일 때조차 말이

위치헤이즐
(하마멜리스 비르기니아나 Hamamelis virginiana)

죠. 그걸 알고 나면 마음이 한결 가벼워져요."

첫 방문 이후, 헤이즐은 종종 일요일 오후에 찾아와 물었다.

"드라이브 안 갈래요?"

엄마는 우리가 다 같이 가는 것이 중요하다고 생각했기 때문에 나와 동생도 언제나 함께였다. 엄마와 헤이즐은 현관문 앞 계단에 앉아서 시간 가는 줄 모르고 이야기를 나눴다. 문 바로 옆에 박힌 못에는 낡은 검은색 양철 도시락이 걸려 있었는데, 뚜껑이 열려 있고 안에는 종잇조각들과 새 둥지의 흔적이 남아 있었다. 헤이즐은 크래커 부스러기가 든 작은 봉지를 가져와서 현관 난간에 뿌렸다.

"남편이 세상을 떠나고 난 뒤부터 해마다 이 작은 굴뚝새가 여기다 둥지를 틀지 뭐예요. 이게 그 사람 도시락이었어요. 이제 이 녀석이 여기다 집을 짓고 먹고 자는 것을 나에게 의지하고 있으니 어쩌겠어요. 실망시킬 수는 없지."

숲에서 치료 약을
구할 수 없는 상처는
없답니다.

헤이즐이 젊고 건강했을 때는 새뿐 아니라 꽤 많은 사람이 그녀에게 의지했을 것이다.

깜짝파티

겨울이 오자, 우리의 드라이브는 점점 뜸해졌고, 헤이즐의 눈에서는 빛이 사라져가는 것 같았다. 어느 날 헤이즐은 우리 집 식탁에 앉아 이렇게 말했다.

"주님께서는 내게 충분하고도 남을 만큼 이미 다 베풀어 주셨지요. 더는 요구해서는 안 된다는 건 잘 알아요. 하지만 우리 옛집에서 꼭 한 번만 크리스마스를 보내고 싶어요. 하지만 그 시절은 이미 지나갔지요. 다 지난 일이에요."

그것은 숲에서도 치료 약을 찾을 수 없는 고통이었다.

그해 크리스마스에 우리는 할아버지 댁에 가지 않게 되었다. 엄마는 무척 속상해했다. 엄마는 북부의 눈 쌓인 산과 발삼 향기, 무엇보다도 가족이 몹시 그리웠다. 그러다 한 가지 아이디어가 떠올랐다. 그것은 완벽한 깜짝파티에 대한 계획이었다.

엄마는 무엇부터 해야 할지 알아보기 위해 샘에게서 집 열쇠를 빌려 헤이즐의 옛집으로 갔다. 그리고 우선 며칠 동안만 헤이즐의 집에 다시 전기가 들어오게 했다. 밝은 불빛 아래에서 보니 집은 생각했던 것보다 훨씬 더러웠다. 물이 나오지 않았기 때문에 우리 집에서 물을 퍼다가 청소를 해야 했다. 일은 생각보다 컸고 우리만으로는 일손이 턱없이 부족해서 지역 봉사 점수를 따야 하는 엄마의 남학생 제자들까지 동원하기에 이르렀다. 미생물학 실험을 방불케 하는 냉장고 청소는 그야말로 확실한 봉사 거리가 아닐 수 없었다.

우리는 헤이즐의 친구들에게 손수 만든 초대장을 전달했고, 엄마의 친구들과 학교 제자들도 초대했다. 그 집에는 여전히 크리스마스 장식이 남아 있었지만 더 많이 만들었다. 아빠는 나무 한 그루를 베어다 거실에 가져다 놓았고, 우리는 조명과 지팡이 사탕으로 나무를 장식했다. 엄마와 친구들은 쿠키를 구웠다. 얼마 지나지 않아 불과 며칠 전까지만 해도 곰팡이와 쥐똥 냄새가 진동하던 곳이 삼나무와 박하 향으로 가득 찼다.

파티 당일 아침, 난로에 불을 피우고, 트리에 조명을 켜자 곧 사람들이 속속 도착하기 시작했다. 여동생과 나는 손님을 맞이했고, 엄마는 주인공을 모시러 차를 몰고 나갔다. 엄마는 "드라이브 안 갈래요?"라고 물으며 헤이즐에게 코트를 걸쳐 주었다.

"좋죠. 어디 가게요?"

헤이즐이 물었다.

따뜻한 불빛과 친구들로 가득한 '정다운 옛집'에 들어서는 순간, 헤이즐의 얼굴은 촛불처럼 빛났다. 엄마는 헤이즐의 드레스에 크리스마스 코르사주를 꽂아 주었다. 헤이즐은 그날 여왕처럼 자기 집을 누비고 다녔다. 아빠와 여동생은 거실에서 바이올린으로 '고요한 밤 거룩한 밤'과 '기쁘다 구주 오셨네'를 연주했고, 나는 부지런히 음료를 날랐다. 그날의 파티에 대해 더 기억나는 것은 집에 오는 길에 헤이즐이 차 안에서 잠들었다는 사실뿐이다.

몇 년 뒤, 우리는 켄터키를 떠나 북부로 돌아갔다. 엄마는 참나무 대신 그리운 고향의 단풍나무를 보게 되어 기뻐했지만, 헤이즐에게 작별 인사를 하는 것은 힘들었다. 그래서 마지막까지 미뤄 둘 수밖에 없었다. 헤이즐은 작별 선물로 흔들의자와 그녀의 오래된 크리스마스 장식품이 들어 있는 상자를 주었다. 엄마는 아직도 매해 이 장식품을 트리에 걸면서 그날의 파티에 대해 이야기한다. 마치 엄마 생애 최고의 크리스마스였다는 듯이. 우리가 이사한 지 몇 년 뒤에 헤이즐이 세상을 떠났다는 소식을 들었다. 위치헤이즐로도 치유할 수 없는 아픔이 있다. 이런 아픔을 치유하려면 우리에게는 서로가 필요하다.

엄마와 헤이즐 바넷은 언뜻 보기에 어울리지 않는 자매와도 같았다. 그러나 둘 다 자신이 사랑하는 식물에게서 많은 것을 배웠다. 둘은 함께 외로움을 달래 줄 연고를 만들고, 그리움의 고통을 달래 줄 차를 끓였다. 그렇게 두 사람의 우정은 서로를 치유했다. 나에게는 위치헤이즐과 같은 하루가 그토록 소중하다. 겨울이 사방에서 몰아닥칠 때 피어나는 노란 꽃잎 같은 하루가.

당신의 가족, 친구, 학교나 지역 사회를 떠올려 보세요. 누구에게 친절을 베풀어 그 사람의 하루를 밝게 할 수 있을까요? 포옹, 감사 편지, 따뜻한 음료나 식사를 가져다주거나, 단지 문을 잡아 주는 것 등 작은 친절로도 마음 깊은 곳까지 따스함을 전할 수 있습니다.

감사에 대한 맹세

아침 의식

얼마 전까지만 해도, 내 아침 의식은 동이 트기 전에 일어나서 아침 식사를 준비하는 것이었다. 하지만 목요일에는 오전 수업이 없어서 조금 더 미적거릴 수 있었다. 그런 날이면 좀 더 제대로 하루를 시작하기 위해 집 근처 언덕에 올라가 새들이 노래하는 소리를 들으며 신발이 아침 이슬에 흠뻑 젖도록 산책을 했다. 헛간 위로 해가 떠오르기 전에 구름이 온통 분홍빛으로 물드는 장면을 바라보는 행위는 오늘 하루분의 감사의 빚을 갚는 의식이었다. 어느 목요일, 나는 늘 하던 대로 집 근처 언덕 위에서 감사의 의식을 치르려고 했지만, 전날 밤 우리 딸의 담임 선생님에게서 걸려 온 전화가 떠올라 도통 집중할 수가 없었다. 듣자 하니, 6학년인 우리 딸이 교실에서 국기에 대한 맹세를 할 때 일어서기를 거부하는 모양이었다. 선생님은 아이가 수업을 방해하거나 말썽을 피우는 것은 아니고 단지 의례에 동참하지 않고 자리에 가만히 앉아 있는 것이라며 나를 안심시켜주었다. 하지만 며칠이 지나자 다른 아이들까지 따라 하기 시작했다고

> **국기에 대한 맹세:** 학교에서 종종 암송하는 미국에 대한 공식적인 충성의 서약.

94

하면서 우선 '어머님께서 알고는 계셔야 할 것 같아서' 전화를 했다고 말했다.

나 역시 유치원에서 고등학교 때까지 국기에 대한 맹세로 하루를 시작했던 기억이 난다. 맹세는 나에게 마치 수수께끼 같았다. 분명 다른 아이들에게도 마찬가지였을 것이다. 나는 공화국이 뭔지도 몰랐고, 신에 대해서도 그다지 확신이 없었다. 게다가 '모든 사람을 위한 자유와 정의'라는 명제가 미심쩍다는 사실은 여덟 살 난 인디언 소녀가 아니더라도 충분히 알 수 있었다.

하지만 학교 행사 때마다 300명의 목소리가 함께 울려 퍼지면 나도 거대한 무엇인가의 일원이 된 것 같은 느낌이 들었다. 그것은 잠시나마 우리의 마음이 하나가 되는 순간이었다. 그토록 애매모호한 정의正義라도 모두가 다 같이 그렇게 큰 소리로 외치기만 하면 우리에게도 정의가 실현될 것만 같았다.

딸에게 학교에서 전화가 걸려 온 일에 대해 물었더니 이렇게 설명했다.

"엄마, 난 거기 서서 거짓말하고 싶지 않아요."

그러곤 이렇게 덧붙였다.

"우리에게 자유라고 말하라고 강제한다면 그게 어떻게 자유예요?"

나는 이 문제에 대해 간섭하고 싶지 않았다.

아이가 아는 아침 의식은 달랐다. 할아버지가 땅에 커피를 붓는 일, 내가 집 근처 언덕에 올라가 뜨는 해를 바라보는 일. 그것으로 충분했다. 해돋이 의식은 우리가 세상으로부터 받은 모든 것을 인정하고 가장 좋은 방식으로 보답함으로써 세상에 고마움을 전하는 우리 부족 고유의 방식이다. 세계에는 수많은 원주민 부족이 있고 그 수만큼 다양한 문화가 있지만 한 가지 아주 중요한 공통점이 있다. 우리는 모두 감사의 문화에 뿌리를 두고 있다.

감사 연설

우리의 옛 농장은 호데노쇼니 연맹의 중심 불지기로 알려진 오논다 가족의 조상이 살던 고향에 있다. 그들의 보호 구역은 우리 언덕에서 서쪽으로 몇 능선 떨어진 곳에 있다. 오논다가 네이션의 학교에는 보라색과 흰색이 섞인 깃발이 걸려 있는데 이것은 호데노쇼니 연맹의 상징인 히아와타 왐품 벨트Hiawatha wampum belt, 평화의 나무 아래 연합한 호데노쇼니 연맹의 다섯 개의 네이션의 상징—옮긴이를 나타낸다. 책가방을 멘 학생들이 쏟아져 들어가는 문은 전통적인 호데노쇼니의 색깔인 보라색으로 칠해져 있고 문 위쪽에는 '냐 웬하 스카 논 Nya wenhah Ska: nonh'이라고 쓰여 있다. 건강과 평화를 기원하는 인사말이다. 까만 머리의 아이들이 햇살 사이로 강당의 슬레이트 바닥에 새겨진 부족의 상징 주위를 원을 그리며 뛰어다닌다.

이곳의 학교에서는 한 주를 시작하거나 마무리할 때 국기에 대한 맹세 대신 감사 연설Thanksgiving Address을 한다. 이 긴 연설은 그것을 말하는 부족 사람들만큼이나 오래되었으며 오논다가어로는 '모든 것에 앞서는 말'이라는 뜻이다. 이 고대의 의례는 감사를 최우선 순위에 둔다. 자신이 받은 선물을 세상과

> **히아와타 왐품 벨트**: 호데노쇼니 연맹의 창설을 기념하는 시각적 상징.

나누는 이들이 직접적인 감사의 대상이다.

모든 학생이 강당에 모인 가운데 매주 한 학년씩 돌아가면서 감사

연설을 암송한다. 학생들은 영어보다 오래 된 언어로 함께 암송을 시작한다. 알려진 바로는 이 부족은 사람들이 모일 때마다 그 수가 많든 적든 다른 어떤 일보다 먼저 이 연설을 함께 일어서서 암송하도록 교육 받았다고 한다. 이 의식에서 선생님들은 항상 '우리의 발이 처음 대지에 닿는 곳에 서부터 자연의 모든 구성원에게 감사의 인 사를 보낼 것'을 상기시킨다.

호데노쇼니 연맹: 다섯 개의 원주민 네이션 그룹으로 단결 과 의사 결정을 목적으로 결 성되었다. 모호크, 오네이다, 오논다가, 카유가, 세네카 네 이션이 여기에 속한다.

부족 상징: 호데노쇼니 연맹 은 씨족 집단의 연합이다. 이 들 부족은 각각 늑대, 곰, 매, 거북 등과 같은 상징으로 정 의된다.

오늘은 3학년 차례다. 학생 수는 11명이 전부다. 아이들은 숨죽여 키득거리며 바닥만 쳐다보는 친구의 옆구리 를 찔러 가며 한목소리로 시작하려고 최선을 다한다. 아이들의 조그만 얼굴은 이내 집중하느라 찌푸려진다. 다음 단어가 생각나지 않을 때는 선생님에게 눈빛을 보내며 도움을 요청한다. 자신들만의 언어로 이 아 이들은 일생 동안 거의 매일 들어 온 문구를 암송한다.

호테노쇼니 감사 연설

우리의 마음을 하나로 모아 사람으로서
서로에게 인사와 감사를 전합시다.

주위의 얼굴들에서
우리는 생명의 순환이 계속되는 것을 봅니다.

살아가는 데 필요한 모든 것을 아낌없이
베풀어 주신 어머니 대지님께 감사합니다.

모든 존재에게 생명을 주신
세상의 모든 물에게 감사합니다.

물속의 모든 물고기에게
감사합니다.

드넓은 들판의 모든 식물들,
세상의 모든 베리와 나무와 약초들에게
감사합니다.

우리가 밭에서 추수하는 모든 작물들,
특히 우리를 풍요롭게 먹이는
세 자매에게 감사합니다.

세상의 모든 아름다운 동물과 우리 머리 위를
날아다니는 모든 새에게 감사합니다.

우리가 숨 쉬는 공기를 정화하고
계절의 변화를 일으키는 네 가지 바람으로
알려진 모든 힘에게 감사합니다.

번개와 천둥을 몰고 다니는
서쪽 하늘의 우레 할아버지에게
감사합니다.

맏형인 해님과 가장 나이가 많은
할머니인 달님, 밤하늘을 보석처럼 수놓는
별님에게 감사합니다.

오랜 세월 우리를 도와준
여러 스승님에게 감사합니다.

이제 위대한 정령인 조물주께 생각을 돌려
창조의 모든 선물에 대해 마땅한
인사와 감사를 드립니다.

이제 우리의 마음은 하나입니다.

오늘 우리가 이 자리에 모였습니다. 주위의 얼굴들을 둘러보면 생명의 순환이 계속되고 있음을 알 수 있습니다. 우리에게는 서로와 그리고 모든 생명체와 균형과 조화를 이루며 살아가야 할 책임이 있습니다. 그러니 우선 우리의 마음을 하나로 모아 사람으로서 서로에게 인사와 감사를 전합시다. 이제 우리의 마음은 하나입니다.

> 잠깐의 침묵 뒤에 아이들이 대답한다.
> "이제 우리의 마음은 하나입니다."

살아가는 데 필요한 모든 것을 우리에게 아낌없이 베풀어 주신 어머니 대지님께 감사합니다. 우리가 대지님 위를 걸을 때 우리의 발을 받쳐 주셔서 감사합니다. 태초부터 지금까지 변함없이 우리를 보살펴 주심이 우리에게는 큰 기쁨입니다. 우리의 어머니께 감사와 사랑과 존경을 보냅니다. 이제 우리의 마음은 하나입니다.

아이들은 꼼짝 않고 앉아서 귀를 기울였다. 과연 롱하우스_{인디언의 전통} _{가옥—옮긴이}에서 자란 아이들답다.

국기에 대한 맹세를 위한 자리는 여기에는 없다. 오논다가는 주권 영토로서, '국기가 상징하는 공화국'the republicforwhichitstands _{국기에 대한 맹} _{세에 포함된 문구로 미국을 가리킴—옮긴이}에 의해 사방이 둘러싸여 있기는 하지만 미국의 관할권 밖이다. 감사 연설로 하루를 시작하는 것은 정체성의 표현이자 주권의 행사이며, 정치 · 문화적 의미 혹은 그 이상의 의미까지 담고 있는 행위다.

감사 연설은 가끔 일종의 기도로 오인되기도 하지만, 아이들은 고개를 숙이지 않는다. 오논다가의 연장자들은 다르게 가르친다. 감사 연설은 맹세나 기도 또는 시를 훨씬 넘어선다고.

두 명의 소녀가 팔짱을 끼고 앞으로 나와서 연설을 이어받는다.

우리의 갈증을 달래 주고 모든 존재에게 힘과 생명을 준 세상의 모든 물에게 감사합니다. 우리는 물의 힘이 폭포와 비, 안개와 개울, 강과 바다, 눈과 얼음 등 여러 형태로 나타난다는 사실을 압니다. 우리는 물이 태초부터 지금까지 이곳에서 다른 창조물들에 대한 책임을 다하고 있음에 감사합니다. 물이 우리의 생명에 중요하다는 사실에 동의하나요? 우리의 마음을 하나로 모아 물에게 인사와 감사를 보낼 수 있겠습니까? 이제 우리의 마음은 하나입니다.

감사 연설은 본질적으로
감사를 불러일으키는 것이지만,
동시에 자연 세계의 물질적 과학적
목록이기도 하다.

감사 연설은 본질적으로 감사를 불러일으키는 것이지만, 동시에 자연 세계의 물질적 과학적 목록이기도 하다. 이 감사 연설의 다른 이름은 '자연 세계에 대한 인사와 감사'다. 연설이 계속되는 동안, 생태계의 각 요소들이 그 역할과 함께 차례로 호명된다. 이것은 그대로 토착 과학의 교육인 것이다.

물속에 있는 모든 물고기에게 감사합니다. 그들은 물을 맑고 깨끗하게 정화하라는 명령을 받았습니다. 또한 그들은 자신의 몸을 우리에게 음식으로 내어 줍니다. 그들이 자신의 임무를 꾸준히 잘 수행하고 있는 것에 감사합니다. 물고기에게 인사와 감사를 보냅니다. 이제 우리의 마음은 하나입니다.

이제 우리의 마음을 넓은 들판의 식물에게 돌립니다. 눈길이 닿는 곳마다 식물이 자라며 놀라운 일을 해냅니다. 그들은 수많은 생명을 먹여 살립니다. 우리의 마음을 모아 식물에게 감사를 보내며, 앞으로 수많은 세대가 오고 갈 긴 세월 동안에도 그들과 함께해 주기를 바랍니다. 이제 우리의 마음은 하나입니다.

주위를 둘러보면 여전히 베리가 자라고 우리에게 맛있는 열매를 제공하고 있습니다. 베리의 대장은 봄에 가장 먼저 익는 딸기입니다. 이 세상에 베리가 있어 우리가 열매를 맛볼 수 있음에 감사하는 데 동의하십니까? 베리에게 감사와 사랑과 존경을 보낼 수 있겠습니까? 이제 우리의 마음은 하나입니다.

우리 딸이 그랬던 것처럼 일어서서 대지에게 감사의 말을 하기를 거부하는 아이가 여기에도 있을까? 베리에게 감사하는 일을 두고 논쟁을 벌인다는 것은 아무래도 쉽지 않을 듯하다.

마음을 하나로 모아, 우리가 밭에서 수확하는 모든 작물에게 감사합니다. 특히 사람들을 풍성하게 먹이는 세 자매에게 감사합니다. 태초부터 곡물, 채소, 콩, 과일은 사람들의 생존을 도왔습니다. 다른 많은 생명도 작물로부터 힘을 얻었습니다. 우리의 마음을 모아 모든 작물에게 인사와 감사를 보냅니다. 이제 우리의 마음은 하나입니다.

아이들은 감사의 대상이 하나씩 불릴 때마다 주의를 집중하고 고개를 끄덕인다. 특히 음식이 나오면 더욱 열심히 고개를 끄덕인다. 레드호크스 라크로스 셔츠를 입은 소년이 앞으로 나와 연설을 이어 간다.

이제 우리의 마음을 세상의 모든 약초에게 돌립니다. 태초에 그들은 질병을 퇴치하라는 명령을 받았습니다. 그들은 언제나 우리를 치료할 준비를 하고 기다립니다. 약초를 어떻게 사용해야 하는지를 기억하는 소수의 특별한 사람들이 아직도 우리 중에 있어서 참으로 다행입니다. 우리의 마음을 모아 모든 약초와 약초의 수호자에게 감사와 사랑과 존경을 보냅니다. 이제 우리의 마음은 하나입니다.
우리 곁에 서 있는 모든 나무를 봅니다. 대지에는 여러 나무 가족이 있고, 저마다 각각의 명령과 쓰임이 있습니다. 어떤 나무는 그늘과 쉴 곳을 주고, 어떤 나무는 열매와 아름다움과 여러 요긴한 선물을 내어 줍니다. 단풍나무는 나무의 대장으로서, 사람들이 가장 굶주릴 때 설탕이라는 값진 선물을 줍니다. 세상의 많은 사람이 나무를 평화와 힘의 상징으로 여깁니다. 우리의 마음을 모아 나무에게 인사와 감사를 보냅니다. 이제 우리의 마음은 하나입니다.

이 연설은 말 그대로 우리를 먹여 살리는 모든 존재에게 보내는 인사이므로 그 내용이 상당히 길다. 하지만 상황에 맞게 축약된 버전으로 진행할 수도 있고 세부 내용을 담아 길게 할 수도 있다. 학교에서는 아이들의 언어 능력에 맞게 조절해서 쓴다.

연설의 힘은 분명 거기에 들이는 시간에서 나온다. 수많은 존재에게 진심이 담긴 인사와 감사를 보내는 데 걸리는 시간이 그 연설에 힘을 싣는 것이다. 듣는 사람은 연설자의 말이라는 선물에 주의를 기울이고, 모여든 마음이 만나는 곳에 마음을 쏟음으로써 보답한다. 그냥 흘러가는 말을 수동적으로 들으면서 시간을 보낼 수도 있지만, 모든 부름은 듣는 이의 응답을 요청한다.

"이제 우리의 마음은 하나입니다."

당신은 집중해야 한다. 듣는 행위에 당신을 온전히 내주어야 한다. 여기에는 수고가 필요하다. 특히 자극적인 소리와 즉각적인 만족에 익숙해져 버린 시대에는 더욱 그렇다. 감사가 다른 모든 것에 우선하는 문화에서 아이들이 자란다고 상상해 보라.

우리의 마음을 모아 우리와 함께 대지 위를 걷는 세상의 모든 아름다운 동물에게 인사와 감사를 보냅니다. 동물은 우리에게 가르쳐 줄 것이 많습니다. 동물이 우리와 삶을 함께하는 것에 감사하며 앞으로도 언제까지나 그러하기를 바랍니다. 우리의 마음을 모아 동물에게 감사를 보냅시다. 이제 우리의 마음은 하나입니다.

프리다 자크는 오논다가 국립 학교에서 일한다. 그녀는 씨족의 어머니이자, 학교와 지역 사회의 연락책이며, 너그러운 선생님이다. 그녀는 감사 연설이 오논다가족이 세상과 맺은 관계를 구체화한 것이라고 설명했다. 창조의 각 부분은 창조주가 부여한 의무를 다한 데 대해 차례로 감사의 인사를 받는다. 그녀는 말한다.

"이것은 매일 자신이 이미 충분히 가졌음을 자각하게 해요. 아니, 충분한 것 그 이상이죠. 생명을 유지하는 데 필요한 모든 것이 이미 여기에 있어요. 매일 이렇게 하면 세상을 만족과 존중의 관점에서 볼 수 있게 됩니다."

감사 연설을 듣고 있으면 자연히 풍요로움을 느끼게 된다. 감사를 표현하는 행위는 순수하고 무해한 것처럼 보이지만 실은 혁명적인 개념이다. 소비 사회에서 만족이란 급진적인 제안이다. 희소성보다는 풍요로움을 인식하는 것이

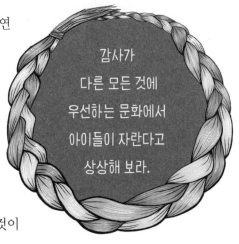

감사가 다른 모든 것에 우선하는 문화에서 아이들이 자란다고 상상해 보라.

충족되지 않는 욕망을 바탕으로 번영하는 경제에 타격을 준다. 감사는 충만함의 윤리를 배양하지만, 경제는 공허함을 필요로 한다. 감사 연설은 우리에게 필요한 모든 것이 이미 주어져 있음을 상기시킨다. 감사는 만족감을 찾아 쇼핑을 하러 나서게 만들지 않는다. 이것은 땅과 사람 모두에게 좋은 치료약이다.

지도력

마음을 하나로 모아 우리 머리 위를 날아다니는 모든 새에게 감사합니다. 조물주는 새들에게 아름다운 노래를 선물로 주었습니다. 매일 아침 새들은 노래로 하루를 맞이하며 그 노래를 통해 우리에게 삶을 즐기고 감사하라고 전합니다. 독수리는 새들의 대장이 되어 세상을 지켜보도록 선택받았습니다. 이 세상의 크고 작은 모든 새에게 우리의 기쁨에 찬 인사와 감사를 보냅니다. 이제 우리의 마음은 하나입니다.

연설은 단순한 경제 모델을 넘어 윤리 교육이기도 하다. 프리다는 젊은이들이 매일 감사 연설을 들음으로써 베리의 대장인 딸기와 새들의 대장인 독수리처럼 지도력의 본보기를 얻을 수 있다고 강조한다.
"결국 자신들에게 많은 것이 기대된다는 사실을 깨닫게 됩니다. 훌륭한 지도자가 된다는 것, 앞을 내다본다는 것, 포용력을 발휘하는 것, 부족을 위해 희생하는 것이 어떤 의미인지 알게 되는 거죠. 단풍나무처럼 지도자는 자신의 선물을 가장 먼저 내어 주는 사람입니다."
지도력은 힘과 권위가 아니라 봉사와 지혜에 뿌리를 두고 있음을 공동체 전체에게 알려 주는 것이다.

네 가지 바람으로 알려진 힘들에게 감사합니다. 우리에게 활력을 주고 우리가 숨 쉬는 공기를 정화하는 그들의 목소리를 바람 속에서 듣습니다. 그들은 계절의 변화를 가져옵니다. 그들은 사방에서 와서 우리에게 소식을 전하고 힘을 줍니다. 한마음으로 네 가지 바람에게 인사와 감사를 보냅니다. 이제 우리의 마음은 하나입니다.

프리다는 말한다.

"감사 연설은 인간이 세상을 책임지고 관리해야 할 위치에 있는 것이 아니라 다른 모든 생명체와 마찬가지로 같은 힘의 영향 아래에 있음을 상기시켜 줍니다."

본래 국기에 대한 맹세는 자부심을 고양시키기 위한 것일 테지만, 내 학창 시절부터 성인기까지를 돌아보면, 오히려 냉소주의와 국가의 위선에 대한 환멸을 갖게 만들었던 것 같다. 점차 대지의 선물을 이해하게 되면서, 어떻게 '애국심'을 이야기하면서 실제 국가 자체인 땅에 대한 개념을 빼놓을 수 있는지 이해할 수 없었다. 국기에 대한 맹세에서 말하는 애국심은 오직 국기에 대한 약속만을 요구한다. 서로에 대한, 그리고 땅에 대한 약속은 어디로 갔단 말인가?

> 어떻게 하면 땅이 우리에게 감사할 수 있는 방식으로 삶을 영위할 수 있을까?

감사의 바탕 위에서 길러지는 것, 종 민주주의의 일원으로서 자연 세계와 대화하는 것, 상호 의존의 맹세를 하는 것은 어떨까? 정치적 충성 선언은 필요하지 않다. 단지, "주어진 모든 것에 감사하는 데 동의할 수 있습니까?"라는 반복된 질문에 답하기만 하면 된다. 나는 감사 연설에서 인간이 아닌 모든 친척에 대한 존경, 어떤 정치 체제에 대한 충성이 아닌 모든 생명에 대한 존중을 느낀다. 국경을 모르는 바람과 물이 맹세의 대상이 될 때, 민족주의와 정치적 경계선은 어떻게 될까?

> 이제 우리의 마음을 우레 할아버지가 살고 있는 서쪽으로 돌립니다. 할아버지의 번개와 천둥소리는 생명을 새롭게 하는 물을 가져다줍니다. 우리의 마음을 하나로 모아 우레 할아버지에게 인사와 감사를 보냅니다.
>
> 이제 우리의 맏형인 해님에게 인사와 감사를 보냅니다. 해님은 매일 한 치의 흐트러짐도 없이 서쪽에서 동쪽으로 이동하며 새날의 빛을 가져다줍니다. 해님은 모든 생명의 불꽃의 근원입니다. 한마음으로 맏형 해님에게 인사와 감사를 보냅니다. 이제 우리의 마음은 하나입니다.

온갖 역경을 이겨 낸 뛰어난 정치 역량으로 호데노쇼니는 수 세기 동안 협상의 대가로 통했다. 감사 연설은 다양한 방면에서 사람들에게 이로움을 주는데 그중에는 외교도 있다. 호데노쇼니는 다수결 투표가 아니라 합의를 통한 만장일치로 의사 결정을 한다. 오직 '우리의 마음이 하나'일 때만 결정을 내리는 것이다. 감사 연설은 협상에 돌입하기 전에 되새기는 훌륭한 서문이자 당파적 이기심을 누그러뜨리는 강력한 약이다. 정부 회의가 감사 연설로 시작된다고 상상해 보라. 우리 지도자들이 의견 차이를 놓고 대립하기 이전에 공통분모를 찾는 것으로 회의를 시작한다면 어떨까?

우리의 마음을 모아 밤하늘을 밝히는 가장 나이가 많은 할머니인 달님에게 감사를 보냅니다. 달님은 세계 모든 여성의 대표이며 바다의 밀물과 썰물을 다스립니다. 우리는 달님의 얼굴이 변화하는 모습을 보며 때를 알고, 달님은 대지에 아이가 태어나는 것을 지켜봅니다. 할머니 달님에 대한 감사의 마음을 모아 겹겹이 쌓아 올린 다음 달님이 볼 수 있도록 감사의 무더기를 밤하늘 높이 던져 올립니다. 한마음으로 할머니 달님에게 인사와 감사를 보냅니다.

밤하늘을 보석처럼 수놓는 별님에게 감사합니다. 우리는 밤에 별님이 달님을 도와 어둠을 밝히는 장면을 봅니다. 별님은 정원에 이슬을 내려 식물을 키웁니다. 우리가 밤길을 걸을 때 별님은 우리를 집으로 안내합니다. 우리의 마음을 하나로 모아, 모든 별님에게 인사와 감사를 보냅니다. 이제 우리의 마음은 하나입니다.

감사 연설은 또한 세상이 본래 어떤 모습이어야 하는지 우리에게 일깨워 준다. 우리가 받은 선물의 목록을 현재 상태와 비교해 볼 수 있다. 모든 생태계 조각이 지금도 여기에 있고 자신의 의무를 다하고 있는가? 물은 여전히 생명을 지탱해 주는가? 모든 새는 지금도 건강한가? 도시의 불빛 공해로 더는 별을 볼 수 없게 되었을 때, 감사 연설의 문구는 우리가 무엇을 잃어버렸는지 알려 주고, 더 늦기 전에 되찾을 것을 촉구한다. 별과 마찬가지로 이 문구들이 우리를 집으로 안내할 것이다.

우리의 마음을 모아 오랜 세월 우리를 도와준 깨달은 여러 스승님에게 인사와 감사를 보냅니다. 우리가 조화롭게 살아가는 방법을 잊어

버리면, 스승님들은 우리가 사람으로서 살아가도록 배운 방법을 일깨워 줍니다. 한마음으로 이 자상한 스승님들에게 인사와 감사를 보냅니다. 이제 우리의 마음은 하나입니다.

연설에는 뚜렷한 구조와 진행 방식이 있지만, 각각의 사람들은 자신만의 독특한 방식으로 그것을 공유한다. 나는 둘러선 청중을 자신만의 방식으로 휘어잡는 연장자 톰 포터의 연설을 좋아한다. 그의 연설은 듣는 이의 얼굴을 환하게 빛나게 하고, 아무리 길어도 더 듣고 싶어지게 한다. 톰이 말한다.

> 감사의 이불 위에 무엇을 올려놓을 건가요?

"이불 위에 꽃 무더기를 쌓듯이 감사를 쌓읍시다. 각자 한쪽씩 이불귀를 잡고 하늘 높이 던져 올립시다. 그러면 우리의 감사는 머리 위로 쏟아지는 세상의 모든 선물만큼 풍요로워질 것입니다."

우리는 함께 서서 쏟아지는 축복의 비에 감사한다.

이제 위대한 정령인 조물주께 생각을 돌려 창조의 모든 선물에 대해 마땅한 인사와 감사를 드립니다. 우리가 좋은 삶을 영위하는 데 필요한 모든 것이 여기 어머니 대지 위에 있습니다. 여전히 우리 곁에 있는 모든 사랑에 대해 우리의 마음을 하나로 모아 가장 좋은 인사의 말과 감사를 조물주께 드립니다. 이제 우리의 마음은 하나입니다.

단어들은 단순하지만, 그것들이 결합하는 방식에서 그 단어들은 주권의 선언이 되고, 정치적 구조물이 되며, 책임 장전이 되고, 교육 모델이 되며, 가계도가 되고, 생태계 역할의 과학적 목록이 된다. 이것은 강력한 정치 문서, 사회 계약, 존재 방식, 그리고 그 모든 것을 하나로 엮은 것이다. 하지만 무엇보다도 이것은 감사의 문화를 위한 신조다.

호혜주의

감사의 문화는 호혜주의 문화이기도 하다. 각각의 사람은, 사람이든 아니든, 호혜주의의 관계 속에서 다른 모든 이와 연결되어 있다. 모든 존재에게 나에 대한 의무가 있듯 나에게도 그들에 대한 의무가 있다. 동물이 생명을 바쳐 나를 먹이면, 그 대가로 나 또한 그들의 생명을 지지해야 한다. 내가 개울의 선물인 맑은 물을 받으면, 나도 같은 선물을 되돌려 주어야 할 책임이 있다. 인간 교육의 필수적인 부분은 그러한 의무가 무엇인지 이해하고 어떻게 이행해야 하는지 배우는 것이다.

감사 연설은 우리에게 의무와 선물은 같은 동전의 양면임을 일깨워 준다. 독수리는 좋은 시력을 선물로 받았으니, 우리를 지켜보아야 하는 것이 의무다. 비는 땅에 내릴 때 그 의무를 다한다. 생명을 지탱하게 하는 능력을 선물로 받았기 때문이다. 인간의 의무는 무엇일까? 선물과 책임이 하나라면, "우리의 책임이 무엇일까?"라고 묻는 행위는 "우리의 선물은 무엇일까?"라고 묻는 일과 같다. 오직 인간만이 감사하는 능력을 지녔다고 한다. 그것이 우리가 받은 선물 중 하나다.

감사 연설을 여러 형태로 이야기했지만 나는 호데노쇼니 시민도 학자도 아니다. 그저 존경심을 가진 이웃이자 경청하는 사람일 뿐이다.

내가 들은 것을 전달하려다 선을 넘을까 두려워서 이 연설에 대해 그리고 그것이 내 사고 방식에 어떤 영향을 미쳤는지에 대해 써도 되는지 미리 허락을 구했다. 그럴 때마다 이 연설은 호데노쇼니가 세상에 주는 선물이라는 똑같은 대답이 돌아왔다. 오논다가의 신앙 수호자인 오렌 라이언스에게 이 질문을 했을 때 그는 특유의 당황한 듯한 웃음을 지으며 이렇게 대답했다.

"당연히 써도 되지요. 되고 말고요. 연설은 나누라고 있는 거예요. 전달되지 않는다면 어떻게 제 역할을 하겠어요? 우리는 사람들이 귀 기울여 들어주기를 500년 동안이나 기다렸어요. 사람들이 진작 감사를 이해했다면 지금 우리가 이 지경이 되진 않았을 거예요."

호데노쇼니 연맹은 감사 연설을 널리 발표했으며, 이는 지금까지 40여 개 언어로 번역되어 세계 각지에서 낭독되고 있다. 그렇다면 이 땅에서 공유하지 못할 이유가 어디 있겠는가? 학교에서 감사 연설을 아침 일과에 포함시키면 어떠할까 상상해 본다. 우리 마을에 사는 백발의 참전 용사를 무시하려는 것이 아니다. 그는 국기가 게양되면 가슴에 손을 얹는다. 갈라진 목소리로 국기에 대한 맹세를 암송할 때면 눈가에 눈물이 맺힌다. 나 역시 우리 나라를 사랑한다. 자유와 정의에 대한 우리의 희망을 사랑한다. 하지만 내가 존중하는 것의 범위는 공화국보다 크다. 살아 있는 세계와 호혜성의 맹세를 하자. 국민에게 원하는 것이 애국심이라면 직접 땅 자체를 언급함으로써 국가에 대한 진정한 사랑을 불러일으키자. 훌륭한 지도자를 키워 내고 싶다면 아이들이 독수리와 단풍나무를 떠올리게 하자. 좋은 시민을 길러 내고 싶다면 호혜주의를 가르치자. 모두를 위한 정의를 열망한다면, 그것이 모든 창조물에 대한 정의가 되게 하자.

우리는 사람들이 귀 기울여 들어주기를 500년 동안이나 기다렸어요.

이제 우리의 말을 마무리 지어야 할 때가 되었습니다. 우리가 호명한 모든 존재 가운데 어느 하나라도 빼놓지 않았기를 바랍니다. 무엇인가 잊힌 것이 있다면 각자의 방식으로 인사와 감사를 보내주기를 바랍니다. 이제 우리의 마음은 하나입니다.

매일 이 말로써 호데노쇼니 사람들은 땅에 감사를 전한다. 연설이 끝난 뒤의 침묵 속에서 나는 귀를 기울인다. 언젠가 땅이 사람들에게 보답하는 감사의 소리를 들을 수 있는 날이 오기를 기다리면서.

혼자서, 친구나 가족과 함께 감사 연설을 들어 보세요.

향모 뽑기

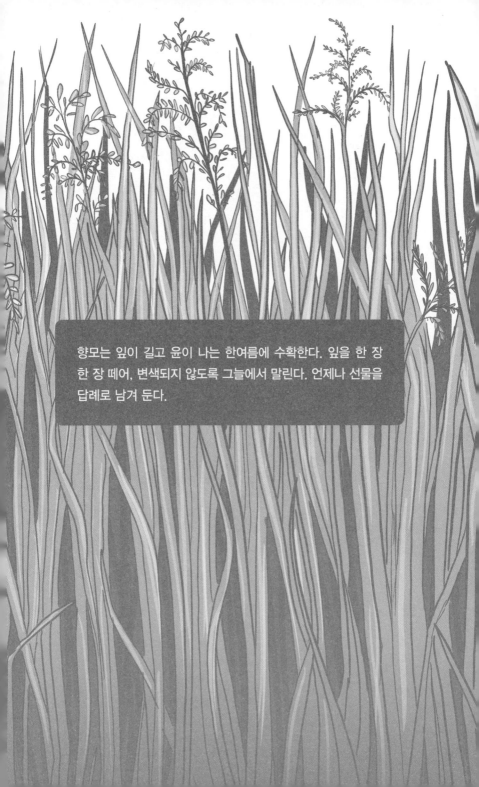

향모는 잎이 길고 윤이 나는 한여름에 수확한다. 잎을 한 장 한 장 떼어, 변색되지 않도록 그늘에서 말린다. 언제나 선물을 답례로 남겨 둔다.

콩 속의 깨달음

콩을 따고 있을 때 찾아왔다. 행복의 비밀이.

나는 키 큰 덩굴 사이에서 진녹색 잎을 들추며 강낭콩을 찾고 있었다. 기다랗고 단단한 초록 꼬투리에 보송보송한 솜털이 있다. 쌍으로 매달린 꼬투리를 한 줌 따 내서 하나를 씹어 본다. 8월의 맛이다. 철조망 하나를 훑었을 뿐인데 바구니가 가득 찼다.

어쩌면 그것은 잘 익은 토마토 냄새이거나, 꾀꼬리가 노래하는 소리, 아니면 내 주위에 풍성하게 매달린 콩이었을지도 모르겠다. 그것은 행복의 물결을 타고 밀려와 나를 큰 소리로 웃게 만들었다. 땅도 우리를 사랑한다. 우리가 땅을 사랑하는 만큼.

땅은 콩과 토마토로, 옥수수와 블랙베리로, 새들의 노랫소리로 우리를 사랑한다. 땅은 우리를 먹이고, 한편으로는 먹고사는 법을 가르친다.

사랑은 부서진 땅과
공허한 가슴을 위한 치료약이다

내 환경학 학생들과 이 문제에 관해 논의했을 때, 학생들은 모두 대지를 사랑한다고 단언했다. 그때 내가 이렇게 질문했다.

"대지도 여러분을 사랑하나요?"

학생들은 주저하며 눈길을 피했다. 우리가 정말 이런 이야기를 해도 되는 것인지 모르겠다는 태도였다. 만약 사람들이 대지가 우리를 사랑한다고 믿는다면 어떻게 될 것 같은가?

땅도 우리를 사랑한다는 믿음은 우리를 자유롭게 한다. 또한 이 믿음은 땅에 대한 사랑과 배려에는 깊은 책임이 따른다는 호혜주의 개념으로도 이어진다.

인간이 서로를 사랑하는 방식은 땅이 우리를 돌보는 방식과 유사하다. 우리가 누군가를 사랑하면, 그 사람의 행복이 최우선이 된다. 우리는 그 사람을 잘 먹이고, 키우고, 가르치고, 그의 삶을 아름답게 가꿔 주고 싶어진다. 사랑하는 사람을 편안하고, 안전하고 행복하게 해 주고 싶어진다. 그것이 내가 우리 가족에 대한 사랑을 표현하는 방식이고, 그와 똑같은 사랑을 이 정원에서 느낄 수 있다. 땅은 콩, 옥수수, 딸기로 우리를 사랑한다. 이 음식은 결코 맛이 없을 수가 없다. 우리 사회를 병들게 한 많은 것들은 우리가 땅에 대한 사랑, 땅이 주는 사랑에서 우리 스스로를 단절시킨 데서 비롯된 것이 아닐까.

물론, 우리의 입을 채우는 것들은 대부분 땅에서 강제로 빼앗아 온 것들이다. 이런 수확 방식은 농부나 작물 그리고 사라져 가는 토양을

땅도
우리를 사랑한다.
우리가 땅을
사랑하는 만큼.

존중하지 않는다. 미라가 된 채 비닐로 포장되어 소비되는 음식을 선물이라고 여기기란 쉬운 일이 아니다. 사랑을 사고팔 수 없다는 사실은 모두가 알고 있기 때문이다.

음식 운동food movement은 사람과 땅 사이의 호혜주의가 표현되는 방식이다. 나무 심기, 공동 텃밭 가꾸기, 산지 직송 작물 또는 유기농 식품 소비하기 같은 활동은 당신과 당신 가족 모두에게 이익이 된다. 텃밭 가꾸기는 물질적인 동시에 정신적인 활동이다. 텃밭에서 작물은 협력을 통해 생산된다. 내가 돌을 골라내고 잡초를 뽑지 않는다면 내 소임을 다하지 못한 것이다. 납을 금으로 바꾸지 못하듯이 나는 토마토를 창조하거나 철조망을 콩 꼬투리로 장식할 수 없다. 무정물에 생명의 온기를 불어넣는 것, 그것은 식물의 소임이자 선물이다. 이렇게 선물이 탄생한다.

사람들은 종종 내게 묻는다. 땅과 사람 사이의 관계를 회복하기 위한 방법으로 무엇을 추천하겠느냐고. 내 대답은 한결같다.

"텃밭을 가꾸세요."

텃밭 가꾸기는 대지의 건강에도 좋고 사람의 건강에도 좋다. 텃밭에서는 아주 핵심적인 무엇인가가 생겨난다. 텃밭은 큰 소리로 "사랑해."라고 외치치 않아도 씨앗을 통해 말할 수 있는 곳이다. 그러면 땅은 화답할 것이다. 콩으로.

여러분은 무엇을 심을 수 있나요? 텃밭을 가꾸기 어렵다면 여러분이 사는 곳, 또는 학교에서 무엇을 키울 수 있을까요?

세 자매

식물은 말이 아니라 행동으로 자신만의 이야기를 전한다.

식물은 숨 쉬는 모든 존재가 이해할 수 있는 언어로 말하고,

가장 보편적인 언어로 가르침을 전한다. 그 언어는 음식이다.

멕시코에서 미국 미시간주에 이르기까지 수천 년에 걸쳐 여자들은 흙을 돋워 세 가지 씨앗을 심었다. 세 종류의 씨앗을 모두 한 자리에. 매사추세츠 해안에서 처음으로 토착민들의 텃밭을 보았을 때, 식민지 개척자들은 야만인들이 농사짓는 법을 모른다고 생각했다. 그들 생각에 텃밭이란, 3차원으로 늘어선 풍요로움이 아니라 단일 종의 직선을 의미했으니까. 그들은 배불리 먹고도 계속해서 더 달라고 애걸했다.

세 가지 씨앗

몇 년 전에 체로키족 작가 마릴루 아위악타Marilou Awiakta가 내 손에 작은 꾸러미를 쥐어 주었다. 옥수수 잎을 말린 뒤 접어서 만든 주머니였다. 주머니는 끈으로 묶여 있었다. 그녀는 웃으며 말했다.

"봄이 올 때까지 열지 말아요."

5월에 꾸러미를 풀자 선물이 들어 있었다. 세 개의 씨앗이었다. 하나는 황금색 삼각형으로, 꼭대기가 넓게 움푹 들어가 있고 아래로 갈수록 좁아지며 끝부분이 희고 단단한 옥수수 알이다. 다른 하나는 윤기나는 콩인데 갈색 반점이 있고 매끈하게 휘어져 있다. 배 안쪽에는 흰 눈이 있다. 마지막은 타원형의 도자기 접시처럼 생긴 호박씨로 가장자리가 단단하게 닫혀 있다. 내 손에 든 것은 토착 농업의 보물인 '세 자매'였다. 옥수수, 콩, 호박, 이 세 가지 식물은 사람을 먹이고, 땅을 먹이고, 어떻게 살아야 하는지를 알려 줌으로써 우리의 상상력을 먹인다.

콩은 자궁 속의 태아처럼 자란다. 꼬투리를 열어 보면 작은 콩알 하나하나가 주병珠柄이라는 연약한 녹색 줄에 매달려 꼬투리에 붙어 있다. 주병은 사람의 탯줄에 해당하는데 그 길이가 몇 밀리미터 정도다. 이 줄을 통해 엄마 식물이 아기 콩들에게 영양을 공급한다. 모든 콩에는 이 주병이 달려 있던 자리에 작은 흉터가 있는데 콩 표면에 있는 작은 얼룩이 바로 그것이다. 모든 콩에는 배꼽이 있는 것이다. 엄마 콩은 우리를 먹이고, 자녀들을 씨앗으로 남긴다. 그리고 그 씨앗이 우리를 대대로 먹여 살린다.

함께 심어진 세 자매는 조화, 균형, 호혜주의의 살아 있는 본보기다. 5월의 습기가 많은 흙에 심어 놓으면, 옥수수 씨앗은 재빨리 물을 빨아들인다. 씨껍질은 얇아지고, 녹말 같은 내용물인 배젖은 물을 끌어온다. 수분이 껍질 아래의 효소를 자극하면 효소는 녹말을 당으로 분해하여 옥수수 배아의 성장을 촉진한다. 옥수수가 세 자매 중 첫 번째로 땅에서 올라와 모습을 드러낸다. 희고 가느다란 수상 꽃차례는 햇빛을 받으면 몇 시간 안에 녹색으로 변한다. 한 잎이 풀려나오면 그다음 잎이 풀린다.

효소: 자연적인 대사 과정을 일으키는 데 도움을 주는 화학 물질.

콩의 씨앗은 흙 속의 물을 빨아들이며 부풀어 오르다가 점박이 껍질을 터뜨리면서 뿌리를 땅속 깊이 내려보낸다. 뿌리가 단단히 고정된 뒤에야 갈고리 모양으로 구부러진 줄기가 땅 위로 올라온다. 콩은 햇빛을 찾느라 서두를 필요가 없다. 첫 잎이 콩 씨앗의 양쪽 절반에 이미 다 준비되어 있기 때문이다. 이 통통하게 살이 오른 한 쌍의 잎은 땅을

옥수수, 콩, 호박,
이 세 가지 식물은 사람을 먹이고,
땅을 먹이고,
어떻게 살아야 하는지를 알려 줌으로써
우리의 상상력을 먹인다.

발아: 싹이 터서 성장을 시작하다.

뚫고 올라와 벌써 15센티미터나 자란 옥수수와 합류한다.

호박은 좀 더 시간을 들인다. 첫 줄기가 나오기까지 몇 주가 걸릴 수도 있다. 그때까지 씨껍질에 싸여 있다가 때가 무르익어야 비로소 잎사귀가 솔기를 가르고 터져 나오는 것이다. 우리 조상들은 호박씨의 발아를 재촉하려고 사슴 가죽으로 만든 주머니에 씨를 물이나 오줌과 함께 일주일간 담아 두었다가 땅에 심었다고 한다. 하지만 식물은 저마다 자기만의 속도가 있고, 발아 순서, 즉 그들의 출생 순서는 식물 사이의 관계와 작물의 성공에 중요한 영향을 미친다.

옥수수는 맏언니로 크고 곧게 자라야 한다. 처음에는 튼튼한 줄기를 만드는 일이 다른 무엇보다 중요하다. 동생인 콩을 위해서 그 자리에 꼿꼿이 서 있어야 하는 것이다. 콩은 하트 모양의 잎 한 쌍을 짤막한 줄기 위에 하나하나 틔운다. 잎은 모두 땅에 낮게 깔린다. 옥수수가 키 크는 데 집중할 때, 콩은 잎을 키우는 데 초점을 맞춘다. 옥수수가 무릎 높이까지 자란 뒤에야 약은 둘째들이 으레 그러듯 콩은 마음을 바꾼다. 잎을 만드는 대신 긴 덩굴을 뻗어 낸다. 청소년기를 맞은 콩은 호르몬의 영향으로 줄기 끝이 방황하며 허공에서 원을 그리게 되는데 이를 회선 운동circumnutation이라 한다. 줄기 끝은 콩이 필요로 하는 목표물을 찾을 때까지 하루에 1미터씩 원을 그리며 이동한다. 줄기 끝이 찾는 것은 옥수숫대처럼 단단한 수직의 지지대다. 덩굴을 따라 있는 촉각 수용체는 콩 줄기가 우아하게 위로 나선을 그리며 옥수수를 휘감고 올라가도록 안내한다. 콩은 당분간 잎 만드는 일을 미뤄 두고 옥수

수의 성장 속도에 보조를 맞추
어 옥수수를 휘감고 올라가는
일에 열중한다. 옥수수가 먼저
출발하지 않았다면 콩 덩굴은
옥수수의 목을 졸랐을 테지만,
시기가 잘 맞으면 옥수수는 콩
을 거뜬히 운반할 수 있다.

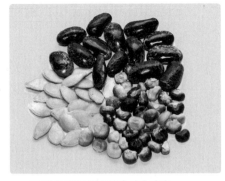

세 자매 씨앗: (위쪽부터 시계 방향)
콩, 옥수수, 호박

한편 가족의 늦둥이인 호박은
꾸준히 땅 위로 뻗어 나가 옥수수와 콩에서 멀리 떨어진 곳에서 우산
대처럼 넓은 잎을 틔운다. 호박의 잎과 덩굴은 유난히 뻣뻣한 털로 덮
여 있어 먹성 좋은 애벌레에게서 스스로를 보호한다.

토착민들은 이런 경작 방법을 '세 자매'라고 부른다. 세 자매가 어떻
게 생겨났는지에 관해서는 다양한 설이 분분하지만, 이 식물들을 여성
으로, 또 자매로 여기는 것만은 동일하다. 어
떤 이야기에 따르면 유난히 겨울이 길던 어느
해에 사람들이 굶주림으로 쓰러져 가고 있었
다고 한다. 어느 눈 내리던 밤, 세 명의 아름다
운 여인이 사람들이 모여 있던 집으로 찾아왔

> **회선 운동:** 식물 생장 운
> 동의 한 형태로, 자라면서
> 다른 물체를 나선형으로
> 감고 올라가는 운동.

다. 한 명은 키가 크고 노란색 옷을 입었으며 허리까지 흘러내리는 탐
스러운 긴 머리카락이 돋보였다. 두 번째 여인은 녹색 옷을, 세 번째
여인은 주황색 옷을 입고 있었다. 세 여인은 집 안으로 들어와 불 가에
서 몸을 녹였다. 음식은 충분하지 않았지만 낯선 손님들은 넉넉하게
대접을 받았다. 얼마 남지 않은 음식이었지만 사람들이 아낌없이 나눠

주어 손님을 대접한 것이다. 이 너그러운 환대에 대한 보답으로 세 자매는 자신들이 사실은 옥수수, 콩, 호박이었음을 밝히고, 사람들이 다시는 굶주리지 않도록 자신을 씨앗 꾸러미에 담아 내주었다.

낮이 길고 밝은 한여름, 호혜주의 교훈은 세 자매의 밭에 선명하게 새겨진다. 조화와 균형의 지도와도 같은 세 자매의 줄기가 내 눈에는 세계의 청사진처럼 보인다. 옥수수는 2.4미터 높이까지 자란다. 물결치는 녹색 리본 같은 잎은 줄기에서 뻗어 나와 햇빛을 잡기 위해 모든 방향으로 굽이친다. 어떤 잎도 다른 잎을 덮지 않기에 모든 잎은 다른 잎에 그들을 드리우지 않고 공평하게 햇빛을 받을 수 있다. 콩 덩굴은 옥수수 잎 사이사이를 피해 가며 옥수수를 휘감고 올라간다. 옥수수의 일을 방해하지 않으려는 것이다. 옥수수 잎이 없는 자리에서 콩 덩굴은 싹을 틔워 잎을 내고 향기로운 꽃을 피운다. 콩잎은 아래로 쳐져서 옥수숫대 아래쪽에 머문다. 옥수수와 콩의 발치에는 크고 넓은 호박잎이 양탄자처럼 깔린다. 호박잎은 옥수숫대 사이로 떨어지는 햇빛을 빨아들인다. 겹겹이 쌓이는 세 자매의 공간 활용은 태양의 선물인 햇빛을 조금의 낭비도 없이 효율적으로 활용한다. 모든 잎이 놓이는 위치와 그 모양이 이루는 조화가 전하는 메시지는 분명하다. 서로를 존중하고 떠받쳐라. 세상에 선물을 주고, 타인의 선물을 감사히 받아라. 그렇게 하면 모든 것이 모두에게 충분할 것이다.

늦여름쯤이면 콩에는 부드러운 초록 꼬투리가 주렁주렁 매달리고, 옥수수의 귀가 삐죽 솟아올라 햇빛 속에서 나날이 살이 오른다. 호박은 발치에서 부풀어 간다. 세 자매의 텃밭은 구석구석 풍성한 작물을 내놓는다. 세 자매는 따로따로 심었을 때보다 함께 있으면 훨씬 많은 식량을 생산한다.

셋은 자매라고 보기에 손색이 없다. 동생이 언니 주위를 맴돌며 편안하게 감싸 안고, 귀여운 막내는 발치에 나른하게 누워 있지만 너무 가까이 다가오지 않는다. 협력하되 경쟁하지 않는다. 이런 관계를, 자매들 간의 이런 상호 작용을 인간 가족에게서 본 것 같다. 어쨌든 우리 집에도 세 자매가 있으니까. 첫째는 자신에게 주어진 책임과 기대를 분명히 알고 있다. 키가 크고 직설적이며 효율성을 추구한다. 언제나 동생들이 따를 수 있는 본보기가 되어 준다. 그것이 맏언니 옥수수다. 한 집에 옥수수 여인의 자리는 단 하나뿐이다. 그래서 둘째 콩은 유연하게 적응하는 법을 배운다. 언니 주변에 머물면서 자신에게 필요한 빛을 얻는 법을 찾아내는 것이다. 귀여운 막내는 다른 길을 선택할 수 있다. 단단한 토대 위에서 자신을 입증해 낼 필요 없이, 자신만의 길, 모두에게 이바지할 수 있는 길을 찾는다.

옥수수의 지지가 없다면 콩은 바닥에 제멋대로 구르다가 배고픈 포식자의 먹이가 되고 말 것이다. 이 텃밭에서 콩은 옥수수의 키와 호박이 만들어 주는 그늘 덕을 보며 무임승차하는 것으로 보일 수도 있다. 하지만 호혜성의 법칙에 의하면 누구도 주는 것 이상으로 받을 수는 없다. 옥수수는 햇빛을 골고루 받을 수 있도록 돌봐 주고, 호박은 잡초를 잡는다. 콩은 무엇을 할까? 콩의 선물을 알려면 땅속을 들여다보아야 한다.

땅 위에서 자매들은 서로의 공간을 침범하지 않기 위해서 잎의 위치를 신중하게 조정하며 협력한다. 땅속에서도 마찬가지다. 옥수수는 외떡잎식물로 분류되는데 가는 섬유질 뿌리를 가지고 있다. 뿌리에서 흙을 털어 내고 보면 마치 긴 옥수숫대 자루가 달린 대걸레처럼 생겼다. 옥수수는 뿌리를 깊이 내리지 않고 얕은 그물망을 만들기 때문에 비가 내리면 가장 먼저 빗물을 마신다. 빗물이 땅속으로 더 깊이 내려가면 콩의 곧은 뿌리가 빗물을 흡수한다. 호박은 따로 멀리 떨어져서 자기 몫을 챙긴다. 호박은 줄기가 땅에 닿을 때마다 모험심 강한 뿌리 다발을 내려 옥수수와 콩의 뿌리로부터 멀리 떨어진 곳에서 물을 흡수한다. 세 자매는 햇빛을 공유하는 것과 같은 방식으로 흙을 공유한다. 모두에게 충분한 양이 돌아가도록 협력하는 것이다.

번성

모두에게 필요하지만 항상 공급이 부족한 것이 있다. 바로 질소다. 대기 중에는 질소가 풍부하지만 식물 대부분은 대기 중의 질소를 활용할 수 없다. 식물은 질산염이나 암모늄 같은 광물질로서의 질소를 필요로 한다. 대기 중의 질소는 마치 굶주린 사람이 뻔히 보면서도 먹을 수 없는 유리벽 뒤의 음식과도 같다. 하지만 콩과 식물은 대기 중의 질소를 흡수하여 활용 가능한 영양분으로 바꾸는 놀라운 능력이 있다. 단, 콩 혼자서는 할 수 없다.

학생들은 종종 콩을 파다가 뿌리 가닥에 달려 있는 작은 흰색 공 같은 것을 보고 내게 가져오곤 한다. 학생들이 묻는다.

"병에 걸린 건가요? 뿌리가 잘못된 건가요?"

나는 잘못되기는커녕 아주 잘된 것이라고 대답한다.

이 하얀 결절에는 뿌리혹박테리아Rhizobium bacteria가 들어 있는데 이는 질소를 고정하는 토양 세균이다. 뿌리혹박테리아가 질소를 고정하려면 특정한 환경이 갖추어져야 한다. 촉매 역할을 하는 효소가 먼저 작동해야 하는데 이 효소는 산소가 있을 때는 활동하지 않는다. 한 줌의 흙에는 평균 50% 이상의 빈 공간이 공기로 채워져 있기 때문에 뿌리혹박테리아가 일을 하려면 피난처가 필요한데 그것을 제공해 주는 것이 바로 콩이다.

콩 뿌리가 땅속에서 미세한 막대 모양의 뿌리혹박테리아를 만나면, 화학적 통신을 주고받아 협상을 체결한다. 콩은 뿌리혹박테리아가 살 수 있도록 산소가 없는 결절을 만들어 주고 뿌리혹박테리아는 그 보답으로 질소를 공급한다. 둘이 함께 만들어 내는 질소 비료는 토양으로 스며들어 옥수수와 호박의 성장까지 돕는다. 이 밭에는 여러 겹의 호혜성이 동시에 작용한다.

> **뿌리혹박테리아:** 콩과 식물의 뿌리에서 공생하는 토양 세균으로 공기 중에 있는 질소를 식물이 활용할 수 있는 형태로 바꾸는 작용을 한다.

이 셋이 의도적으로 협력한다는 상상은 충분히 매력적이다. 어쩌면 정말 그러한지도 모른다. 이 협력 관계의 백미는 각 식물이 자신의 성장을 극대화하기 위해 하는 활동이 바로 협력의 원동력이 된다는 사실이다. 개체가 번성하면 전체도 번성한다.

세 자매의 협력 방식은 우리 부족의 기본적인 가르침을 상기시킨다. 개별성을 중요시하고 장려해야 하는 이유는 전체가 번성하려면 개인이 자신의 고유한 모습으로 강해져야 하기 때문이다. 우리가 각자 자신의 선물을 당당히 취할 수 있어야만 그것을 타인과 나눌 수 있기 때문이다. 우리는 다른 무엇보다도 우선 자기 자신의 독특한 선물을 이해하고 그것을 세상을 위해서 어떻게 사용해야 할지를 깨달아야 한다. 세 자매는 공동체의 구성원들이 자신의 선물을 이해하고 그것을 공유할 때 공동체가 얼마나 더 풍요로워질 수 있는지를 시각적으로 확인시켜 준다. 호혜주의는 우리의 배뿐 아니라 정신까지도 든든히 채워 준다.

> 세 자매의 밭에서 확인할 수 있는 호혜주의의 층위에는 어떤 것들이 있습니까?

영양

세 자매의 천재성은 성장 과정뿐 아니라 식탁에서까지 드러난다. 그들은 서로를 완벽하게 보완한다. 함께 먹으면 맛이 좋을 뿐 아니라, 우리 몸에 필요한 세 가지 영양소의 균형을 맞춰 준다. 옥수수는 최고의 녹말 공급원이다. 여름 내내 옥수수는 햇빛을 탄수화물로 바꿔서 겨울 동안 사람들에게 필요한 에너지를 공급한다. 하지만 옥수수는 영양학적으로 완전하지는 않다. 콩은 질소 고정 능력 덕분에 단백질이 풍부하여 옥수수가 남긴 영양학적 공백을 메운다. 콩과 옥수수만 먹어도 사람은 충분히 살 수 있다. 둘 중 한 가지만으로는 충분하지 않지만 말이다.

카로틴이 풍부한 호박 속에 들어 있는 비타민은 콩에도 옥수수에도 없다. 이번에도 세 자매는 혼자일 때보다 함께할 때가 더 나은 것이다.

토착민의 지식과 서구 과학은 대지에 뿌리를 두고 새로운 관계를 맺기 시작했다. 세 자매는 이 관계에 대한 새로운 은유를 제시한다. 나는 옥수수를 전통 생태학적 지식으로 상상한다. 옥수수는 호기심 많은 과

우리는 다른 무엇보다도
우선 자기 자신의 독특한 선물을
이해하고 그것을 세상을 위해서
어떻게 사용해야 할지를
깨달아야 한다.

학을 상징하는 콩에게 물리적 정신적 기틀을 제공한다. 호박은 공존과
상호 번영을 위한 윤리적 서식지를 만든다. 나는 과학의 지적 단일 문
화가 상호 보완적 지식의 다문화로 대체될 미래를 머릿속에 그려 본
다. 그때가 오면 아무도 굶주리지 않을 것이다.

농업

토착 농업에서는 식물을 땅에 맞게 변형하는 것이 관행이다. 그 결
과 우리 조상들이 길들인 다양한 품종의 옥수수는 제각기 다른 환경에
적응해서 잘 자랐다. 대형 엔진과 화석 연료를 동원하는 현대 농업은
정반대의 접근법을 택했다. 식물에 맞게 땅을 변형한 것이다. 그 결과
는 소름 끼치도록 비슷한 클론들이다.

여름 저녁이면 친구들과 둘러앉아 건너편 계곡에 있는 옥수수 수백

만 그루를 바라보곤 한다. 어깨를 나란히 한 채, 잡초 하나 없이 줄줄이 늘어서 있다. 그 곁에는 콩도 호박도 없다. 우리 이웃의 밭이다. 저렇게 '깨끗한' 밭을 만들려고 트랙터가 수도 없이 오가는 모습을 본 적이 있다. 탱크 분무기로 비료를 뿌려서 봄이면 이쪽에서도 비료 냄새를 맡을 수 있다. 질산암모늄을 한 번만 살포해도 콩의 역할을 대신할 수 있다. 트랙터는 호박잎을 대신해서 잡초를 잡기 위해 제초제를 싣고 돌아온다.

물론 이 계곡이 세 자매 밭이었던 시절에는 벌레도 잡초도 있었다. 하지만 농약 없이도 작물은 잘 자랐다. 복합 경작polyculture, 하나의 밭에 여러 작물을 골고루 섞어서 기르는 농법은 단일 경작monoculture보다 병충해에 강하다. 다양한 식물은 여러 종류의 곤충에게 서식지를 제공한다. 옥수수 귀벌레, 콩바구미, 호박덩굴벌레 같은 곤충이 작물을 먹으려고 모여든다. 하지만 다양한 식물은 동시에 이 해충을 잡아먹는 상위 포식자도 불러 모은다. 포식성 딱정벌레나 기생말벌 같은 천적이 밭과 공존하면서 해충의 개체 수를 통제한다. 이 밭은 사람만 먹이지는 않지만, 그래도 모두에게 충분히 넉넉하게 돌아간다.

네 자매의 밭

세 자매가 우리가 그들의 이야기를 귀 기울여 들었음을 알게 되기를 바란다. 당신의 선물을 이용해서 서로를 돌보라고, 힘을 모아 협력하라고, 그러면 모두에게 충분히 돌아갈 것이라고 그들은 말하고 있다.

세 자매가 모두 이 식탁에 선물을 가지고 왔지만 그들의 힘만으로 이룬 것은 아니다. 세 자매는 이 공생 관계에 또 하나의 파트너가 있다는 사실을 우리에게 일깨워 준다. 그 네 번째 파트너는 이 식탁에도 함께 있고 계곡 너머의 농가에도 있다. 각 종이 살아가는 방식을 보고 어떻게 하면 그들을 협력하게 할 수 있을지 상상했던 사람. 어쩌면 우리는 이것을 네 자매의 밭이라고 불러야 마땅할는지도 모른다. 농부 또한 빼놓을 수 없는 파트너이기 때문이다. 우리는 농부다. 땅을 일구고, 잡초를 뽑고, 벌레를 잡고, 씨앗을 겨우내 저장했다가 봄이 오면 다시 심는다. 우리는 그들 없이 살 수 없지만 그들도 우리 없이 살 수 없다. 옥수수, 콩, 호박은 완전히 길들여졌다. 그들이 성장할 수 있으려면 우리가 그런 조건을 만들어 주어야 한다. 우리 또한 이 호혜성의 일부인 셈이다. 우리가 우리의 책임을 다하지 않으면 그들도 자신의 책임을 다할 수 없다.

> **공생:** 두 종류의 서로 다른 살아 있는 유기체가 서로에게 이익이 되는 방식으로 영향을 주고받는 관계.

이 장에서 우리는 세 자매가 번성하기 위해 서로를 돕는 다양한 방식을 알아보았습니다. 여러분 주변에 성장하기 위해 도움을 필요로 하는 누군가가 있다면, 여러분은 각자 자신의 선물을 이용해서 어떻게 그 사람을 도울 수 있을까요?

위스가크 고크페나겐:
검은 물푸레나무 바구니

둥, 둥, 둥, 고요, 둥, 둥, 둥.

도끼의 등이 통나무를 치자 텅 빈 음악 소리가 울려 퍼진다. 도끼는 같은 자리를 세 번 때리고, 존의 시선은 통나무를 따라 조금 아래로 내려간다. 다시 내려친다. 둥, 둥, 둥. 존은 통나무를 따라 끝까지 내려가며 계속 세 번씩 도끼질을 한다.

존 피젼John Pigeon은 포타와토미의 바구니 장인으로 유명한 피젼 가문의 일원이다. 존은 뛰어난 바구니 장인이자 전통의 전달자다. 바구니 만들기는 과거에도 지금도 피젼 가문의 생계 수단이다. 피젼 집안의 바구니는 스미스소니언 박물관을 비롯하여 전 세계의 박물관과 미술관에서 찾아볼 수 있다. 포타와토미 네이션 연례 행사 때 이 바구니를 구할 수 있다. 새 둥지만 한 크기의 화려한 바구니부터 수확용 바구니, 감자 바구니, 옥수수 세척용 바구니까지 온갖 종류의 바구니가 있다. 크기와 디자인에 따라 다르지만 검은 물푸레나무 바구니는 상당한 가격에 팔린다. 존이 말한다.

"사람들이 가격표를 보고 놀라곤 하죠. 그저 바구니일 뿐이라고 생각하지만 이 작업의 80퍼센트는 짜는 작업보다 훨씬 전부터 이루어지죠. 나무를 찾는 일부터 시작해서 두들기고 당기고 온갖 일을 해야 하는 걸 생각하면 최저 임금에도 미치지 못하는걸요."

존이 어렸을 때는 통나무 두드리는 소리가 마을 전체에 울려 퍼졌다고 한다. 하지만 연장자들이 떠나고 아이들이 늪에서 놀기보다는 비디오 게임에 열중하면서 마을은 점점 조용해지고 있다. 존은 누구라도 찾아오면 기꺼이 자신이 연장자와 나무로부터 배운 것을 가르쳐 준다. 이제까지 내가 들었던 바구니 짜기 수업에서는 모든 재료를 깔끔히 정돈해서 테이블 위에 준비해 두고 시작했는데, 존의 수업은 달랐다. 존이 가르치는 바구니 만들기는 살아 있는 나무에서부터 시작된다.

'연장자들이 떠났다.'라는 말은 무슨 뜻일까요?

검은 물푸레나무

검은 물푸레나무는 발을 물에 담그기를 좋아해서 범람원의 숲과 늪지 가장자리에 자리를 잡는다. 늘 흩어져서 자라는 이 나무 중에서 바구니 만들기에 딱 알맞은 나무를 찾으려면 장화가 푹푹 빠지는 진흙탕을 온종일 돌아다녀야 한다.

바구니 만들기에 이상적인 검은 물푸레나무는 몸통이 곧고 깨끗하며 아랫부분에 가지가 없어야 한다. 가지가 있으면 옹이가 생기기 때문에 곧은 나뭇결이 중간에서 끊기게 된다. 좋은 나무는 몸통의 폭이 한 뼘 정도 되고 위쪽에 가지가 무성하고 건강한 나무다. 해를 똑바로 보고 자란 나무는 곧고 결이 고운 반면 햇빛을 찾아 이리저리 헤맨 나무는 가지도 결도 구불구불하게 뒤틀려 있다.

사람이 어린 시절의 영향을 받는 것만큼이나 나무도 어린 시절의 영향을 받는다. 나무의 역사는 나이테에 기록되어 있다. 좋은 해에는 나이테가 넓게 생기고 굶주리는 해에는 나이테가 좁아진다. 나이테의 무늬는 바구니 만들기에 있어 아주 중요한 요소다.

나이테는 계절의 순환에 의해서 생겨나는데, 나무껍질과 가장 새로 자라난 부위인 부름켜 사이의 연약한 세포층이 깨어났다 잠들었다를 반복할 때 만들어진다. 봄에 낮이 길어지는 것을 싹이 감지하면 수액이 차오르기 시작하고 부름켜는 풍부한 물을 잎으로 운반하기 위해 입구가 넓은 튜브처럼 생긴 세포를 키워 낸다. 이 세포들은 빨리 자라기 때문에 세포벽이 얇은 편이다. 임학자들은 이때 생기는 나이테의 부드러운 부분을 춘재春材라고 부른다. 봄이 가고 여름이 오면 물과 영양소가 부족해지고 부름켜는 굶주림의 계절을 대비해서 작고 두꺼운 세포

사람이 어린 시절의
영향을 받는 것만큼이나
나무도 어린 시절의
영향을 받는다.

를 만들어 낸다. 이때 만들어지는 빽빽한 세포를 만재晚材 또는 하재夏材라고 부른다. 낮이 짧아지고 잎이 떨어지면 부름켜는 겨울잠에 들어가 세포 분열을 중단한다. 하지만 봄이 다시 찾아오면 부름켜는 다시 한번 왕성한 활동을 시작한다. 이 갑작스러운 전환은 지난해에 만들어진 만재와 새로 만들어지는 춘재 사이에 선명한 선을 만들어 내는데 이것이 바로 나이테다.

검은 물푸레나무 벌목을 위해서 존은 건강한 나무를 알아볼 수 있도록 눈을 단련했다. 꼭 알맞은 나무를 찾으면 벌목이 시작된다. 하지만 이때 필요한 도구는 톱이 아니라 대화다.

전통적인 벌목꾼은 각각의 나무의 개별성을 인정하고 인간이 아닌 숲 사람으로 대한다. 따라서 무단으로 취하지 않고 나무에게 요청한다. 존은 공손하게 자신의 목적을 설명하고 벌목을 해도 좋을지 허락을 구한다. 가끔은 안 된다는 대답이 돌아오기도 한다. 주변의 신호를

나이테는 나무의 나이를 나타낸다.

읽어야 하는데 나뭇가지에 새가 둥지를 틀었다든지, 나무껍질이 칼날에 저항한다든지 하는 식이다. 그것도 아니면 벌목꾼의 직감이 그대로 발길을 돌리게 하는 수도 있다. 동의를 얻었으면 기도를 올리고 답례로 담배를 놓아둔다. 나무가 넘어질 때 상하거나 주위를 다치게 하지 않도록 세심한 주의를 기울인다. 때로는 나무가 쓰러질 때 충격을 완화하도록 가문비나무 가지를 깔아 두기도 한다.

존이 좋아하는 벌목 시기는 '수액이 솟아오르고 땅의 에너지가 나무로 흘러드는' 봄과 '에너지가 다시 땅으로 되돌아가는' 가을이다.

바구니 만들기 수업

이 따뜻한 여름날, 존은 우리에게 바구니 만드는 법을 가르쳐 주고 있다. 먼저 스펀지처럼 부드러운 나무껍질을 벗겨 낸다. 첫 번째 나무 끈의 가장자리를 잡아당기면 통나무를 두들기는 작업이 왜 필요했는지 알 수 있게 된다. 세포벽이 얇은 춘재가 으깨져서 만재와 분리되어 있는 모습이 드러나는 것이다. 즉 벗겨 낸 나무 끈은 나이테 사이에 있는 부분이다.

나무의 역사와 나이테의 무늬에 따라 나무 끈에는 다섯 해의 기록이 담기기도 하고 한 해 분량만 들어가기도 한다. 존이 나무를 두들기고 벗겨 낼 때마다 그는 항상 시간을 거슬러 올라간다. 나무의 생애가 그의 손에서 한 겹 한 겹 벗겨진다. 나무 끈 더미가 커질수록 통나무는 점점 작아져 몇 시간 안에 가느다란 작대기만 남는다. 존이 말한다.

"이것 좀 봐요. 다 벗겨 내니 어린나무 시절로 돌아갔어요."

존이 다시 나무 끈 더미를 가리키며 말한다.

"잊지 마세요. 여기 쌓여 있는 것은 나무의 일생이에요."

긴 나무 끈은 두께가 제각각이어서 다음 단계는 나무 끈을 더 얇게 만들기 위해 나이테를 따라 분리하는 것이다. 존이 절단기를 가져왔다. 두 개의 나무 조각이 죔쇠로 연결되어 마치 거대한 빨래집게처럼 생겼다. 존은 의자 가장자리에 앉아 무릎 사이에 절단기를 끼웠다. 절단기의 다리는 땅에 고정되어 있고 뾰족한 끝은 그의 무릎 사이로 올라와 있다. 그는 2.4미터 길이의 나무 끈을 죔쇠에 끼워 한쪽 끝이 2.5센티미터 정도 튀어나오게 해서 고정한다. 칼을 꺼내서 나무 끈의 갈라진 끝에 꽂고 나이테를 따라 비틀어 가며 틈을 벌린다. 존의 갈색 손이 벌려진 나무 끈의 양쪽을 잡고 능숙한 손놀림으로 쭉 당긴다. 나무 끈은 두 개의 긴 풀잎처럼 매끄럽게 갈라진다.

"이게 다예요."

존이 눈웃음치며 말했다.

나는 나무 끈을 끼우고 절단기를 양쪽 허벅지로 단단히 고정시키면서 나무 끈을 가를 수 있도록 칼집을 낸다. 절단기를 다리로 단단히 붙들어 고정시킨다는 게 상당히 어렵다는 사실을 금방 깨닫게 된다. 존이 웃으며 말한다.

"그럼요. 이건 인디언의 오랜 발명품으로 허벅지 단련 기구랍니다!"

겨우 한 개를 완성했지만 내가 잘라 낸 나무 끈은 마치 다람쥐가 갉아먹은 것처럼 들쭉날쭉하다. 존은 웃으며 내가 망쳐 놓다시피 한 나무 끈을 깔끔하게 잘라 내고는 이렇게 말한다.

"다시 해 보세요."

결국 나는 양쪽을 잡아당길 수 있는 나무 끈을 만들었지만 두께가 고르지 않다. 내가 만든 결과물은 한쪽은 두껍고 한쪽은 얇은 데다 길이도 30센티미터밖에 되지 않는다. 존이 말한다.

"이 나무는 좋은 선생님이에요. 인간으로 산다는 것은 균형을 찾는 일이에요. 나무 끈 만드는 작업은 그것을 잊지 않게 해 주죠."

존이 수강생 주위를 돌며 독려한다. 그는 모든 수강생의 이름을 다 외웠고 각자에게 무엇이 필요한지도 이미 파악했다. 어떤 이에게는 이두박근이 약하다고 농담을 하고 어떤 이에게는 따뜻한 손길로 어깨를 토닥이기도 한다. 좌절한 사람이 있으면 옆에 앉아서 말한다.

"너무 잘하려고 하지 마세요. 그냥 편안하게 하세요."

어떤 이에게는 그저 나무 끈을 잡아당겨서 건네주기도 한다. 그는 나무 보는 눈만 뛰어난 것이 아니라 사람 보는 눈도 정확하다.

일단 요령을 터득하면 나무 끈은 반듯하고 고르게 갈라지는데, 갈라진 안쪽 면은 의외로 아름답다. 온기가 느껴지고 윤이 나는 안쪽 면과 달리 바깥쪽 면은 울퉁불퉁하고 거칠며 갈라진 끄트머리에는 긴 '털'이 솟아 있다.

"아주 날카로운 칼이 필요해요. 자칫하면 손을 베이기 쉬워요."

존은 말하면서 우리 모두에게 '다리'를 하나씩 건네준다. 낡은 청바지에서 잘라 낸 조각이다. 청바지 조각을 두 겹으로 접어서 왼쪽 허벅지 위에 올리는 방법을 보여 준다. 존은 한 사람 한 사람 옆에 앉아서 시범을 보인다. 칼의 각도나 손의 압력이 조금만 달라져도 성공과 유혈의 길이 갈라지기 때문이다. 존은 나무 끈의 거친 면이 위로 오게 해서 왼쪽 허벅지에 올려 두고 칼날의 각도를 맞추어 갖다 댄다. 다른 손으로는 스케이트 날이 얼음 위를 지치듯 연속 동작으로 칼 아래의 나무 끈을 잡아당긴다.

마침내 나무 끈이 완성되어 바구니를 엮을 준비가 되었다. 애초에 바구니 만들기라고 하면 바구니를 엮는 게 전부라고 생각했는데 바로 그 작업을 위한 준비가 이제야 끝난 것이다. 그런데 존이 수업을 중단한다. 그의 부드러운 목소리에 날이 섰다.

"여러분은 가장 중요한 걸 놓쳤어요. 주위를 둘러보세요."

우리는 둘러본다. 숲과 야영지와 서로를.

"땅을 보세요!"

우리 각각의 자리에 나무 부스러기가 잔뜩 쌓여 있다.

"여러분이 들고 있는 것이 뭔지 생각해 보세요. 그 물푸레나무는 저 늪에서 30년 동안 자라면서 잎을 내고 떨구고 다시 냈어요. 사슴에게 먹히고 서리를 맞았지만 한 해 한 해 쉬지 않고 자라서 저렇게 나이테를 만들었어요. 바닥에 떨어져 있는 나무 끈은 그 나무의 한 해 생애 그 자체예요. 그런데 여러분은 그걸 짓밟고 구기고 갈아서 먼지로 만들려는 건가요?"

그는 잠시 말을 멈추었다가 다시 이어 간다.

"그 나무는 자신의 생애를 바쳐 여러분에게 경의를 표했어요. 나무 끈을 망치는 것은 부끄러운 일이 아니에요. 아직 배우는 중이니까요. 하지만 무엇을 하든 언제나 나무에게 존경심을 가지시고 절대 나무 끈을 낭비하지 마세요."

존은 우리에게 나무 부스러기를 정돈하는 방법을 알려 준다. 짧은 나무 끈은 작은 바구니나 장식품을 만들 수 있게 따로 모으고, 나무 조각과 대팻밥은 상자에 모았다가 불쏘시개로 쓴다. 존은 섬기는 수확의 전통에 따라 필요한 것만 취하고 취한 모든 것을 이용한다. 우리가 이용하는 거의 모든 것이 다른 누군가의 삶의 산물이지만 이 단순한 진실이 우리 사회에서는 거의 인정받지 못하고 있다.

짧은 휴식을 가진 뒤, 우리는 다음 단계로 들어간다. 바구니의 바닥을 엮는 일이다. 우리는 전통적인 둥근 바닥 바구니를 만들 것이기 때문에 먼저 두 개의 나무 끈을 십자가 모양으로 대칭이 되게 놓는다. 존이 말한다.

"자, 여러분이 해 놓은 것을 보세요. 여러분은 앞에 놓은 네 방향에서 시작했어요. 그게 여러분이 만들 바구니의 심장이에요. 나머지 모든 것은 그것을 중심으로 놓일 거예요."

우리 부족은 성스러운 네 방향과 그곳에 거하는 힘을 공경한다. 두 개의 나무 끈이 만나는 곳, 네 방향이 교차하는 곳은 균형을 찾으려고 애쓰는 우리가 인간으로서 서 있는 곳을 상징한다. 존이 말한다.

"우리가 살아가면서 하는 모든 일은 성스럽습니다. 네 방향은 우리가 하는 일의 기반이에요. 그래서 이렇게 시작하는 겁니다."

> **네 방향:** 네 방향은 동쪽, 서쪽, 남쪽, 북쪽 지역을 의미한다. 토착민 네이션마다 각각의 방향이 가져다주는 선물에 대한 가르침이 전해지고 있다. 4계절, 4원소, 4대 인종 등 숫자 4도 중요한 의미를 지닌다.

일단 여덟 개의 뼈대를 이루는 살을 엮으면 바구니가 자라기 시작한다. 우리는 다음 지시를 기다리며 존을 쳐다보지만 더는 아무 지시 사항도 나오지 않는다. 존이 말한다.

"이제부터는 여러분이 알아서 하시면 됩니다. 바구니 디자인은 여러분에게 달려 있어요."

두꺼운 나무 끈과 얇은 나무 끈이 주어져 있다. 존은 온갖 화려한 색으로 염색된 다양한 나무 끈을 가방에서 꺼내 온다. 뒤엉킨 나무 끈 더미는 남성용 리본 셔츠에 다는 리본처럼 보인다. 존이 말한다.

"시작하기 전에 나무와 나무가 견딘 온갖 노고에 대해 생각해 보세요. 나무는 이 바구니에 생명을 줬어요. 그러니 여러분에게는 책임이 있는 거예요. 나무에 보답하는 마음으로 아름다운 것을 만드세요."

작업을 시작하기 전에 모두 나무에 대한 책임감을 느끼며 잠시 침묵한다. 나는 가끔 백지를 마주하고 있을 때 이런 느낌을 받는다. 나에게 있어 글쓰기는 세상과 나누는 호혜적 행위다. 나에게 주어진 모든 것에 대한 보답으로 내가 세상에 줄 수 있는 것이다.

바구니를 엮을 때는 처음 두 줄이 가장 힘들다. 이 부분에서는 존의 도움이 필요하다. 격려의 말과 함께 자꾸만 도망가는 나무 끈을 안정된 손길로 단단히 붙잡아 준다. 두 번째 줄을 엮을 때도 나무 끈이 움직이지 않도록 단단히 고정시키기가 어렵다. 심지어 헐거워진 나무 끈이 축축한 끄트머리로 얼굴을 때리기도 한다. 존은 그저 웃기만 한다. 하지만 그다음 세 번째 줄은 내가 가장 좋아하는 부분이다. 이쯤부터는 서로 반대 방향으로 당기는 장력이 균형을 이루기 시작한다. 주고받기—호혜성—가 자리를 잡고 부분이 전체가 되기 시작한다. 나무 끈이 편안하게 제자리를 찾아 들어가니 작업이 수월해진다. 혼돈 속에서 질서와 안정이 드러나는 것이다.

땅과 사람의 안녕이라는 바구니를 엮을 때도 이 세 줄의 교훈을 되새겨야 한다. 생태계의 안녕과 자연의 법칙이 언제나 첫 번째 줄이다. 그것이 없이는 풍요의 바구니를 만들 수 없다. 이 첫 줄이 제자리에 있어야만 우리는 두 번째 줄을 엮을 수 있다. 두 번째 줄은 물질적 안녕, 즉 인간의 필요가 충족되는 것을 나타낸다. 경제는 생태를 기반으로 한다. 하지만 이 두 줄만으로는 바구니가 견고해질 수 없고 언제든 풀어질 위험성이 있다. 세 번째 줄이 엮여야만 앞의 두 줄이 단단히 고정될 수 있다. 이 지점에서 생태, 경제, 영성이 하나로 엮이게 된다. 물질을 선물처럼 여기고 가치 있게

지금 제작 중인 이 피젼 가문의 바구니와 같은 검은 물푸레나무 바구니는 생태학, 경제학, 영성을 한데 엮은 것을 상징한다고 볼 수 있다.

사용함으로써 그 선물에 보답할 때 우리는 균형을 찾는다. 이 세 번째 줄은 여러 가지 이름으로 불린다. 존중, 호혜성, 우리의 모든 관계. 나는 이것이 영성의 줄이라고 생각한다.

그 이름이 무엇이건 간에, 이 세 줄은 우리의 삶이 서로에게 의존한다는 인식을 나타낸다. 모든 것을 다 담아야 하는 이 바구니에서 인간의 필요는 오직 한 줄에 지나지 않는다. 이 관계

> 당신에게 주어진 모든 것에 대해 당신은 어떻게 보답할 수 있을까요, 혹은 어떻게 보답하고 있나요?

속에서 낱낱의 나무 끈은 하나의 바구니가 된다. 우리를 미래로 데려갈 수 있을 만큼 튼튼하고 질긴 바구니가.

오후가 끝나 갈 무렵 테이블은 완성된 바구니로 가득 찼다. 존은 작

은 바구니에 장식용 나무 끈을 다는 작업을 도와준다. 이 전통 장식은 작은 바구니에 주로 달린다.

"이제 마지막 단계예요."

존이 네임펜을 나눠 주며 말한다.

"각자 바구니에 서명하세요. 여러분의 작품에 자부심을 느끼세요. 바구니는 저절로 만들어진 것이 아니에요. 실수한 부분조차 모두 여러분이 수고한 흔적이에요. 당당히 주장하세요."

존은 각자 자기가 만든 바구니를 든 우리의 모습을 사진으로 남긴다. 그는 자식이 자랑스러운 아빠처럼 활짝 웃으며 말한다.

"오늘은 특별한 날이에요. 오늘 여러분이 배운 것을 보세요. 바구니가 여러분에게 뭘 보여 줬는지 여러분이 아셨으면 좋겠어요. 바구니 하나하나가 다 아름다워요. 하나하나가 다 다르지만 모두 하나의 나무에서 시작했지요. 우리 인간도 마찬가지예요. 모두 같은 것으로 만들어졌지만 각자 자기만의 아름다움이 있어요."

땅의 재생과 바구니 만들기

검은 물푸레나무는 햇빛이 잘 드는 곳 그리고 바구니 장인의 공동체 근처에서 번성한다. 검은 물푸레나무와 바구니 장인은 수확물과 수확하는 존재로서의 공생 관계에 있는 동반자다. 사람이 검은 물푸레나무에게 의존하듯이 검은 물푸레나무도 사람에게 의존한다. 우리의 미래는 서로 연결되어 있다.

피전 가문의 이런 연결 고리에 대한 가르침은 바구니 만들기의 전통을 부흥하려는 운동의 일환이다. 그리고 이러한 노력은 토착민들의 땅, 언어, 문화, 철학을 되살리고자 하는 움직임으로도 연결된다. 하지만 검은 물푸레나무 바구니 만들기 운동이 힘을 얻는 만큼 동시에 또 다른 침입종에 의해 위협을 받고 있다. 거북섬 전역에서 토착 원주민들은 개척자들의 압력에 의해 거의 소멸되다시피 한 전통 지식과 생활 방식을 되살리기 위한 노력에 앞장서고 있다.

존이 빛나는 녹색 딱정벌레 사진이 표지에 실려 있는 미국 농무부의 소책자를 건네주며 말한다.

"물푸레나무를 아끼신다면 관심을 가지셔야 해요. 나무가 공격을 받고 있거든요."

중국에서 들어온 호리비단벌레emerald ash borer는 나무 몸통 안에 알을 낳는다. 애벌레로 부화하면 번데기가 될 때까지 부름켜를 먹어 치우다가 성충이 되면 나무를 뚫고 나와 다른 보금자리를 찾아 날아간다. 호리비단벌레가 어디에 자리를 잡든, 감염된 나무에게는 치명적일 수밖에 없다. 그리고 호리비단벌레가 가장 좋아하는 숙주는 물푸레나무다. 지금은 호리비단벌레의 확산을 막기 위해 통나무 운반에 대해 검역을 하고 있지만 과학자들의 예상보다 훨씬 빨리 퍼져 나가고 있다.

존이 말한다.

"주의를 기울이세요. 나무를 보호해야 해요. 그게 우리가 해야 할 일이에요."

그의 가족이 가을에 통나무를 벌목할 때는 항상 세심하게 주의를 기울여 떨어진 씨앗을 모으고 잘 보관했다가 습지를 지날 때마다 뿌린다. 존이 다시 우리에게 상기시킨다.

"다른 모든 일과 마찬가지예요. 뭔가를 가져가려면 항상 그만큼 되

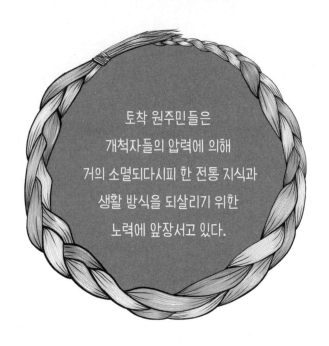

토착 원주민들은
개척자들의 압력에 의해
거의 소멸되다시피 한 전통 지식과
생활 방식을 되살리기 위한
노력에 앞장서고 있다.

돌려 주어야 하죠. 이 나무가 우리를 돌보는 만큼 우리도 나무를 돌봐 줘야 해요."

미국 미시간의 광대한 물푸레나무 숲이 이미 상당 부분 훼손되었으며 태곳적부터 이어져 온 관계의 사슬에 균열이 생겼다. 피젼 가문이 수 대째 모여 살면서 검은 물푸레나무를 가꿔 온 습지도 감염되었다.

앤지 피젼Angie Pigeon은 이렇게 썼다.

'우리 나무들이 죽었다. 이제 얼마나 더 바구니를 만들 수 있을지 모르겠다.'

대다수의 사람에게 침입종의 유입은 풍경의 손실을 뜻하지만, 고대로부터 내려온 관계의 책임을 전승

호리비단벌레는 물푸레나무에 상당한 피해를 준다. 수년 안에 상당수의 나무를 죽음에 이르게 할 수 있다.

하고 있는 사람들에게 이 빈 틈새는 빈손과 공동체의 심장에 뚫린 구멍을 의미한다. 피젼 가문의 사람들은 나무와 전통을 둘 다 지켜 내고자 애쓰고 있다. 그들은 임학자들과 힘을 합쳐 이 해충에 저항하고 여파에 적응하려고 노력한다. 그들은 '다시 엮는 사람들reweavers'이다.

모든 종에게는 그들만의 피젼 가문과 같은 동반자와 보호자가 필요하다. 우리의 전통적인 가르침에 따르면 어떤 종은 우리를 돕고 길을 안내한다고 한다. 본래의 가르침은 이 호의에 보답할 것을 강조한다. 다른 종의 수호자가 된다는 사실은 명예로운 일이다. 누구나 손만 뻗으면 취할 수 있는 명예이지만 우리는 너무 쉽게 잊고 만다. 검은 물푸레나무 바구니는 다른 존재의 선물을, 우리가 보호와 돌봄을 통해 감사히 보답할 수 있는 선물을 우리에게 상기시킨다.

높아진 감수성

오늘 우리 집은 바구니로 가득하다. 내가 가장 좋아하는 것은 피젼의 바구니다. 그 속에서 나는 존의 목소리와 둥, 둥, 둥 울리는 도끼 소리를 들을 수 있고, 늪의 냄새를 맡을 수 있다. 이 기억들은 내가 손에 들고 있는 것이 한 나무의 일생임을 잊지 않게 해 준다. 우리에게 선물로 주어진 모든 생명에 대한 감수성을 높인 채 살아간다는 것은 어떤 느낌일까? 일단 시작하면 멈추기는 어렵다. 당신의 삶이 선물로 가득하다는 사실을 느끼기 시작할 것이다.

이러한 자각 속에서 내 책상 위에 있는 물건-바구니, 양초, 종이-을 바라본다. 기쁘게 그 기원을 따라 땅속으로 들어간다. 손가락 사이로 연필-향삼나무로 만든 마법의 지팡이-을 빙빙 돌려 본다. 아스피린에 들어 있는 버드나무 껍질, 심지어 램프 속 금속까지도 지구의 지층 구조 속 자신의 뿌리를 생각해 보라고 속삭인다. 하지만 내 눈과 생각은 책상 위의 플라스틱을 재빨리 지나쳐 버리고 있음을 알아차린다. 컴퓨터에게는 눈길조차 주지 않는다. 도저히 플라스틱을 통해서는 사색의 순간을 끌어내지 못하겠다. 자연계에서 너무 멀어져 버렸기 때문이다. 여기서부터 이 단절이 시작된 것은 아닐까. 존경심이 사라지고 더는 사물 속에서 생명을 찾아볼 수 없게 된 순간.

하지만 가끔 손에 든 바구니나 복숭아 혹은 연필을 보면서 그 모든 연결에, 그 모든 생명과 그것을 잘 사용해야 할 우리의 책임에 마음과 영혼이 열리는 순간이 있다. 바로 그 순간, 존 피젼의 목소리가 들린다.

"서두르지 마세요. 여러분이 손에 들고 있는 것은 한 나무의 30년 생애예요. 잠시라도 시간을 내서 그것으로 무엇을 할지 생각해 보아야 하지 않겠어요?"

우리에게 주어진 생명에 대해 높아진 감수성을 가지고
살아간다는 것은 어떤 느낌일까요?
화장지에서 나무를 떠올리고, 치약에서 조류를,
마룻바닥에서 참나무를 떠올린다면?
모든 것 속에 깃든 생명의 실타래를 따라가 존경을 표한다면?
이러한 삶의 태도를 가진다면
여러분이 사물과 그리고 여러분의 세계와
상호작용하는 방식은 어떻게 달라질까요?

미슈코스 케노마그웬:
풀의 가르침

향모가 전통 서식지에서 사라지고 있다. 향모 바구니 장인들이 나에게 그 이유를 설명해 달라고 요청한 일이 있다. 나도 돕고 싶지만 과학의 언어와 전통 지식의 언어는 그 의미에 차이가 있기에 다소 조심스러운 것이 사실이다. 둘은 전혀 다른 앎의 방식이자 소통의 방식이다. 풀의 가르침을 학계에서 요구하는 과학적 사고와 학술적 글쓰기의 획일화된 규격-서론, 문헌 검토, 가설, 방법, 결과, 고찰, 결론, 감사의 글, 인용 출처- 속에 욱여넣는 것이 과연 잘하는 일인지 아직 확신이 없다.

나에게 있어 향모는 실험 대상이 아니라 선물이다. 하지만 나는 향모를 위한 일을 할 것을 요청받았고 나의 책임이 무엇인지 안다. 그래서 요청에 응했고, 여러분을 과학과 전통 지식의 결합인 이 연구 여정에 초대하고자 한다. 어쩌면 이 여정이 여러분이 미래에 착수할 연구 과제에 대한 견본을 제시할지도 모른다.

1. 서론

보기 전에 냄새로 먼저 알 수 있다. 향모가 자라는 여름 풀밭은 달콤한 향기가 산들바람을 타고 춤을 추는 듯하다가 어느새 축축한 땅의

톡 쏘는 냄새로 바뀐다. 그러다 다시 돌아온다. 향긋한 바닐라 향이,
향모의 냄새가 손짓한다.

2. 문헌 검토

작은 체구와 은발의 연장자인 레나는 쉽게 속아 넘어가지 않는다.
그녀는 살아온 세월만큼의 확신을 품고 허리 높이의 풀을 가르며 나아
간다. 초원을 죽 둘러보더니 초보자의 눈에는 다른 것과 똑같아 보이
는 한 곳을 향해 곧장 걸어가서는 주름진 갈색 손의 엄지와 검지 사이
로 풀잎 하나를 훑는다.

"얼마나 윤기가 나는지 보이세요? 남들 사이에 숨어 있으면서도 누
군가 발견해 주기를 바란답니다. 그래서 이렇게 반짝반짝 빛이 나는
거예요."

이렇게 말하면서도 레나는 손가락 사이로 미끄러지며 빠져나가는
풀잎을 그냥 지나친다. 첫 번째로 눈에 뜨이는 식물을 취하지 말라는
조상의 가르침을 따르는 것이다.

등골나무와 미역취를 사랑스럽다는 듯 쓰다듬으며 걸어가는 레나의
뒤를 따라간다. 풀숲에서 반짝이는 것을 발견한 레나의 발걸음이 빨라
진다.

"아, 보조Bozho."

그녀가 이어 말한다.

"안녕하세요."

재킷에서 사슴 가죽으로 만든 주머니를 꺼낸다. 가장자리가 빨간
구슬로 장식되어 있다. 주머니를 털어 담배 가루를 손바닥에 조금 덜

어 낸다. 눈을 감고 뭔가 중얼거리며 그녀가 손을 높이 치켜든다. 네 방향에 경의를 표한 뒤, 땅에 담배를 뿌린다. 그녀가 눈썹을 찡긋하며 말한다.

"알죠? 항상 식물에게 선물을 남기고, 취해도 되는지 먼저 물어봐야 하는 거예요. 먼저 묻지 않는 것은 무례한 일이에요."

그제야 레나는 허리를 숙여 뿌리가 다치지 않도록 조심하면서 풀 줄기를 밑동에서 뜯어낸다. 주변의 수풀을 헤치고 다니며 찾고 또 찾는다. 반짝이는 줄기를 한 다발 모을 때까지.

레나는 바람에 흔들리는 빽빽한 풀숲을 그냥 지나쳐 간다.

그녀가 말한다.

"이게 우리의 방식이에요. 필요한 만큼만 취하는 거예요. 언제나 절반 이상 가져가서는 안 된다는 말을 들으며 자랐어요."

초원에 그녀가 풀을 뜯으며 지나간 구불구불한 자취가 남는다.

가끔 레나는 아무것도 취하지 않고 그저 풀밭을 둘러보고 식물들이 잘 있는지 보러 오기도 한다. 그녀가 말한다.

"우리의 가르침은 아주 강력해요. 유용하지 않았다면 지금까지 전해지지 못했겠죠. 우리 할머니가 항상 강조하셨어요. '식물을 존중하면서 이용한다면 언제나 우리 곁에 머물며 번성할 거야. 우리가 무시한다면 떠나 버리겠지. 존경심을 가지고 대하지 않는다면 우리를 떠나고 말 거란다.'"

우리가 왔던 숲길을 따라 초원을 떠날 때, 레나는 산책로 옆에 있는 한 줌의 큰조아재비timothy를 느슨하게 묶어 매듭을 지었다.

그녀가 말한다.

"이렇게 해서 우리가 여기 왔었다는 사실을 다른 사람에게 알리는 거예요. 그래야 이곳에서 더 가져가지 않을 테니까요. 이곳은 우리가 제대로 돌보고 있어서 언제나 좋은 향모가 자라지요. 하지만 다른 곳에서는 향모를 찾기가 점점 힘들어지고 있어요. 내 생각에 사람들이 제대로 된 방법으로 수확하지

큰조아재비: 줄기가 긴 여러해살이풀의 한 종류로 건초용으로 알려져 있다.

않는 것 같아요. 어떤 사람들은 서두르느라 향모를 통째로 잡아당겨서 뿌리째 뽑기도 하거든요. 나는 그렇게 하면 안 된다고 배웠어요."

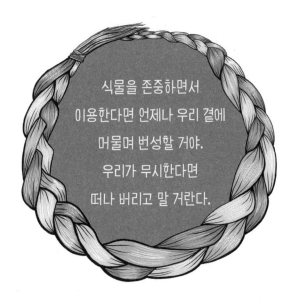

식물을 존중하면서
이용한다면 언제나 우리 곁에
머물며 번성할 거야.
우리가 무시한다면
떠나 버리고 말 거란다.

3. 가설

향모는 전통 서식지 대부분에서 자취를 감추고 있다. 그래서 바구니 장인들이 식물학자들에게 도움을 요청했다. 서로 다른 수확 때문에 향모가 사라지고 있는 것이 아닌지 알아봐 달라는 부탁이다.

사람들이
당신 목소리에
귀 기울이게 하려면,
그들의 언어로
말해야 한다.

사람들이 당신 목소리에 귀 기울이게 하려면, 그들의 언어로 말해야 한다. 그래서 나는 학교에 돌아와서 내 대학원 학생인 로리에게 이것을 주제로 논문을 써 볼 것을 제안했다. 로리는 그저 서가에 꽂혀 있는 학술적이기만 한 주제가 아니라 '누군가에게 실제로 의미가 있는' 연구 주제를 찾고 있었다.

4. 방법

로리는 아직 향모를 만나 본 적이 없다.

"향모가 로리를 가르칠 거예요. 그러니 우선 향모와 친해져야 해요."

나는 이렇게 충고했다.

나는 복원된 향모 풀밭으로 로리를 데려갔다. 그녀는 단번에 그 향기에 반했다. 로리가 냄새로 향모를 구분할 수 있게 되기까지는 그리 오래 걸리지 않았다. 마치 향모 스스로 그녀가 발견해 주기를 기다렸던 것 같다.

우리는 함께 바구니 장인들이 설명하는 두 가지 수확 방법이 어떤 영향을 미치는지 비교하는 실험을 설계했다. 로리는 지금까지 과학적 방법에 대해서만 교육을 받아 왔지만, 나는 그녀가 조금 다른 방법을 시도하기를 바랐다. 나에게 있어 실험은 식물과 나누는 대화의 일종이다. 내가 식물에게 궁금한 점이 있을 때, 우리는 같은 언어를 쓰지 않기 때문에 식물에게 직접적으로 질문할 수 없다. 식물도 언어로 대답하지 않는다. 식물은 살아가는 방식을 통해서, 그리고 변화에 적응하는 양상을 통해서 대답한다. 동료들이 "내가 ○○를 발견했어."라고 말할 때마다 웃음이 난다. 마치 콜럼버스가 자신이 아메리카 대륙을 발견했다고 주장하는 꼴이다. 아메리카 대륙은 줄곧 여기에 있었다. 그가 몰랐을 뿐이다. 실험은 발견을 위한 것이 아니다. 다른 존재에게 귀를 기울이고, 그들의 지식을 우리의 언어로 번역해 내는 일이다.

내 동료들은 바구니 장인이 과학자라고 하면 비웃을지도 모른다. 하지만 레나와 그녀의 딸이 향모 풀밭에서 절반을 수확해서 결과를 관찰하고 발견한 내용을 평가하고 그에 따라 관리 지침을 만드는 일은 내가 보기에는 어엿한 실험 과학이다. 수 세대에 걸쳐 수집하고 평가한 데이터는 잘 검증된 이론으로 구축된다.

다른 대학과 마찬가지로 우리 대학에서도 대학원생들은 교수 위원회에 논문 아이디어를 발표해야 한다. 로리는 실험 개요를 소개하면서 여러 연구 장소, 많은 반복 실험과 집중 표본 추출 기법을 능숙하게 설명했다. 로리가 발표를 마치자 회의실에는 어색한 침묵이 흘렀다.

> **과학 이론:** 다양한 사례에 대한 일관성 있는 지식 또는 설명으로 알려지지 않은 상황에서 어떤 일이 일어날 수 있는지를 예측할 수 있게 한다.

한 교수가 제안서를 뒤적이더니 무시하듯 옆으로 밀어 놓으며 말했다.

"과학적으로 새로운 것이 없어요. 이론적인 토대조차 없고요."

우리의 연구는 아주 확실한 과학 이론에 기반을 두고 있다. 레나와 토착 원주민들의 전통적인 생태 지식이 그것이다.

"식물을 존중하면서 이용한다면 언제나 우리 곁에 머물며 번성할 거야. 우리가 무시한다면 떠나 버리고 말 거란다."

이것은 수확에 대한 식물의 반응을 수천 년 동안 관찰해서 얻었으며, 바구니 장인에서 약초꾼에 이르기까지 수많은 현업 종사자가 수 세대에 걸쳐 동료 평가까지 마친 이론이다.

학장은 코끝에 걸린 안경 너머로 로리를 날카롭게 응시하며 나를 곁눈질했다.

"식물 수확이 개체 수에 피해를 준다는 사실을 모르는 사람이 어디 있나. 자네는 시간 낭비를 하고 있어. 게다가 이 전통 지식이라는 거, 도무지 설득력 있게 다가오질 않아."

로리는 설명하는 내내 전직 교사답게 차분하고 우아한 태도를 유지했지만 그 눈빛만큼은 강철 같았다.

하지만 나중에는 그녀도 눈물을 글썽이고 말았다. 나도 그랬다. 처음 몇 년간은 아무리 철저하게 준비를 하더라도 이런 통과 의례를 피할 수 없다. 학문적 권위로 무장하고 거들먹거리며 언어적 모욕을 서슴지 않는다. 특히 고등학교도 못 나온 데다 식물과 대화를 한다고 주장하는 늙은 여자의 관찰 기록을 연구 주제로 삼을 만큼 뻔뻔하다면 더욱 그렇다.

과학자들이 토착민 지식의 타당성을 고려하도록 만드는 일은 아주 차가운 물을 거슬러 상류로 헤엄치는 행위만큼이나 어렵다. 과학자들은 아무리 확실한 데이터라도 의심하도록 훈련받았기 때문에 예측된 그래프나 방정식으로 검증하지 않은 이론을 받아들이게 한다는 것은 결코 쉬운 일이 아니다. 게다가 과학이 진리의 영역을 독점했다는 확고한 믿음까지 가세한다면 논의의 여지는 거의 남지 않는다.

우리는 굴하지 않고 계속 나아갔다. 바구니 장인들은 우리에게 과학적 방법의 기준인 관찰, 패턴, 검증 가능한 가설 등 모든 것을 제공했다. 과학으로서의 충분한 조건을 갖추었다는 확신이 내게는 있었다.

우리는 식물에게 질문을 던지는 방식으로 풀밭에 시험구試驗區를 설치했다. "이 두 가지 서로 다른 수확 방법이 수확량 감소에 영향을 끼칩니까?"라는 질문이다. 그러고는 대답을 감지하려고 노력했다. 향모 수확이 활발히 이루어지고 있는 원산지를 훼손하기보다는 향모가 복원되어 빽빽하게 자라고 있으며 수확은 하지 않는 복원지의 풀밭을 선택했다.

로리는 놀라운 끈기로 모든 장소에서 향모의 개체 수를 조사해서 수확 전 향모 개체 수 밀도에 대한 정확한 측정값을 확보했다. 심지어 향모를 일일이 추적하기 위해 색색의 플라스틱 끈으로 꼬리표를 달아 표시했다. 모든 집계가 끝난 뒤 로리는 수확을 시작했다.

실험 장소에는 바구니 장인이 묘사한 두 가지 수확 방법이 각각 한 가지씩 적용되었다. 로리는 각 장소에서 향모 줄기의 절반을 취했는데 한쪽에서는 조심스럽게 밑동에서 줄기를 뜯어냈고, 다른 쪽에서는 뿌리째 잡아 뜯어서 풀밭이 파헤쳐지도록 했다. 물론 실험에는 대조군이 있어야 하기 때문에 실험군과 같은 수의 장소를 전혀 수확하지 않고 그대로 두었다.

어느 날 우리는 들판에 앉아 햇볕을 쬐며 이 실험이 실제로 전통 수확 방식을 재현했는지에 대해 이야기를 나누었다. 로리가 말했다.

"그대로 재현하지 못했다는 거 알아요. 관계를 재현해 내지 못하고 있으니까요. 식물과 대화를 나누지도 않고 선물을 주지도 않잖아요."

그녀는 이 문제를 두고 깊이 고민했지만 결국 관계 맺기는 실험에서 배제하기로 했다.

"전통 관계를 존중하지만 실험의 요소로 포함시킬 수는 없었어요. 제가 이해하지 못하고 과학이 측정조차 시도할 수 없는 변수를 추가한다는 것은 어떤 수준에서도 옳지 않을 거예요. 게다가 저는 향모와 이야기를 나눌 자격도 없고요."

나중에 그녀는 연구에서 중립을 지키고 식물에 대한 애정을 억누르기가 어렵다는 사실을 인정했다. 결국 그녀는 향모에 대한 진심 어린 존경심을 표하되 돌봄의 일관성을 유지함으로써 연구 결과가 어느 쪽으로든 영향을 받지 않도록 노력했다. 수확한 향모는 개체 수를 헤아리고 무게를 잰 뒤 바구니 장인들에게 나누어 주었다.

그 뒤 2년간 로리는 학생 인턴들과 함께 향모를 수확하고 반응을 측정했다. 향모가 자라는 과정을 지켜보는 일이 학생들의 흥미를 끌기 어려웠던 탓에 처음에는 지원자를 모집하기가 쉽지 않았다.

5. 결과

로리는 세심하게 관찰하고 측정한 수치를 수첩에 기록했다. 각각의 실험 장소에서 자라는 식물의 활력도 적어 나갔다. 대조군이 다소 병들어 보이는 점이 조금 염려되었다. 수확 방법에 따른 차이를 비교하려면 수확하지 않은 대조군을 기준점으로 삼아야 하기 때문이다.

실험이 2년 차에 접어들었을 때, 로리는 첫 아이를 임신하고 있었다. 풀이 자라듯 그녀의 배도 점점 커져만 갔다. 허리를 숙이거나 무릎을 구부리는 일이 조금 힘들어졌고 식물의 꼬리표를 읽기 위해 풀밭에 엎드리는 일은 말할 것도 없었다. 하지만 그녀는 식물에게 충실했다. 밭일의 고요함과 주변의 달콤한 풀 냄새와 함께 꽃이 흐드러지게 핀 풀밭에 앉아 있는 평온함이 태교에 좋다고 그녀는 말했다. 아기가 자라면서 로리는 점차 바구니 장인들의

존중과 유용의 차이는 무엇인가?

지식에 대한 확신을 가지게 되었다. 식물과 그 서식지와 오랜 기간 밀접한 관계를 맺은 여성들의 관찰이 가진 가치를 인정할 수밖에 없었다. 그 여성들은 로리에게 많은 가르침을 주었고 많은 아기 모자를 떠주었다.

아기 실리아는 초가을에 태어났다. 아기 침대에는 향모 다발이 걸려 있었다. 실리아가 곁에서 자는 동안 로리는 데이터를 컴퓨터에 입력했고 수확 방법에 따른 차이를 비교하기 시작했다. 모든 향모 줄기에 꼬리표가 달려 있었기 때문에 개체 수의 변화를 기록할 수 있었다.

로리의 통계 분석은 더없이 꼼꼼하고 철저했지만 이야기를 하기 위해 그래프를 볼 필요도 없었다. 풀밭을 보기만 해도 그 차이가 확연히 드러났기 때문이다. 어떤 곳은 황금빛 녹색으로 빛났고 어떤 장소는 칙칙한 갈색이었다. 위원회의 비판이 머릿속에 맴돌았다.

"식물 수확이 개체 수에 피해를 준다는 사실을 모르는 사람이 어디 있나."

하지만 놀랍게도 수확을 하지 않은 쪽이 시들어 가고 있었다. 수확을 한 장소에서 향모가 무성하게 자랄 동안, 어떤 식으로든 뜯기거나 방해를 받지 않은 향모는 줄기가 시들어 죽어 갔다. 모든 줄기의 절반을 매년 수확했지만 다시 빠르게 자라났고 오히려 수확 전보다 더 많은 싹을 틔워 올렸다. 향모 수확이 실제로 성장을 촉진하는 것 같았다. 첫해의 수확에서 가장 잘 자란 것은 한 움큼씩 뽑힌 것들이었다. 하지만 밑동에서 뜯어내든 뿌리째 뽑아내든 결과는 크게 다르지 않았다. 즉, 어떻게 수확했느냐는 문제가 되지 않는 듯했고 단지 수확 여부만이 중요했다.

로리의 대학원 위원회는 처음부터 이 가능성을 일축했다. 그들은 수확은 개체 수를 감소시킨다고 배웠던 것이다. 그런데도 풀은 스스로 진실은 그 반대라고 명백하게 주장했다. 로리는 그래프와 표를 통해 향모는 수확했을 때 번성하고 수확하지 않으면 개체 수가 감소한다는 사실을 입증했다. 의심이 많았던 학장은 입을 다물었고 바구니 장인들은 미소를 지었다.

6. 고찰

우리는 모두 세계관의 산물이다. 순수한 객관성을 주장하는 과학자조차 예외는 아니다. 향모에 대한 그들의 예측은 서구 과학의 세계관과 맥을 같이 한다. 인간을 자연 밖에 두고 인간과 자연 사이의 상호작용에 대해 회의적으로 바라보는 것이다. 하지만 향모 풀밭은 전혀 다른 이야기를 들려준다. 인간 역시 이 시스템의 일부, 그것도 필수 요소라고 말하고 있다. 로리의 발견은 학계의 생태학자들에게는 놀라웠을지도 모르지만, 우리 조상들이 주장한 이론과는 일치했다.

"식물을 존중하면서 이용한다면 언제나 우리 곁에 머물며 번성할 거야. 우리가 무시한다면 떠나 버리고 말 거란다."

학장이 말했다.

"자네의 실험은 유의미한 결과를 보여 주는 것 같군. 하지만 어떻게 설명할 생각인가? 수확하지 않은 풀은 무시당해서 상처를 받았다고 말하고 싶은 건가? 이 현상에 어떤 메커니즘이 작용한 거라고 생각하나?"

로리는 바구니 장인과 향모 사이의 관계를 설명하는 과학 논문은 없다는 점을 시인했다. 그런 질문은 과학적 관심의 영역으로 여겨지지 않았기 때문이다. 로리는 향모가 화재나 초식 동물과 같은 외부 요인에 어떻게 반응하는지에 대한 연구로 관심을 돌렸고 풀이 변화에 적응해 온 방식을 찾아냈다. 풀은 생장점을 지표면 바로 밑으로 이동시켜서 잎이 잔디 깎는 기계나 초식 동물이나 화재에 의해 손상되어도 재빨리 회복할 수 있게 하였다.

로리는 수확을 통해 개체 수를 감소시키면 남은 싹들이 여분의 공간과 빛에 반응하여 더 빨리 번식한다고 설명했다. 싹을 연결하는 땅속줄기에는 눈이 가득하다. 향모를 잡아당기면 이 줄기가 끊어지면서 모든 눈이 그 공백을 메우기 위해 어린싹을 무성하게 틔워 올린다.

많은 풀이 보상 성장compensatory growth이라는 생리학적 변화를 겪는다.

이것은 직관에 반하는 것처럼 보이지만 실재하는 현상이다. 한 무리의 물소가 초원에서 신선한 풀을 뜯어 먹으면 풀은 그에 대한 반응으로 더 빨리 자란다. 이것은 식물의 회복에도 도움이 되지만 다음 계절에 물소 떼를 다시 불러들이는 셈이기도 하다. 물소의 침에 들어 있는 효소는 풀의 성장을 촉진한다. 물소의 배설물이 비료가 된다는 사실은 말할 필요도 없다. 풀은 물소에게 베풀고 물소는 다시 풀에게 베푼다.

길고 긴 문화적 사용의 역사와 함께, 향모는 자신의 보상 성장에 필요한 '교란'을 일으키는 주체인 인간에게 의존하게 된 것으로 보인다. 이 공생 관계에서 향모는 사람들에게 향기로운 풀을 제공하고 사람은 수확을 통해서 향모가 번성할 수 있는 조건을 만들어 준다.

향모의 국지적 감소가 과도한 수확 때문이 아니라 오히려 수확이 충분히 이루어지지 않아서일 수 있다는 점이 흥미로웠다. 로리와 나는 내 예전 학생인 다니엘라 셰비츠가 만든 향모 서식지 지도를 자세히 살펴보았다. 향모는 원주민 공동체, 특히 향모 바구니를 만드는 마을 주변에서 집중 서식하고 있었다.

과학과 전통 지식은 서로 다른 질문을 하고 서로 다른 언어를 말하는지는 몰라도 양쪽 모두가 진정으로 식물에게 귀를 기울인다면 한곳에서 만나게 될 수도 있다. 우리의 조상이 우리에게 들려준 이야기를 그 방에 있는 학자들에게 이해시키기 위해 로리가 그들의 언어로 설명했다.

"식물 생물량의 50%를 제거하면, 줄기는 자원 경쟁에서 자유로워집

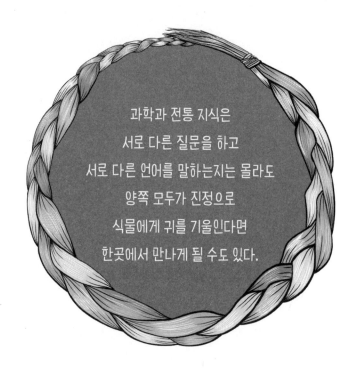

과학과 전통 지식은
서로 다른 질문을 하고
서로 다른 언어를 말하는지는 몰라도
양쪽 모두가 진정으로
식물에게 귀를 기울인다면
한곳에서 만나게 될 수도 있다.

니다. 보상 성장의 자극으로 인해 개체군 밀집도와 식물 활력이 증가하게 됩니다. 교란 작용이 없어지면, 자원 고갈과 경쟁 때문에 식물은 활력을 잃게 되고 사망률이 증가합니다."

과학자들은 로리에게 따스한 박수갈채를 보냈다. 로리는 그들의 언어로 말했고 수확의 자극 효과, 실제로는 바구니 장인과 향모 사이의 호혜성을 훌륭하게 입증한 것이다. 한 학자는 심지어 이 연구가 '과학에 조금도 새로운 기여를 하지 못할 것'이라던 본인의 초기 비판을 철회하기까지 했다. 테이블에 앉아 있던 바구니 장인들은 동의의 뜻으로 조용히 고개를 끄덕였다. 이것이야말로 우리의 연장자들이 말해 왔던 것이 아닌가? 호혜성은 주고받음의 자기 영속적인 순환을 통해 선물을 끊임없이 움직이게 한다.

문제는 우리가 어떻게 존경심을 표현할 것인가 하는 점이다. 우리가 실험하는 동안 향모가 답을 알려 주었다. 지속 가능한 수확이란 식물의 선물을 정중하게 받음으로써 존경심을 가지고 식물을 대하는 것이다.

우리 연장자들은 식물과 인간의 관계가 균형을 이루어야 한다고 가르쳐 왔다. 사람들이 식물을 너무 많이 취하면 식물이 다시 나눠 줄 수 있는 능력의 한계를 초과할 수 있다. 힘든 경험을 통해 나온 지혜의 목소리가 '절대로 절반 이상 가져가지 말라.'는 가르침 속에서 울려 퍼진다. 동시에 그들은 우리가 너무 적게 취해서도 안 된다는 가르침도 전한다. 전통이 죽고 관계가 퇴색하도록 내버려 두면 땅이 고통을 겪게 된다.

하지만 모든 식물이 똑같지는 않다. 각각의 식물에게는 자신만의 재생 방법이 있다. 어떤 식물은, 향모와는 반대로, 수확을 통해 쉽게 피해를 입기도 한다. 레나라면 이렇게 말할 것이다.

"핵심은 차이를 존중할 수 있을 만큼 식물에 대해 잘 아는 것이다."

7. 결론

우리 부족은 담배와 감사의 마음을 가지고 향모에게 말한다.

"당신이 필요합니다."

수확 뒤 재생된 향모는 사람들에게 이렇게 말한다.

"저도 당신이 필요해요."

미슈코스 케노마그웬Mishkos kenomagwen. 이것이 풀의 가르침이 아닐까? 호혜성을 통해 선물은 다시 채워진다. 우리의 번영은 언제나 상호적이다.

8. 감사의 글

바람 말고는 곁에 아무도 없는 키 큰 풀이 자라는 들판에는 과학과 전통 지식, 데이터와 기도의 차이를 뛰어넘는 언어가 있다. 바람이 풀의 노래를 실어 온다. 그 소리가 나에게는 미슈우우우코스mishhhkos처럼 들린다. 흔들리는 풀의 물결을 타고 계속해서 들려온다. 결국 풀은 우리를 가르쳤다. 고맙다고 전하고 싶다.

9. 인용 출처

윙가슈크, 물소, 레나, 조상들

단풍나무 네이션:
시민권 취득 안내

단풍나무의 선물

우리 동네에는 주유소가 하나뿐이다. 저기 신호등 옆에 있다. 신호등 역시 하나뿐이다. 짐작할 수 있겠는가. 연료를 채울 곳이 여기뿐이라 차량 행렬이 길게 늘어선 모습을 쉽게 볼 수 있다. 오늘은 차례를 기다리는 사람들이 밖으로 나와 차에 기대고 서서 봄볕을 쐬고 있다. 대화 주제는 주유소 선반 위에 있는 생필품처럼 주로 생활에 직접 관련되는 내용들이다. 기름값이 어떤지, 수액 상태가 어떤지, 세금 신고는 누가 했는지 등등.

나무는 아직 얇은 눈 이불을 덮고 있다. 점점 붉어지는 단풍나무 새순과 회색 나무 몸통 아래로 겨우내 쌓인 눈이 아직 남아 있다. 지난밤, 이른 봄의 깊고 푸른 밤하늘에 작은 은빛 달이 걸렸다. 이 초승달은 우리 아니시나베의 새해-지지바스크엣 기지스Zizibaskwet Giizis-가 시작되었음을 알리는 신호인 단풍 설탕의 달Maple Sugar Moon이다. 이때가 되면 대지는 긴 휴식에서 깨어나 사람들을 위한 선물을 준비하기 시작한다. 함께 축하하기 위해 나는 단풍 설탕을 만들 것이다.

오늘 인구 조사 양식을 받았다. 서류는 내가 단풍 설탕 농장까지 차를 몰고 가는 동안 내내 조수석에 놓여 있었다. 생물학적으로 보다 포괄적인 조사를 한다면 이 마을에는 사람보다 단풍나무의 수가 100대 1 정도로 많을 것이다.

고대 식량 전통을 복원하고자 노력하는 한 단체에서 아름다운 생태 지도를 제작했다. 이 지도에서 주 경계는 생태 지역으로 대체되었다. 해당 지역의 풍경을 형성하고 우리의 일상에 영향을 미치고 우리를- 물질적으로 그리고 영적으로- 먹이는 상징적인 존재, 즉 우수한 주민이 여기에 표시되어 있다. 이 지도에 따르면 북서 태평양 연안에는 연어 네이션이 있고, 남서부에는 소나무 네이션이 있다. 우리가 있는 북동부 지역은 단풍나무 네이션의 품 안에 있다.

우리 아니시나베어로 단풍나무는 아네네미크anenemik인데 '사람 나무'라는 뜻이다. 우리 오논다가 네이션의 이웃들은 단풍나무를 나무의 대장이라고 부른다. 단풍나무가 어떻게 지도력을 발휘할까? 글쎄. 나무는 환경관리위원회를 구성하기라도 한 듯 24시간 공기와 물 정화 시스템을 가동한다. 나무는 모든 운영위원회에 참여하고, 환경 미화에 관해서라면 그 누구의 도움도 없이 혼자서 진홍색의 가을을 만들어 낸다.

나무가 새들의 보금자리가 되어 주고, 야생 동물의 은신처, 나무 요새, 그네를 매달 가지를 내어 준다는 사실은 말할 필요도 없다. 수백 년에 걸쳐 쌓인 낙엽이 토양을 기름지게 해 준 덕분에 우리는 이 땅에서 딸기와 사과, 옥수수와 건초를 길러 낼 수 있는 것이다.

우리 계곡에 있는 산소 중 단풍나무에서 나온 것은 얼마나 될까? 단풍나무는 얼마나 많은 탄소를 대기 중에서 빨아들여 저장했을까?

이러한 과정을 생태학자들은 생태계 서비스라고 부른다. 이것은 생명의 순환을 가능하게 하는 자연계의 구조와 기능이다. 단풍나무 목재와 시럽에 경제 가치를 매길 수는 있지만 생태계 서비스는 그보다 훨씬 귀중하다. 그런데도 이러한 서비스는 인간의 경제에서 수치화되지 않는다. 지방 정부의 서비스와 마찬가지로 우리는 생태계 서비스에 대해 생각하지 않는다. 그것이 사라지기 전에는. 우리가 제설 작업이나 교과서에 대해 비용을 지불하는 것과는 달리 이러한 생태계 서비스에 대해서는 공식적인 세금 체계도 없다. 단풍나무가 끝없이 기부하는 것을 우리는 공짜로 받기만 한다. 나무는 우리를 위해 자신의 몫을 다한다. 문제는 우리가 단풍나무를 어떻게 대하느냐 하는 것이다.

> **여러분이 사는 지역의 상징적인 존재는 누구인가요?**

제당소에 도착했을 때 사람들은 이미 냄비 가득 수액을 끓이고 있었다. 열린 환기구에서 강력한 증기 기둥이 뿜어져 나오고 있어서 길 아래쪽 사람들이나 계곡 건너편에 있는 사람들도 오늘이 수액 끓이는 날이라는 사실을 알 수 있을 것이다. 수액 끓이기는 힘든 일이다. 이른 아침부터 두 사람이 여기서 끓는 것을 지켜보면서 수시로 테스트하고 있다. 그들이 작업 중간중간에 먹을 수 있도록 파이를 가져왔다. 모두가 수액이 끓는 과정을 보고 있을 때 내가 질문을 던졌다.

"단풍나무 네이션의 좋은 시민이 된다는 뜻은 무엇일까요?"

래리는 화부다. 10분마다 팔꿈치까지 올라오는 장갑을 끼고 안면 보호대를 쓰고 화구의 문을 연다. 그가 장작을 한 아름 넣자 불길이 더욱 거세게 올라온다. 그가 말한다.

"펄펄 끓여야 해요. 우리는 옛날 방식으로 해요. 어떤 사람들은 기름이나 가스버너로 갈아탔지만, 우리는 언제까지고 장작을 땠으면 좋겠어요. 그게 맞는 것 같거든요."

장작디미는 제당소만큼이나 거대하다. 말려서 쪼갠 물푸레나무, 자작나무, 단단하고 질 좋은 단풍나무를 차곡차곡 쌓아 올려 그 높이가 3미터에 달한다.

"보세요. 효과가 좋다니까요. 단풍 설탕 농장이 생산성을 유지하려면 경쟁 관계에 있는 나무들을 솎아 낼 필요가 있어요. 그래야 우리 수액 나무들이 쑥쑥 자라서 근사한 지붕을 만들지요. 솎아 낸 나무들은 바로 여기서 땔감으로 쓰고요. 아무것도 버려지지 않아요. 이런 게 좋은 시민 아닐까요? 우리가 나무를 돌보면 나무도 우리를 돌보는 거죠."

병입 탱크 옆에 앉아 있던 바트가 맞장구를 친다.

"기름을 아껴야죠. 우리의 환경을 위해서요. 나무가 여러모로 더 나아요. 탄소 중립적이기도 하거든요. 나무를 태울 때 나오는 탄소는 애초에 나무가 흡수한 것이니까 원래 있던 자리로 돌아가는 거예요. 탄소의 순증가는 없는 셈이죠."

그는 완전한 탄소 중립이 대학의 계획이고 이 숲 또한 그 계획의 일부라고 설명했다.

"이산화탄소를 흡수할 수 있도록 이 숲을 잘 보존하면 세금 공제도 받아요."

네이션의 일원이 갖는 특징 중 하나는 공통의 화폐일 것이다. 단풍나무 네이션의 화폐는 탄소다. 탄소는 대기에서부터 나무로, 딱정벌레로, 딱따구리로, 곰팡이로, 통나무로, 땔감으로, 대기로, 다시 나무에 이르는 모든 공동체 구성원 사이에서 거래되고 교환된다. 버려지는 것은 없다. 공유되는 부이자 균형이고 호혜성이다. 우리에게 필요한 지속 가능한 경제 모델로 이보다 좋은 것이 있을까?

나는 마크에게 같은 질문을 던진다. 마크는 커다란 주걱과 액체 비중계를 들고 당의 농도를 측정하고 있다.

"그거 좋은 질문이네요."

그가 거품을 가라앉히기 위해 끓는 시럽에 크림을 몇 방울 부으면서 말한다. 그는 대답 대신 마무리 냄비의 바닥 마개를 열어 들통을 새 시럽으로 채운다. 시럽이 조금 식은 뒤 황금빛 따뜻한 시럽을 작은 컵에 따라 우리 모두에게 하나씩 건네준다.

"제 생각엔 이런 일이 바로 좋은 시민이 하는 일인 것 같아요. 시럽을 만들고, 그 맛을 즐기는 거죠. 주어진 것을 취하고 제대로 대접하는 것."

메이플 시럽을 마시면 당이 확 오른다. 이 또한 단풍나무 네이션의 시민이 된다는 사실을 의미한다. 핏속에 그리고 뼛속에 단풍나무를 간직하는 것 말이다. 우리가 먹는 것은 곧 우리다. 황금빛 메이플 시럽 한 스푼 속에 들어 있는 탄소는 인체의 탄소가 된다. 우리의 전통 사고가 옳았다. 단풍나무는 사람이고 사람이 곧 단풍나무다.

마크가 말한다.

"아내가 메이플 케이크를 만들어요. 성탄절마다 단풍잎 사탕을 만들어서 나눠 주지요."

래리는 메이플 시럽을 뿌린 바닐라 아이스크림을 좋아한다고 한다. 다음 달에는 대학이 이곳에서 팬케이크 파티를 주최하는데 단풍나무 네이션의 끈적끈적한 유대감과 서로에 대한 그리고 이 땅에 대한 결속을 다지는 기회가 될 것이다. 시민들도 다 함께 축하할 것이다.

냄비가 바닥을 드러내기 시작해서 래리와 함께 단풍 설탕 농장으로 간다. 그곳에서는 신선한 수액이 방울방울 떨어지며 천천히 탱크를 채우고 있다. 꿀꺽꿀꺽 소리를 내며 수액을 나르는 튜브가 얽혀 지나는 그물망 아래로 몸을 숙인 채 숲속을 한참 걷는다. 래리가 말한다.

"단풍 설탕 만드는 일은 매년 도박과도 같아요. 수액의 흐름을 우리 마음대로 조절할 수 있는 게 아니니까요. 좋은 해가 있으면 나쁜 해도 있는 거죠. 주어지는 대로 감사히 받을 뿐이에요. 모든 것은 기온에 달려 있는데 그거야말로 우리 소관이 아니잖아요."

하지만 꼭 그렇지만은 않다. 화석 연료에 대한 의존도가 높아지고 지금과 같은 에너지 정책을 유지하면서 해마다 대기 중 이산화탄소 농도가 높아지고 있고 이로 인해 전 세계의 기온이 상승하고 있다. 봄은 20년 전과 비교해 일주일 가까이 앞당겨졌다.

봄은 20년 전과
비교해 일주일 가까이
앞당겨졌다.

책임 장전

제당소를 떠나 집으로 돌아가는 동안 계속해서 단풍나무 네이션의 시민권에 대해 생각했다. 우리 아이들은 어릴 때 학교에서 권리 장전을 외워야 했다. 감히 상상해 본다. 아기 단풍나무들은 책임 장전을 배우는 게 아닐까?

집에 도착해서 여러 나라의 시민권 선서를 찾아본다. 많은 공통점이 있다. 지도자에 대한 충성, 충성 서약, 공통된 믿음의 표현, 법을 준수하겠다는 맹세 등이 포함된다. 시민권이 공통된 믿음의 문제라면, 나는 종의 민주주의를 믿는다. 시민권이 지도자에 대한 충성 맹세를 의미한다면 나는 나무의 지도자를 택하겠다. 훌륭한 시민은 국가의 법을 수호하는 데 동의한다면 나는 자연의 법, 호혜성과 재생, 상호 번영의 법을 선택하겠다.

미국 시민권 선서는 시민들은 모든 적으로부터 국가를 수호해야 하고 무기를 들라는 요구를 받으면 그에 따라야 한다고 명시하고 있다. 단풍나무 네이션에서도 같은 선서를 한다면 단풍나무 숲이 우거진 이 언덕 전체에 집합 나팔 소리가 울려 퍼져야 할 것이다. 미국의 단풍나무는 거대한 적과 맞서고 있으니까.

가장 높이 평가되는 기후 모델에 따르면 향후 50년 이내에 설탕단풍나무는 뉴잉글랜드에서 자취를 감출 것이라고 한다. 기온 상승은 묘목의 생장을 저해하고 숲의 재생 능력을 떨어뜨린다. 이것은 이미 벌어지고 있는 현실이다. 단풍나무가 없는 뉴잉글랜드를 상상해 보라. 생각할 수조차 없는 일이다. 금빛과 진홍색으로 물드는 가을 언덕이 아닌 갈색 가을 언덕이라니. 제당소는 문을 닫고, 모든 풍경이 낯설게 변할 것이다. 우리 집이나 알아볼 수 있을까? 이런 상실감을 우리가 과연 감당할 수 있을까?

나보다 훨씬 현명한 사람들이 말한다. 사람들은 자기 수준에 걸맞은 정부를 가진다고. 그럴지도 모른다. 하지만 단풍나무에게, 우리의 가장 관대한 후원자이자 가장 책임감 있는 시민인 단풍나무에게 걸맞은 정부가 적어도 지금의 정부는 아니다. 단풍나무는 우리에게 자신을 대신해서 목소리를 내줄 것을 요구할 자격이 있다. 정치적인 행동과 시민 참여는 땅과 맺고 있는 호혜성을 지키기 위한 강력한 방법이다. 단풍나무 네이션의 책임 장전은 우리에게 요구한다. '서 있는 사람들'을 위해 앞장서라고. 단풍나무의 지혜로 이끌어 가라고.

> **책임 장전과 시민권 선서의 차이점은 무엇인가요?**

> **여러분에게 시민권은 어떤 의미인가요?**

섬기는 수확

나는 섬기는 수확Honorable Harvest에 대해서는 학생이지 학자가 아니다. 그래서 나보다 훨씬 현명한 존재들-식물과 사람들-을 잘 살피고 그들의 목소리에 귀 기울여야 한다. 내가 여기서 공유하는 것들은 그들의 집단적 지혜의 들판에서 채취한 씨앗이자 그들의 지식의 산에 핀 이끼다. 그들의 가르침에 감사하는 한편, 최선을 다해서 잘 전달해야 할 책임을 느낀다.

나는 이런 가르침이 문서로 기록된 것을 본 적이 없지만 만약 그런 것이 있다면 그 내용은 이와 비슷할 것이다.

순환계에 대한 기여와 배려

가끔은 나도 광합성photosynthesize을 할 수 있으면 좋겠다는 생각을 한다. 이상하게 들릴지 모르지만 남들을 먹이고 그들의 필요를 채워 줄 수 있다면 무척 만족스러울 것 같다. 내가 식물이라면 나는 모닥불을 지피고 둥지를 떠받치고 상처를 치유할 것이다. 끓는 수액 냄비를 가득 채울 것이다. 하지

> **광합성**: 식물 및 다른 생명체가 빛과 물과 이산화탄소를 이용해서 산소와 에너지와 당분을 생성하는 과정.

177

만 이런 너그러움은 이 순환계에서 내게 주어진 역할을 넘어선다. 종속 영양 생물 heterotroph에 불과한 나는 살기 위해서 먹어야만 한다. 그것이 이 세계가 작동하는 방식이다. 살기 위해서 생명을 취하는, 내 몸과 이 세계의 몸 사이에 일어나는 끝없는 순환.

나는 남들이 광합성한 것을 섭취하며 살아간다. 나는 나무 위의 싱그러운 나뭇잎이 아니다. 나는 바구니를 들고 있는 여인이다. 중요한 문제는 이 바구니를 어떻게 채우느냐 하는 것이다. 야생 딸기를 따든 마트에 가든, 우리가 빼앗은 생명에게 걸맞은 온당한 방식으로 소비하려면 어떻게 해야 할까?

우리의 오래된 이야기를 통해 이것이 우리 조상들에게 아주 중대한 문제였다는 사실을 알 수 있다. 우리가 살기 위해 다른 생명에 깊이 의존할 때 그들을 보호해야 한다는 사실은 절박한 문제가 된다. 가진 것이 별로 없었던 우리 조상들은 이 문제에 대해서 아주 많은 관심을 기울였다. 반면 가진 것이 너무 많은 우리는 이런 생각을 거의 하지 않는다. 인간으로서 우리 주변의 생명을 존중하는 행위와 살기 위해 그 생명을 취하는 행동 사이에는 피할 수 없는 긴장이 발생한다.

토착 원주민 수확자의 전통 생태 지식에는 지속 가능성을 위한 지침이 풍부하다. 이 지침은 원주민 과학과 철학, 생활 방식과 관습에서 발견되는데 대부분은 이야기 속에 있다. 균형을 복원하고 다시 한번 이 순환에 참여할 수 있도록 도와주는 이야기들이다.

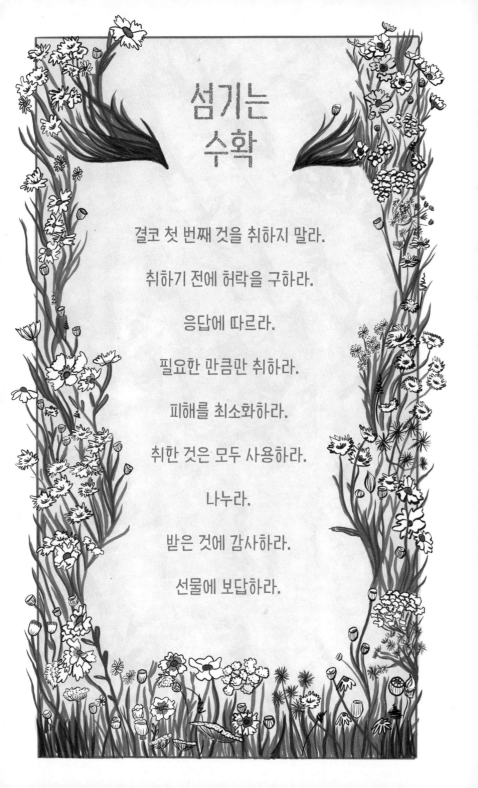

섬기는
수확

결코 첫 번째 것을 취하지 말라.

취하기 전에 허락을 구하라.

응답에 따르라.

필요한 만큼만 취하라.

피해를 최소화하라.

취한 것은 모두 사용하라.

나누라.

받은 것에 감사하라.

선물에 보답하라.

원칙

생명과 생명의 교환을 주관하는 원칙과 실천에 대한 토착민들의 규범은 섬기는 수확이라고 알려져 있다. 이것은 우리 자신뿐 아니라 일곱 번째 세대에도 세상이 지금처럼 풍요로울 수 있도록 하기 위해 우리가 지켜야 하는 일종의 규칙이다. 섬기는 수확은 우리가 필요한 것을 취하는 양과 방식을 주관하고 자연 세계와 맺는 관계를 형성하고 우리의 소비 성향을 통제한다.

세부 조항은 문화와 생태계마다 천차만별이지만, 기본 원칙은 땅과 가까이 사는 거의 모든 부족들에게 동일하다. 섬기는 수확의 지침은 기록되지도 전체가 일관성 있게 전해지지도 않았다. 일상의 작은 행위 속에서 강화되어 왔을 뿐이다. 하지만 그 내용을 나름대로 적어 본다면 아래와 같을 것이다.

너희를 돌보는 이들의 방식을 알라. 그래야 그들을 돌볼 수 있을 것이다.

자신을 소개하라. 생명을 청하러 오는 자로서 책임을 다하라.

취하기 전에 허락을 구하라. 대답에 따르라.

결코 첫 번째 것을 취하지 말라. 결코 마지막 것을 취하지 말라.

필요한 것만 취하라.

주어진 것만 취하라.

절반 이상 취하지 말라. 다른 이들의 몫을 남겨 두라.

피해가 최소화되는 방식으로 수확하라.

수확한 것을 존중하는 마음으로 이용하라. 취한 것을 결코 낭비하지 마라.

나누라.

받은 것에 대해 감사하라.

취한 것에 대한 대가로 선물을 주라.

너희를 떠받치는 이들을 떠받치라. 그러면 대지는 영원할 것이다.

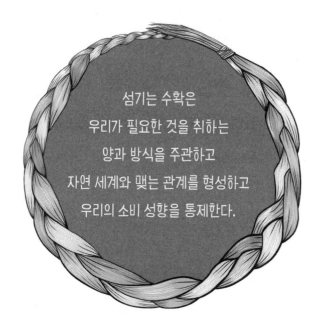

섬기는 수확은
우리가 필요한 것을 취하는
양과 방식을 주관하고
자연 세계와 맺는 관계를 형성하고
우리의 소비 성향을 통제한다.

너희를 돌보는 이들의 방식을 알라

그래야 그들을 돌볼 수 있을 것이다

그를 만나기도 전에 마음을 닫아 버렸음을 고백해야겠다. 모피 사냥꾼이 하는 이야기는 전혀 듣고 싶지 않았다. 베리와 견과류와 부추, 그리고 당신의 눈을 들여다보는 사슴은 모두 섬기는 수확의 일부이지만, 부유한 여성의 몸치장을 위해서 덫을 놓아 족제비와 스라소니를 잡는 행위는 정당화하기 어렵다. 하지만 그런데도 나는 분명히 존중하고 경청해야 했다.

라이오넬은 메티스 네이션 출신이며 자신을 '푸른 눈의 인디언'이라고 불렀다. 노래하는 듯한 억양이 말해 주듯이 그는 북부 퀘벡의 깊은 산속에서 자랐다. 라이오넬은 덫사냥꾼으로 이름을 날렸던 인디언 할아버지에게서 덫 놓는 법을 배웠다. 그의 할아버지가 성공할 수 있었던 까닭은 동물의 지식을 깊이 존중했기 때문이었다. 동물이 어디로 다니는지, 어떻게 사냥하는지, 날씨가 궂을 때 어디로 몸을 숨기는지 할아버지는 잘 알고 있었다. 밍크를 잡으려면 밍크처럼 생각할 줄 알아야 한다.

라이오넬이 말한다.

"숲에서 사는 게 좋았어요. 동물들도 좋았고요."

낚시와 사냥으로 가족을 먹여 살릴 수 있었다. 해마다 모피를 판 돈으로 등유, 커피, 콩, 교복을 샀다. 라이오넬이 이 일을 계속할 거라고 다들 생각했지만 그는 젊은 시절에 그만두었다. 라이오넬은 족쇄 덫

펠러번처는 벌목 장비의 일종으로 나무를 더 빨리 손쉽게 벨 수 있게 해 준다. 산림 관리를 위해 특정한 나무를 벨 때만 이용할 수 있도록 되어 있지만 이웃 나무나 숲의 바닥을 훼손시킬 수 있다.

leg-hold trap이 보편화되자 더는 덫사냥을 하고 싶지 않았다. 그것은 잔혹한 방법이었다. 그는 덫에 걸린 동물이 도망치기 위해 스스로 제 발을 잘라 내는 모습을 보았다.

"우리가 살려면 동물이 죽어야 하지만 그렇다고 그런 고통을 줄 필요는 없잖아요."

그가 말한다. 우리가 이야기를 나누던 시점에는 캐나다에서 족쇄 덫이 금지되었고 동물을 즉사시키는 몸통 덫body-hold trap만이 허용되고 있었다.

덫사냥을 그만둔 그는 숲에 머무르기 위해 벌목에 도전했다. 라이오넬은 옛날 방식으로 나무를 베었다. 눈은 푹신한 담요처럼 넘어지는 나무로부터 땅을 보호했고 그는 꽁꽁 언 길을 따라 벌목한 나무를 썰매에 실어 날랐다. 하지만 환경에 영향을 덜 주는 옛날 방식은 숲을 갈기갈기 찢고 동물들에게 필요한 땅을 파괴하는 대형 기계에 자리를 내주고 말았다. 그는 캐터필러 D9 불도저와 펠러번처벌목 장비의 일종으로 나무를 베어 한곳에 모아 쌓을 수 있는 장비—옮긴이를 운전해 보기도 했지만 결국 그만둘 수밖에 없었다.

여름마다 라이오넬은 자신이 태어난 외딴 호수와 강에서 낚시 가이드로 일한다. 그는 자신이 순수 자영업자이며 자기 회사 이름은 '더 보고 덜 하라See More and Do Less'라고 농담을 한다. 사업 계획이 마음에 든다. 고객들과 함께 잡은 생선을 손질하고 나면 그는 생선 내장을 모아 커다란 흰색 양동이에 담아서 냉동실에 보관한다. 한 번은 고객들이 이렇게 중얼거리는 소리를 들었다.

"겨울에 생선 내장 스튜를 먹는 게 틀림없어."

겨울이면 라이오넬은 낮에는 덫을 놓고 밤에는 모피를 손질한다. 그는 부드러운 말코손바닥사슴 가죽을 무릎 위에 올려 둔 채 놀라움이 가득한 목소리로 말한다.

"동물에게는 자기 가죽을 무두질하기에 꼭 필요한 만큼의 뇌가 들어 있어요."

공장의 독한 화학 약품과는 달리 뇌 무두질brain tanning은 가장 부드럽고 질긴 가죽을 만들어 낸다.

덫사냥꾼들은 요즘 그 누구보다 땅에서 많은 시간을 보내고 자신의 수확에 대해 상세하게 기록한다. 라이오넬은 굵은 연필로 쓴 수첩을 조끼 주머니에 넣고 다닌다. 그가 수첩을 꺼내 흔들며 말한다.

"제 스마트폰 좀 보실래요? 데이터는 덤불 숲 컴퓨터에서 내려받아요."

그의 덫에는 비버, 스라소니, 코요테, 피셔, 밍크, 족제비 등이 걸려든다. 그는 생가죽을 어루만지며 겨울철 속 털의 밀도와 긴 겉 털에 관해 설명한다. 털 상태로 동물의 건강을 판단하는 방법도 알려 준다. 그의 나무꾼 같은 손은 덫을 놓거나 통나무 운반용 사슬을 두를 수 있을 만큼 넓고 강하지만 한편으로는 생가죽을 어루만져 그 두께를 가늠할 만큼 섬세하기도 하다. 그가 담비 앞에서 잠시 멈춘다. 담비의 전설적인 털옷은 실크처럼 부드러운 고급품이다. 색상이 아름답고 깃털처럼 가볍다.

담비는 라이오넬에게 이곳 삶의 일부다. 담비는 그의 이웃이며, 담비가 멸종 위기에서 벗어난 것에 대해 그는 진심으로 고마워한다. 그와 같은 덫사냥꾼은 야생 동물의 개체 수 증감과 안녕을 가장 가까이서 모니터링하는 역할을 한다. 그들에게는 자신을 먹여 살리는 종을 보살펴야 할 책임이 있으며, 덫을 한 번씩 방문할 때마다 데이터를 수집하고 적절히 대응한다.

"수컷 담비만 잡히면 덫을 계속 열어 둡니다."

짝을 이루지 못한 수컷이 많아지면 숲에서 방황하다가 덫에 걸리기 쉽다. 젊은 수컷이 너무 많아지면 먹이 경쟁이 심해져서 다른 담비들의 먹이가 줄어들게 된다.

"하지만 암컷이 잡히면 포획을 중단합니다. 초과분을 다 걷어 냈다는 뜻이니까 나머지는 건드리지 않아요. 이렇게 하면 개체 수가 너무 많아지지 않아요. 아무도 굶주리지 않으면서 개체 수는 꾸준히 늘어납니다."

눈이 아직 두껍게 쌓였지만 해가 길어지고 있는 늦겨울, 라이오넬은 스노우 슈즈의 끈을 조여 묶고 사다리를 어깨에 짊어지고 망치와 못, 나뭇조각을 짐 바구니에 넣고 숲으로 들어간다. 그는 딱 알맞은 장소를 찾는다. 구멍이 있는 크고 오래된 나무가 좋다. 구멍의 크기와 모양이 중요한데 한 종만 이용할 수 있는 구멍이어야 한다. 나무 위로 올라가 단을 만든다. 그는 이 작업을 날마다 한다. 단을 만드는 일이 끝나면 냉동실에서 생선 내장이 들어 있는 흰색 양동이를 꺼내 난로 옆에 두고 녹인다.

여느 포식자와 마찬가지로 담비는 번식이 느려서 개체 수가 감소하기 쉽다. 특히 모피 가격이 오를 때는 더욱 그렇다. 임신 기간은 약 9개월이고 세 살이 넘어야 번식을 시작한다. 한 번에 한 마리에서 네 마리까지 새끼를 낳고 식량 공급이 허용하는 만큼만 키운다. 라이오넬이 말한다.

"어린 엄마들이 새끼를 낳기 전 몇 주 동안 생선 내장을 가져다 놓는 거예요. 다른 동물들이 손댈 수 없는 곳에 두면 어미 담비들이 영양 보충을 할 수 있죠. 그러면 새끼를 잘 먹여서 더 많이 살려 낼 수 있을 거예요."

그의 다정한 목소리를 들으니 그가 아픈 친구와 어떤 말투로 대화할지 상상할 수 있었다. 덫사냥꾼이 이런 면을 가졌으리라고는 미처 생각하지 못했다. 그가 살짝 얼굴을 붉히며 말한다.

"저 작은 담비가 저를 돌보듯이 저도 담비를 돌보는 거예요."

자신을 소개하라

생명을 청하러 오는 자로서 책임을 다하라

취하기 전에 허락을 구하라. 대답에 따르라

빽빽하게 자라는 부추는 봄에 가장 먼저 모습을 드러내는 식물 중 하나다. 그 녹색이 너무나 선명해서 마치 '나를 뽑아 줘요!'라고 쓰인 네온사인 같다. 즉시 그 부름에 응답하고 싶은 충동을 억누르고 배운 대로 식물에게 다가가 말을 건넨다. 벌써 여러 해째 이렇게 만나고 있지만 그래도 나를 잊었을지 모르니 내 소개부터 한다. 왜 여기에 왔는지 설명하고 수확해도 좋은지 허락을 구한다. 자신의 몸을 나눠 줄 의향이 있는지 정중하게 묻는 것이다.

어떤 잎은 이미 펼쳐져서 태양을 향해 뻗어 있지만 어떤 잎은 아직 뾰족하게 돌돌 말린 채 흙 위에 쌓인 낙엽 위로 겨우 얼굴을 내밀고 있다. 모종삽으로 부추 무더기의 가장자리부터 파 보지만 뿌리가 깊고 단단하게 박혀 있어 쉽지가 않다. 하지만 결국 한 무더기를 캐내어 뿌리에 딸려 올라온 검은 흙을 털어 낸다.

통통하고 하얀 알뿌리를 기대했는데 알뿌리가 있어야 할 자리에는 너덜너덜하고 종잇장 같은 잎집밖에 없었다. 시들고 축 늘어진 뿌리는 마치 수분이 이미 다 빠져나간 빈 껍데기처럼 보였고 실제로도 그랬다. 이래서 허락을 구할 때는 대답에 귀를 기울여야 한다. 부추를 다시 땅에 심어 주고 집으로 돌아간다.

허락을 구할 때는
대답에 귀를
기울여야 한다.

나는 나 대신 광합성을 해 주는 존재들에 의존해서 살아간다. 나는 나무 위의 싱그러운 나뭇잎이 아니다. 나는 바구니를 들고 있는 여인이다. 중요한 문제는 이 바구니를 어떻게 채우느냐 하는 것이다. 우리가 완전히 깨어 있다면 자신의 생명을 유지하기 위해 다른 존재의 생명을 빼앗는 행위에 대해 도덕적 물음을 던지지 않을 수 없다. 야생 부추를 캐내든 마트에 가든, 우리가 빼앗은 생명에게 걸맞은 온당한 방식으로 소비하려면 어떻게 해야 할까?

몇 주 뒤, 바구니를 들고 다시 들판으로 나선다. 주어진 것만 취하라고 배웠다. 그런데 지난번에 이 자리에 왔을 때 부추에게는 줄 것이 아무것도 없었다. 알뿌리는 마치 은행 예금처럼 다음 세대를 위한 에너지를 저장한다. 지난가을에 알뿌리는 매끄럽고 통통했지만 봄의 첫날, 흙에서 새로 돋아나 햇빛을 맞으러 나가는 잎들에게 뿌리는 저장했던 에너지를 다 보내 주어 예금 잔고가 바닥난 상태가 된다. 처음 며칠 동안 잎은 소비자로서 뿌리에게서 에너지를 받아서 쓴다. 통통했던 뿌리가 쭈글쭈글해지도록 에너지를 다 뽑아 가고 조금도 돌려주지 않는다. 하지만 일단 펼쳐지기만 하면, 잎은 강력한 태양 전지판이 되어 뿌리에 다시 에너지를 공급한다. 단 몇 주 만에 소비자에서 생산자로 호혜성의 역할이 뒤바뀌는 것이다.

오늘 보니 부추가 지난번보다 거의 두 배로 커졌다. 사슴이 뜯어 먹고 간 자리에서는 진한 양파 냄새가 난다. 나는 첫 번째 무더기를 지나쳐 두 번째 무더기 앞에 무릎을 꿇는다. 다시 한번 조용히 허락을 구한다.

램프Allium tricoccum,
램슨이라고도 불리는 야생 부추.

허락을 구하는 행위는 식물을 사람과 같이 존중한다는 의미도 있지만 동시에 식물 군락의 상태를 확인하는 것이기도 하다. 그렇기에 대답을 듣기 위해서는 양쪽 뇌를 풀가동해야 한다. 분석적인 좌뇌는 개체군이 수확을 견뎌 낼 만큼 충분히 크고 건강한지, 나눠 줄 만큼 충분히 가지고 있는지 살핀다. 직관적인 우뇌는 다른 것을 읽는다. 너그러움의 느낌, 두 팔 벌려 환대하며 맘껏 가져가라고 말하는 듯한 따스함. 가끔은 모종삽을 거두게 만드는 입을 굳게 다문 듯한 완강한 저항. 딱 꼬집어 설명할 수는 없지만 나에게는 통행금지 푯말만큼이나 강한 호소력이 느껴진다. 이번에는 모종삽을 깊이 밀어 넣자 빛나는 하얀 알뿌리가 덩어리째 딸려 나온다. 통통하고 매끄럽고 향기롭다.

부추는 분할하며 번식하여 영역을 점차 넓혀 가는 클론 식물이다. 그래서 군락의 중심 부분에 밀집하여 자라는 경향이 있기 때문에 그 부분에서 수확하기로 한다. 이 방법으로 수확하면 과밀한 부분을 솎아 내는 셈이 되어 남아 있는 식물의 성장이 촉진된다. 카마시아 구근에서부터 향모, 블루베리, 육지꽃버들basket willow에 이르기까지 우리 조상들은 식물과 사람 모두에게 장기적으로 이익이 되는 수확 방법을 찾아냈다.

결코 첫 번째 것을 취하지 말라
결코 마지막 것을 취하지 말라
필요한 것만 취하라

아니시나베 연장자인 바질 존스턴이 우리의 스승인 나나보조가 저녁 식사를 위해 호숫가에서 낚시하던 시절의 이야기를 들려주었다. 나나보조는 늘 하던 대로 낚싯바늘과 낚싯대로 고기를 잡고 있었다. 그때 왜가리가 길고 구부러진 다리로 갈대숲을 헤치며 성큼성큼 다가와 창처럼 날카로운 부리로 쉽게 고기를 잡았다. 왜가리는 고기를 잘 잡을 뿐 아니라 마음씨도 너그러워서 나나보조에게 새로운 낚시 방법을 가르쳐 주었다. 이 방법으로 나나보조는 훨씬 쉽고 빠르게 더 많은 고기를 잡을 수 있었다. 왜가리는 고기를 너무 많이 잡아서는 안 된다고 경고했지만, 배불리 먹을 생각에 들뜬 나나보조는 귀담아듣지 않았다. 다음 날 아침 나나보조는 일찍 낚시를 하러 나섰고 금세 광주리 가득 고기를 잡았다. 하도 무거워서 간신히 옮긴 만큼 혼자서 먹기에는 양이 무척 많았다. 그래서 남은 고기를 깨끗이 손질하여 오두막 바깥 선반에 널어 말렸다. 다음 날 나나보조는 여전히 배가 불렀지만 다시 호수로 나가 왜가리가 가르쳐 준 방법으로 양껏 고기를 잡았다. 잡은 고기를 집으로 가져가면서 그는 생각했다.

"야, 올겨울엔 먹을 게 충분하겠는걸."

나나보조는 날마다 배불리 먹었다. 호수가 점점 비어 가는 만큼 그의 집 선반은 날마다 채워졌다. 맛있는 냄새가 숲 전체에 진동했다. 냄새를 맡은 여우가 입맛을 다셨다. 나나보조는 뿌듯한 마음으로 다시 호수로 나갔다. 하지만 그날 그의 그물에는 아무것도 걸려들지 않았다. 빈손으로 집에 돌아와 보니 고기를 말리던 선반은 흙바닥 위에 쓰러져 있고 그 많던 고기는 한 점도 남지 않고 모두 사라져 있었다. 나나보조는 중요한 교훈을 얻었다. 결코 필요 이상으로 취하지 말라.

필요 이상으로 취했을 때 어떤 결과가 따라오는지 경고하는 이야기는 원주민 문화에 넘치도록 많다. 하지만 영어로 된 것은 단 하나도 떠오르지 않는다. 우리가 파괴적인 과소비의 덫에 걸린 것은 어쩌면 이 때문인지도 모르겠다. 과소비는 소비의 대상뿐 아니라 우리 자신에게도 해롭다.

이 이야기를 통해 알 수 있는 섬기는 수확의 원칙은 무엇입니까?

우리의 세계를 온전하고 건강하게 보전하기 위해서 우리 부족이 어떻게 살아왔는지 연장자들에게 물으면, 필요한 것만 취하라는 명령에 따랐다는 답이 돌아온다. 하지만 나나보조의 후손인 우리 인간은 그가 그랬던 것처럼 쉽게 자제력을 잃고 고통에 빠진다. 필요한 것만 취하라는 가르침에도 해석의 여지가 많다. 특히 필요와 욕구가 어지럽게 뒤엉켜 버린 요즘과 같은 시대에는 더욱 그렇다.

따라서 이 회색 지대는 필요보다 더 원초적인 규칙에 자리를 내주어야 한다. 산업과 기술의 발달에 밀려 거의 잊혀 버린 오래된 가르침이다. 감사의 문화에 뿌리를 둔 이 고대의 규칙은 필요한 것만 취하는 경우를 넘어서 오직 주어진 것만 취하라고 명령한다.

주어진 것만 취하라

수렵과 채집에 관한 주정부의 지침은 오로지 생물물리학의 영역에 바탕을 두고 있다. 반면 섬기는 수확의 규칙은 물리적 세계와 형이상학적 세계 모두에 대한 책임감을 바탕으로 한다. 자신의 생존을 위해서 다른 존재의 생명을 빼앗는 일은 그 수확의 대상을 사람으로 인식하게 되면 그 의미가 훨씬 커진다. 수확의 대상을 '인간이 아닌 사람 nonhuman person', 즉 인식 능력과 지식과 영혼이 있고 집에는 그들을 기다리는 가족이 있는 존재로 인식하는 것이다. '누군가'를 죽이는 일에는 '무엇인가'를 죽이는 행위와는 전혀 다른 어떤 것이 요구된다. 이들 '인간이 아닌 사람'을 우리의 친척으로

> **생물물리학적 영역:** 생물학적, 물리학적 고려 사항 또는 요인.

> **형이상학적:** 우리의 감각이 인지할 수 있는 범위를 넘어서는 현실.

여기게 된다면 수량 제한이나 수렵철 제한과 같은 기존의 수확 규칙을 넘어서는 또 다른 규제가 적용되는 것만큼의 효과가 있을 것이다.

주정부의 법 규정과는 달리 섬기는 수확은 강제적인 법률 정책이 아니다. 사람들 사이의, 특히 소비자와 공급자 사이의 합의다. 여기서는 공급자가 우위를 점한다. 사슴, 철갑상어, 베리가 말한다.

"이 규칙을 따른다면 당신이 생존할 수 있도록 계속 우리의 생명을 내어 줄게요."

상상력은 우리가 지닌 가장 강력한 도구다. 우리는 상상하는 대로 될 수 있다. 과거에 그랬던 것처럼 섬기는 수확이 이 땅의 법이 된다면 어떻게 될지 상상해 보는 일은 재미있다. 쇼핑몰을 지을 탁 트인 땅을 찾고 있는 개발자가 미역취, 들종다리, 제왕나비에게 토지 사용 허가를 받아야 한다고 상상해 보라. 그리고 그 답에 따라야 한다면 어떻게 될까?

서기로 일하고 있는 내 친구가 수렵, 낚시 면허증을 발급할 때 함께 건네주는 코팅된 카드에 섬기는 수확의 규칙이 새겨져 있다면 어떠할까? 모두가 같은 규칙을 적용받게 되는 것이다. 결국 그것이 우리 모두가 속한 진짜 정부, 종의 민주주의의 규칙이자 대자연의 법칙이기 때문이다.

하지만 우리는 문화로서의 이런 좋은 예절을 자연계에까지 확장시키지 못하고 있는 듯하다. 섬기지 않는 수확이 삶의 방식으로 자리 잡았다. 우리는 우리 것이 아닌 것을 가져다가 회복 불가능할 정도로 파괴한다. 오논다가 호수, 앨버타 역청탄, 말레이시아 우림 등 사례는 끝이 없다. 그것들은 우리가 묻지도 않고 가져온 어머니 대지의 귀중한

상상력은 우리가 가진
가장 강력한 도구다.
우리는 상상하는 대로
될 수 있다.

유산이다. 섬기는 수확의 전통을 되살리려면 어떻게 해야 할까?

절반 이상 취하지 말라

다른 이들의 몫을 남겨 두라

피해가 최소화되는 방식으로 수확하라

우리가 베리를 따고 있거나 견과류를 줍고 있다면 그것은 주어진 것만 취하는 행위라고 볼 수 있다. 그들은 스스로 자신을 내어 주었고 우리는 그것을 취함으로써 호혜성의 책임을 다하는 것이다. 결국 식물은 우리로 하여금 그들의 열매를 취하여 퍼뜨리고 다시 심게 하려는 목적으로 열매를 맺는 것이니까. 우리가 그들의 선물을 이용함으로써 그들도 함께 번성하고 생명은 확장된다. 하지만 상호 이익의 관계가 명확하지 않을 때 무엇인가를 취한다면 어떻게 될까? 누군가 일방적으로 손해를 보게 된다면?

대지가 준 것과 그렇지 않은 것을 어떻게 구별할 수 있을까? 취함이 명백한 도둑질이 되는 경우는 언제일까? 피해가 발생하는 때는 언제일까? 우리 연장자들은 길은 하나만 있는 것이 아니며 우리 각자가 자신만의 길을 찾아야 한다고 조언할 것이다.

섬기는 수확은 우리에게 광합성을 요구하지 않는다. 취하지 말라고 말하지도 않는다. 우리가 무엇을 어떻게 취해야 할지 영감을 주고 본보기를 제시할 뿐이다. 그것은 하지 말아야 할 것의 목록이 아니라 해야 할 것의 목록이다. 섬기는 방식으로 수확한 음식을 먹어라. 한 입 한 입에 감사하라. 피해를 최소화하는 기술을 이용하라. 주어진 것만 취하라.

이 철학은 식량을 취하는 일뿐 아니라 어머니 대지의 선물인 공기와 물, 그리고 대지의 몸 그 자체인 흙과 바위와 화석 연료를 취하는 데도 지침이 된다.

땅속 깊이 묻힌 석탄을 채취하려면 자연에 회복 불가능한 피해를 입힐 수밖에 없으므로 이는 규칙의 모든 조항에 위배된다. 상상력을 아무리 확장해도 석탄은 우리에게 '주어진' 것이라고 볼 수 없다. 어머니 대지에게서 석탄을 파내려면 땅과 물에 상처를 입힐 수밖에 없다. 애팔래치아산맥의 오래된 습곡에서 산 정상을 밀어 버릴 계획을 세우고 있는 석탄 회사에게 주어진 것만 취할 수 있도록 하는 법률을 강제하면 어떻게 될까?

> 여러분이 사는 곳에서는 어떤 종류의 청정에너지가 이용되고 있나요?

필요한 에너지를 소비해서는 안 된다는 말이 아니다. 주어진 것만 섬기는 방식으로 취하라는 뜻이다. 바람은 매일 불어오고 태양은 매일 떠오르며 파도는 매일 밀려온다. 우리가 디디고 선 땅은 따뜻하다. 이러한 재생 가능한 에너지원은 분명 우리에게 주어진 것임을 알 수 있다. 지구가 탄생했을 때부터 이 땅 위의 모든 생명에게 주어진 에너지 공급원이기 때문이다. 태양 에너지, 풍력 에너지, 지열 에너지, 조류 에너지 같은 이른바 '청정에너지'는 현명하게 이용하기만 한다면 섬기는 수확의 오래된 규칙에 부합할 수 있다. 그리고 규칙에 의하면 에너지를 비롯한 모든 수확에 앞서 우리의 목적이 수확을 정당화할 만큼 가치 있는 것인지 생각해 보아야 한다.

수확한 것을 존중하는 마음으로 이용하라
취한 것을 결코 낭비하지 마라
나누라

수렵 철이다. 우리는 안개가 짙은 10월의 어느 날 오논다가의 조리실 현관에 앉아 있었다. 나뭇잎은 진한 금빛으로 흩날리고 우리는 남자들의 이야기에 귀를 기울인다. 머리에 빨간 두건을 두른 제이크는 절대 실패하지 않는 칠면조 호출 기구칠면조 사냥을 할 때 칠면조 소리를 흉내 내어 칠면조를 부르는 데 쓰는 도구─옮긴이에 대한 이야기로 모두를 웃긴다. 켄트는 난간에 다리를 올리고 검은 땋은 머리를 의자 등받이에 늘어뜨린 채 곰 사냥을 했던 이야기를 들려준다. 모인 사람들은 대부분 평판을 쌓아야 하는 젊은이인데 연장자도 한 명 있다.

'일곱 번째 세대'라고 쓰인 야구 모자를 쓰고 가느다란 회색 꽁지머리를 한 오렌이 이야기할 차례가 되었다. 그의 이야기는 우리를 이끌고 덤불을 지나 계곡을 따라 그가 가장 좋아하는 사냥터로 향한다.

"그날 사슴을 열 마리 정도 봤을 텐데 딱 한 마리만 쐈어."라며 미소를 지으며 회상한다. 그는 의자를 뒤로 젖히고 언덕을 바라보며 그때의 기억을 떠올린다. 젊은이들이 귀를 기울인다.

"첫 번째 사슴은 마른 나뭇잎 사이로 바스락거리며 다가왔지만 수풀에 가려져 내가 앉아 있는 것을 보지 못했어. 그때 새끼 사슴 한 마리가 바람을 안고 내 쪽으로 다가오더니 바위 뒤로 물러났지. 그 사슴을 따라갈 수도 있었지만, 내가 찾는 사슴이 아니라는 사실을 알았어."

사슴 한 마리 한 마리를 떠올리며 오렌은 소총을 들지도 않았던 그날의 만남을 회상한다. 그가 말한다.

"나는 총알을 한 발만 가지고 가."

맞은편 벤치에 앉아 있던 티셔츠 차림의 젊은이들이 몸을 앞으로 기울인다.

"그때 아무런 예고도 없이 사슴 한 마리가 공터로 나와 내 눈을 똑바로 들여다보는 거야. 그는 내가 거기서 뭘 하는지 분명히 알고 있어. 한 번에 명중시킬 수 있도록 옆구리를 내 쪽으로 돌리지. 나는 그가 바로 내가 찾던 사슴이라는 사실을 알아. 그도 마찬가지야. 일종의 고개를 끄덕이는 듯한 눈빛이 오가지. 이래서 내가 총알을 한 발만 가지고 다니는 거야. 그는 자신을 나에게 내주었어. 이게 내가 배운 거야. 주어진 것만 취하라. 존경심으로 대하라."

오렌은 청중들에게 상기시킨다.

"우리가 사슴을 동물의 대장으로 여기고 감사하는 이유는 이 때문이야. 너그럽게 사람들을 먹여 주거든. 우리를 지탱해 주는 생명을 인정하고 감사를 표현하는 방식으로 살아가는 것은 이 세상을 계속해서 굴러가게 하는 힘이야."

오렌의 사슴은 세 식구를 위한 모카신이 되었고 온 가족을 먹여 살렸다.

받은 것에 대해 감사하라

토착 원주민의 지속 가능성 모델을 주제로 한 회의에서 알곤킨족 생태학자 캐롤 크로우Carol Crowe를 만났다. 그녀는 회의에 참석하기 위해 부족 회의에 자금을 요청했던 이야기를 들려주었다. 그들이 물었다.

"지속 가능성이라는 게 대체 뭐죠? 거기서는 무슨 이야기를 하나요?"

그녀는 지속 가능한 발전의 개념을 간략하게 설명해 주었다.

"현세대와 미래 세대를 위한 인간의 필요를 충족시키고 지속적으로 충족될 수 있도록 천연자원과 사회 제도를 관리하는 것이지."

그들은 한동안 조용히 생각에 잠겼다. 마침내 한 연장자가 말했다.

"이 지속 가능한 발전이라는 말은 그러니까 항상 그랬던 것처럼 앞으로도 계속 가져갈 수 있기를 바란다는 말로 들리는군요. 그저 늘 가져갈 생각뿐이죠. 거기 가서 말하세요. 우리가 가장 먼저 생각해야 할 것은 '무엇을 얻어 갈 수 있을까?'가 아니라 '어머니 대지님께 우리가 무엇을 줄 수 있을까?'여야 한다고요. 마땅히 그래야 해요."

섬기는 수확은 받은 것에 대해 호혜성의 원칙에 따라 보답할 것을 요구한다. 인간으로서 우리의 책임 중 하나는 인간을 넘어선 세계와 호혜적인 관계를 맺는 방법을 찾는 일이다. 우리는 감사를 통해, 제의를 통해, 땅을 돌보는 일을 통해, 과학과 예술을 통해, 일상적인 경배 행위를 통해 이를 실천할 수 있다.

> 여러분은 어떻게 어머니 대지님께 보답하고 있나요?

취한 것에 대한 대가로 선물을 주라

가르침에 따르면 취한 것에 대한 대가를 내어 줄 때 비로소 수확은 섬기는 행위가 된다. 라이오넬의 보살핌으로 인해 더 많은 담비가 그의 덫에 걸리게 되리라는 것은 부정할 수 없는 사실이다. 그리고 그 담비가 목숨을 잃으리라는 사실 또한 부정할 수 없다. 어미 담비에게 먹이를 주는 행위는 세상이 돌아가는 방식에 대한, 우리 사이의 연결에 대한, 생명으로 흘러드는 생명에 대한 깊은 존중이다. 더 많이 줄수록 더 많이 취할 수 있다. 그는 취한 것보다 더 많이 주려고 애쓰는 것이다.

나는 라이오넬이 동물을 아끼고 존중하는 방식과 동물에게 필요한 것을 잘 알고 배려하는 모습에 감동했다. 자신의 사냥감을 사랑하는 데서 발생하는 긴장을 그는 섬기는 수확의 원칙을 실천함으로써 스스로 해소한다. 이 동물들은 그의 손에 죽게 되겠지만, 그때까지는 그의 보살핌을 받으며 잘살 것이다. 내가 미처 이해하지 못하고 비난했던 그의 생활 방식은 숲을 지키고 호수와 강을 지킨다. 그 자신과 모피 동물을 위해서만이 아니라 숲의 모든 존재를 위해서. 취하는 이뿐 아니라 주는 이도 떠받칠 수 있을 때라야 수확은 섬기는 수확이 된다. 이제 라이오넬은 유능한 교사로도 활동하며 여러 학교에 초청받아 야생 동물과 보존에 대한 전통 지식을 나누고 있다. 자신에게 주어진 것을 돌려주는 것이다.

대지의 선물에 대한 보답은 감사로 충분하다는 말을 들은 적이 있다. 감사를 표현하는 것은 인간만의 고유한 선물이다. 세상이 지금보다 훨씬 덜 너그러울 수도 있음을 기억할 수 있는 인식 능력과 집단적 기억을 가졌기 때문이다. 하지만 나는 우리가 감사의 문화를 넘어 다시 한번 호혜성의 문화로 나아가야 할 때라고 생각한다.

너희를 떠받치는 이들을 떠받치라
그러면 대지는 영원할 것이다

도시에 사는 사람들에게는 땅과의 호혜성을 직접 실천할 수 있는 수단이 거의 없다. 소비하는 것의 원천으로부터 분리되어 버렸기 때문이다. 하지만 그들은 돈을 쓰는 방식을 통해 호혜성을 실천할 수 있다. 부추 밭이나 탄광으로부터 너무 멀리 떨어져 있어 눈에 보이지는 않을지 몰라도, 우리 소비자는 주머니 속에 강력한 호혜성의 수단을 가지고 있다. 우리는 돈을 간접적인 호혜성의 화폐로 사용할 수 있다.

어쩌면 섬기는 수확을 우리의 구매 행위를 판단하는 거울이라고 생각할 수도 있다. 거울 속에 무엇이 비치는가? 나의 구매는 소비되는 생명에 합당한가?

과소비가 우리의 안녕을 모든 차원에서 위협하고 있는 이 시대에 섬기는 수확의 원칙은 그 어느 때보다 중대한 의미를 지닌다. 하지만 석탄 회사나 토지 개발업자에게 책임을 떠넘기는 일는 또 얼마나 쉬운가? 나는 어떤가? 섬기지 않는 수확에 공모하는 그들이 파는 것을 소비하고 있는 나는 과연 모든 책임에서 자유로울 수 있을까?

> 나는 우리가 감사의 문화를 넘어 다시 한번 호혜성의 문화로 나아가야 할 때라고 생각한다.

돈은 호혜성의 화폐로서 섬기는 수확을 지원하는 데 사용될 수도 있고 그렇지 않을 수도 있다.

실험

나는 시골에 살면서 큰 텃밭을 가꾸고, 이웃의 농장에서 달걀을 얻고, 계곡 너머의 마을에서 사과를 사고, 얼마 되지 않는 내 야생의 들판에서 베리와 채소를 딴다. 내가 가진 물건은 상당수가 오래된 중고품이 아니면 더 오래된 중고품이다. 내가 지금 쓰고 있는 이 책상도 누군가가 길가에 내놓은 멋진 식탁이었다. 장작을 때고, 퇴비를 만들고, 재활용을 하고, 그 밖에도 무수히 많은 책임감 있는 일을 하고 있지만, 집 안 살림을 정직하게 평가한다면, 대부분의 물건이 섬기는 수확의 기준에 부합하지 못할 것이다.

나는 이 시장 경제에서 살아가면서도 섬기는 수확의 규칙을 실천할 수 있는지 실험해 보고 싶다. 우리 동네 식료품점에서는 땅과 사람의 상호 이익에 대해 주의를 기울이기가 무척 쉬운 편이다. 농부들과 제휴하여 지역 유기농 농산물을 합리적인 가격에 판매하고 있다. 친환경 상품과 재활용 상품도 상당히 많이 취급하고 있다. 눈을 크게 뜨고 통로를 걷다 보면 식품 대부분이 어디에서 왔는지 분명히 알 수 있다. 생태학적 수수께끼로 남아 있는 식용품이 여전히 있기는 하지만. 대체로 나는 돈을 바람직한 환경적 선택의 화폐로 사용할 수 있다. 동시에 초콜릿에 대한 미심쩍지만 끈질긴 욕구도 충족시킨다.

다음 목적지는 쇼핑몰이다. 평소에는 어떤 대가를 치르더라도 피하려고 하는 곳이지만 오늘만큼은 실험을 위해서 적의 심장부로 파고들 것이다. 나는 수년간 이곳에서 전통적으로 필기 용품을 수확해 왔다. 지류 코너에는 엄청나게 다양한 종의 종이가 브랜드와 용도별로 군락을 이루고 있다. 줄 간격이 넓은 것과 좁은 것, 복사 용지, 문구류, 스프링 노트, 낱장 노트 등 끝도 없는 종의 다양성이 나를 맞이한다. 내가 가장 좋아하는 솜털제비꽃downy violet처럼 노란 리걸 패드가 눈에 들어온다.

나는 그 앞에 서서 섬기는 수확의 모든 규칙을 되새기며 채집의 마음을 불러일으키려고 시도하지만 얼마간 비웃는 마음이 드는 것은 어쩔 수 없다. 종이 더미에서 나무를 느끼고 내 생각을 그들에게 전하려고 노력해 보지만 그들의 생명이 수확된 곳은 이 선반에서 너무나 멀리 떨어져 있기에 그저 먼 메아리로 흩어질 뿐이다. 다행히도 '재생지'라고 적혀 있는 종이 더미가 있어서 약간의 웃돈을 치르고 구입한다. 노란색으로 염색한 것이 하얀색으로 표백한 것보다 더 나쁜 게 아닌지 잠시 생각해 본다. 의심이 들기는 하지만 늘 그랬던 것처럼 노란색을 선택한다. 여기다 녹색이나 보라색 잉크로 쓰면 정원처럼 근사해 보이니까.

다음으로 '필기 용품'이라고 불리는 펜 코너 옆을 서성거린다. 여기는 종류가 훨씬 다양해서 일부 석유 화학 제품을 제외하고는 어디서 왔는지 전혀 알 수가 없다. 제품 뒤의 생명이 보이지 않는데 어떻게 내구매 행위가 섬기는 수확이 되게 하고 내 돈을 존중의 화폐가 되게 할수가 있을까? 계산대에서 나는 호혜주의에 동참하기 위해 필기 용품의 대가로 신용 카드를 내민다. 점원과 나는 서로 고맙다고 인사하지만 나무에게는 어떤 인사도 건네지 않는다.

아무리 애를 써도 이곳에서는 숲에서 느낄 수 있는 생명을, 약동하는 생동감을 전혀 느낄 수 없다. 호혜성의 원칙이 이곳에서 작동하지 않는 이유를 이제야 깨닫는다. 이 쇼핑몰의 번쩍거리는 미로가 섬기는 수확을 조롱하고 비웃는 것처럼 보이는 이유를. 너무나 명백한데도 나는 제품 뒤의 생명을 찾아내겠다는 의도에 사로잡혀 보지 못한 것이다. 이곳에는 생명이 없기 때문에 찾을 수 없던 것이다. 여기서 파는 모든 것은 죽어 있다.

변종은 섬기는 수확이 아니라 바로 이 쇼핑몰이다. 오염된 토양에서 딸기가 자랄 수 없듯이 이 서식지에서는 섬기는 수확이 생존할 수 없다. 우리가 만든 이 생태계는 우리가 소비하는 것들이 대지에서 뜯어낸 것이 아니라 산타의 썰매에서 툭 떨어졌다는 착각을 영원히 지속시킨다. 이 착각은 우리가 선택할 수 있는 것은 그저 브랜드뿐이라고 생각하게 만든다.

> 섬기는 수확은
> 재료에 관한 것일 뿐 아니라
> 관계에 관한 것이기도 하다.

우리는 각자 할 수 있는 일을 한다. 섬기는 수확은 재료에 관한 것일 뿐 아니라 관계에 관한 것이기도 하다. 내 친구는 일주일에 한 번은 꼭 친환경 제품을 산다고 한다. 그게 자신이 할 수 있는 최선이니까 하는 거라고 말한다. 나는 묻고 싶다. 당신은 무엇을 할 수 있는가?

섬기는 수확의 원칙을 이해하는 데 도움이 되는 이런 이야기들은 물소와 함께 사라진 구식 규칙이자 시대에 뒤떨어진 것처럼 들릴 수 있다. 하지만 물소는 멸종하지 않았음을 기억하라. 물소는 자신을 기억하는 이들의 보살핌 아래 되살아나고 있다. 섬기는 수확 또한 다시 돌아올 준비가 되어 있다. 사람들은 땅에 좋은 것이 사람에게도 좋다는 사실을 기억하고 있기 때문이다.

우리에게 필요한 것은 복원의 행동이다. 오염된 물과 황폐해진 땅뿐만 아니라 세상과 맺은 관계 역시 복원해야 한다. 우리가 살아가는 방식에 대한 존경심을 복원해야 한다. 세상을 걸어가면서 부끄러움에 시선을 돌릴 필요가 없도록. 고개를 높이 들고 대지의 다른 존재들로부터 존경 어린 인정을 받을 수 있도록.

우리에게는 섬기는 수확이 필요하다. 오늘 그리고 앞으로 만날 수많은 날을 위해서.

섬기는 수확의 원칙 중 하나를 골라서 다음 한 주 동안 그 원칙을 삶에 적용하는 데 집중해 보세요. 세상에 대한 생각과 느낌과 경험이 어떻게 달라지는지 느껴 보세요.

향모 땋기

어머니 대지의 머리카락인 향모를 땋는 행위는 그녀의 안녕을
기원하는 마음을 표현하기 위한 전통이다. 세 가닥으로 나누
어 향모를 땋은 다발은 친절과 온정, 감사의 징표로 선물한다.

나나보조의 발자국을 따라서:
토박이가 되는 법

아니시나베 창조 이야기에 따르면 모든 존재 중 가장 마지막으로 창조된 존재는 나나보조였다고 한다. 조물주는 네 가지 신성한 원소를 모아 나나보조를 빚고 생명을 불어넣은 뒤 거북섬에 정착시켰다. 조물주는 누가 왔는지 모두가 알게 하려고 네 방향을 향해 그의 이름을 외쳤다. 나나보조. 그의 모습을 한 우리 인간은 지구에 가장 마지막으로 도착한 막내이며 이제 막 길 찾는 법을 배우기 시작했다.

> **나나보조:** 반은 사람이고 반은 마니도 **강력한 영적 존재인** 그는 생명력의 화신이자 아니시나베 문화의 영웅이고 인간으로서 살아가는 법을 가르치는 위대한 스승이다.

나나보조는 자신의 혈통이나 뿌리를 알지 못했다. 단지 식물과 동물, 바람과 물로 가득 채워진 세상으로 내려왔다는 사실만 알 수 있었다. 그가 도착하기 전에 이미 이 세상은 존재했으며 조화와 균형 속에 모든 존재가 창조 세계에서 각기 자신의 본분을 다하고 있었다. 그는 이민자였고, 이곳이 '신세계'가 아니라 오래된 세계임을 이해했다.

본래의 가르침이 전해진 시기를 '아주 먼 옛날'이라고 부를 수도 있다. 선형적인 시간의 관점에서 보면, 나나보조의 이야기는 아주 오래전 과거를 회상하며 세상의 내력을 밝히는 것으로 들릴 수도 있다. 이런 관점에서 역사는 마치 시간이 한 방향으로만 행진하듯 시간의 '선'을 그리지만, 나나보조의 사람들은 시간이 선이 아니라 원임을 알고 있다. 순환하는 시간 속에서 이러한 이야기는 역사인 동시에 예언이다. 시간이 순환하는 원이라면 역사와 예언이 수렴하는 지점이 존재하게 된다. 우리가 걸어온 길 뒤에도 앞에도 나나보조의 발자국이 있다. 모든 것이 다시 돌아올 것이다.

아니시나베족 연장자인 에디 벤튼-바나이는 하늘여인이 춤추며 생명을 창조했던 이 세상을 걷는 일이 나나보조가 받은 첫 번째 명령이었다고 아름답게 서술한다. 그는 '한 걸음 한 걸음이 어머니 대지에게 올리는 인사가 되도록' 걸으라는 가르침을 받았지만 그것이 무슨 뜻인지

> 조물주는 나나보조에게 본래의 가르침을 전했다. 오늘을 사는 우리는 어떻게 한 걸음 한 걸음이 어머니 대지에게 올리는 인사가 되도록 걸을 수 있을까?

알 수가 없었다. 아무도 그를 몰랐고 그도 아는 이가 없었던 그때, 그 초창기에 그의 심정이 어떠했을지 상상할 수 있을 것 같다. 다행히도 비록 그의 발자국은 대지에 찍힌 첫 번째 인간의 발자국이었지만 이 땅에 먼저 뿌리내린 다른 존재들의 발자국을 따라갈 수 있었다.

인간의 모든 힘과 약점을 안고 나나보조는 최선을 다해 본래의 가르침을 따랐으며 새 보금자리의 토박이가 되려고 노력했다.

세월이 흐르면서 가르침은 변질되었고 많은 부분이 잊혔다. 나나보조의 유산을 더욱 강하고 아름답게 만드는 일은 그럼에도 불구하고 우리가 여전히 노력하고 있다는 사실을 이야기한다.

시간이 순환하여 다시 제자리로 돌아온다면, 어쩌면 나나보조의 여정이 남긴 발자취가 후손들의 길을 인도할 수 있을지도 모른다.

나나보조의 여정

나나보조의 여정은 먼저 떠오르는 태양을 향해, 하루가 시작되는 곳으로 향했다. 그는 모든 것이 궁금했다. 어떻게 먹을 것을 구할지 어떻게 길을 찾을지 그는 아는 것이 없었다. 본래의 가르침을 곱씹어 보던 그는 결국 살아가는 데 필요한 모든 지식이 이 땅에 있음을 이해했다. 그의 역할은 인간으로서 세상을 다스리거나 변화시키는 것이 아니라 세상으로부터 인간이 되는 방법을 배우는 것이었다.

와부농wabunong, 동쪽은 지식의 방향이다. 우리는 매일 배우고 새롭게 시작할 수 있는 기회를 주신 것에 대해 동쪽을 향해 감사를 올린다. 동

그의 역할은 인간으로서
세상을 다스리거나
변화시키는 것이 아니라
세상으로부터
인간이 되는 방법을
배우는 것이었다.

쪽에서 나나보조는 어머니 대지가 우리의 가장 현명한 스승이라는 교훈을 얻었다. 그는 신성한 담배인 세마sema를 알게 되었고, 세마를 사용하여 조물주께 자신의 생각을 전하는 방법을 배웠다.

나나보조의 발걸음은 탄생과 성장의 땅인 남쪽 자와농zhawanong으로 향했다. 봄이 오면 남쪽에서 온 세상을 뒤덮는 초록빛이 따뜻한 바람을 타고 전해진다. 그곳에서 남쪽의 신성한 식물인 키지그kizhig가 그에게 가르침을 전해 주었다. 키지그의 나뭇가지는 생명을 정화하고 보호하는 약이다. 나나보조는 토박이가 된다는 것은 곧 대지의 생명을 보호하는 것임을 기억하기 위해 키지그를 지니고 다녔다.

나나보조는 북쪽으로 가는 길에 약초 스승들을 만났다. 그들은 윙가슈크를 건네주며 온정과 친절, 치유의 길을 가르쳤다. 심지어 지독한 잘못을 저지른 사람에게도 치유의 은혜를 베풀라고 했다. 누구나 실수는 하는 법이니까. 토박이가 된다는 것은 모든 창조의 세계를 포함하도록 치유의 원을 키우는 일이다. 길게 땋은 향모는 여행자를 지켜 준다. 나나보조는 몇 다발을 가방에 넣었다. 향모의 향기가 가득한 길은 필요한 모든 이에게 베푸는 용서와 치유의 풍경으로 이어진다. 향모는 선물받는 이를 가리지 않는다.

서쪽에 온 나나보조는 자신을 두려움에 떨게 하는 많은 것을 보았다. 발밑에서 땅이 흔들렸고 거대한 불길이 땅을 집어삼켰다. 서쪽의 성스러운 식물인 므슈코데와슈크Mshkodewashk가 다가와 그의 두려움을 씻어 주었다. 벤튼-바나이는 불의 수호자가 직접 나나보조를 찾아왔다고 말한다.

"이것은 그대의 오두막을 따뜻하게 해 주는 바로 그 불이다."

불의 수호자가 이어서 말했다.

"모든 힘에는 두 가지 측면이 있다. 창조하는 힘과 파괴하는 힘이다. 우리는 이 양면성을 인정하되 창조의 쪽에 우리의 재능을 투자해야 한다."

땅을 계속 탐험하면서 나나보조는 모든 존재의 이름을 익혀야 하는 새로운 임무를 맡게 되었다. 나나보조는 사람들이 어떻게 살아가는지 주의 깊게 관찰하고, 그들과 대화를 나누면서 그들이 어떤 재능이 있는지 알게 되었다. 다른 사람들의 이름을 부를 수 있게 되자 그는 더욱 친근감을 느꼈고 더는 외롭지 않았다.

이름은 우리 인간이 서로와 그리고 살아 있는 세계와 관계를 맺는 방법이다. 주변 동식물의 이름을 모른 채 살아간다면 어떤 느낌일지 상상해 본다. 식물학자라는 내 입장에서 그렇게 하기는 무척 어려운 일이지만, 마치 길거리의 표지판을 읽을 수 없는 낯선 도시에서 길을 잃은 것처럼 두렵고 혼란스러울 것 같다. 철학자들은 이러한 고립과 단절의 상태를 '종의 외로움'이라고 부르는데, 이는 다른 피조물과의 분리, 관계의 단절에서 비롯된 이름 없는 깊은 슬픔이다. 세상에 대한 인간의 지배력이 점점 커질수록 우리는 더 고립되어 왔다.

본래의 가르침

아니시나베의 교육자 벤튼-바나이의 설명에 따르면, 나나보조가 받은 본래의 가르침에는 형과 누나로부터 어떻게 살아야 하는가를 배우는 과제가 있었다고 한다. 그는 먹을 것이 필요할 때면 동물들이 무엇을 먹는지 관찰하고 그대로 따라 했다. 왜가리는 그에게 야생 쌀을 채취하는 법을 가르쳤다. 어느 날 밤 개울가에서 그는 고리 모양의 꼬리를 가진 작은 동물이 섬세한 손으로 조심스럽게 먹이를 씻는 모습을 보았다. 그는 '아, 나도 깨끗한 음식만 몸에 넣어야겠다.' 하고 생각했다.

나나보조는 여러 식물에게도 가르침을 받았는데, 식물들은 자신의 선물을 그에게 아낌없이 나누어 주었다. 그는 늘 최대한의 존경심을 가지고 식물을 대해야 함을 배웠다. 식물과 동물을 포함한 모든 존재가 그에게 필요한 것을 가르쳐 주었다. 비버는 도끼 만드는 법을 알려 주었고, 고래는 카누의 모양을 보여 주었다. 나나보조는 자연이 주는 교훈과 자신의 강한 정신력을 결합하면 사람들에게 유용한 새로운 것을 발견할 수 있다는 가르침을 받았다. 그의 머릿속에서 거미 할머니의 거미줄은 고기 잡는 그물이 되었다. 그는 다람쥐의 겨울철 교훈을 따라 단풍 설탕을 만들었다. 나나보조가 배운 가르침은 토착 과학, 의학, 건축, 농업, 생태 지식의 신화적 뿌리다.

> 여러분의 생활 속에서, 공동체와 국가에서 종의 외로움을 어떻게, 어디에서 볼 수 있나요? 이러한 고립의 결과는 무엇일까요?

나나보조는 길고 튼튼한 다리로 동서남북, 네 방향을 돌아다녔다. 큰 소리로 노래를 부르며 가던 그는 새의 경고하는 울음소리를 듣지 못했고 그만 회색 곰의 공격을 받고 말았다. 그 뒤 그는 다른 사람의 영역에 접근할 때는 마치 온 세상이 제 것인 양 섣부르게 행동하지 않았다. 그는 숲 가장자리에 조용히 앉아 초대를 기다리는 법을 배웠다. 벤튼-바나이의 설명에 따르면 나나보조는 그러고 나서 일어나 그곳의 주민들에게 이렇게 말하곤 했다고 한다.

"지구의 아름다움을 해치거나 형제의 뜻을 방해하지 않겠습니다. 지

나나보조는 거북섬의 동식물을 관찰하며 살아가는 방법을 배웠다.
여기 너구리가 먹이를 씻고 있다.

나갈 수 있도록 허락해 주십시오."

나나보조는 눈 사이로 피어나는 꽃, 늑대와 대화하는 까마귀, 초원의 밤을 밝히는 곤충을 보았다. 모든 존재와 그들의 능력에 감사하는 마음이 커졌고, 선물을 받는 데는 책임이 따른다는 사실을 깨닫게 되었다. 조물주는 숲지빠귀에게 아름다운 노래를 선물로 주면서 숲에 자장가를 불러 주라는 책임을 맡겼다. 깊은 밤, 나나보조는 밤하늘에서 반짝이며 길을 안내해 주는 별들에게 감사했다.

동물들의 평의회에서 나나보조가 배운 것, 즉 창조 세계를 훼손하지 말고 다른 존재의 성스러운 목적을 방해하지 말라는 가르침을 새로운 사람들이 배웠다면 독수리가 내려다보는 세상은 지금과는 달랐을 것이다. 나나보조가 본 것을 우리도 볼 수 있었을 것이다.

모든 존재에게는 선물이 있고 모든 선물에는 책임이 따른다. 나나보조는 자신의 빈손을 생각했다. 그는 세상의 보살핌을 받아야만 생존할 수 있었다.

나나보조에게는 쌍둥이 형제가 있었는데 그는 나나보조가 균형을 이루는 데 전념하는 만큼이나 불균형을 만드는 일에 집중했다. 쌍둥이 형제는 창조와 파괴의 상호 작용을 터득했고 이를 이용해 사람들을 끝없이 균형에서 벗어나게 했다. 그는 권력의 오만함을 이용해 무한한 성장을 이룰 수 있다는 사실을 깨달았다. 그것은 무절제한 암적인 창조이며 파괴로 이어진다. 나나보조는 쌍둥이 형제의 오만함에 맞서 균형을 맞추기 위해 겸손하게 걸어가겠다고 다짐했다. 이것은 또한 나나보조의 발자취를 따라 걷는 이들에게 주어진 과제이기도 하다.

이러한 역사를 생각한다면, 정착민 사회에서 토착민이 되라는 것은 마치 내 집을 부수는 파티로 나를 초대하는 공짜 입장권처럼 느껴진다. 남은 것이라도 가져가라는 공개적인 초대로 읽힐 수도 있다. 정착민들이 나나보조를 따라 '한 걸음 한 걸음이 어머니 대지에게 올리는 인사가 되도록' 걸으리라고 믿을 수 있을까? 희미한 희망 뒤에는 여전히 슬픔과 두려움이 그림자처럼 자리 잡고 있다. 하지만 그 슬픔은 정착민들의 슬픔이기도 하다는 사실을 기억해야 한다.

백인의 발자국

시트카 가문비나무 할머니의 그늘에 조용히 앉아 있자니 생각이 온통 복잡하게 뒤엉킨다. 옛날 연장자들처럼 이민자 사회가 토착화될 수 있는 방법을 상상하고 싶지만, 그 단어에 걸려 넘어지고 만다. 이민자는 정의상 토착민이 될 수 없다. 토착민은 태어날 때 부여되는 단어이기 때문이다. 아무리 많은 시간을 들이고 관심을 기울여도 역사를 바꾸거나 영혼 깊숙이 이르는 땅과의 융합을 대체할 수는 없다. 하지만 토박이가 되지는 못하더라도 세상을 새롭게 하는 깊은 호혜성의 세계로 들어설 수는 없을까? 이것이 과연 배울 수 있는 것일까? 배울 수 있다면 스승은 어디에 있을까? 연장자 헨리 리커스의 말이 떠오른다.

"그들은 땅을 이용하면 부자가 될 거라고 생각하고 이곳에 왔단다. 그래서 탄광을 파고 나무를 베었지. 하지만 힘은 땅에게 있었어. 그들이 땅을 이용할 때 땅 역시 그들에게 작용한 거야. 그들을 가르친 거지."

할머니의 뿌리 사이로 푹신한 잎이 깔린 자리를 박차고 일어나 다시 오솔길로 걸어가다 익숙한 식물을 발견하고는 발걸음을 멈춘다. 줄기라고 부를 만한 것도 없이 땅에 바짝 붙어서 원을 그리고 있는 동그란 잎만 보인다. 우리 부족은 이 둥근 잎이 달린 식물을 '백인의 발자국 White Man's Footstep'이라고 부른다. 라틴어 별명인 '플랜타고Plantago'는 발바닥을 뜻한다.

이 식물은 최초의 정착민들과 함께 도착하여 그들이 가는 곳마다 따라다녔다. 처음에 원주민들은 많은 골칫거리를 뒤따라온 이 식물을 불신했다. 하지만 나나보조의 후손답게 모든 것에는 목적이 있으며, 그 목적을 달성하는 데 방해가 되어서는 안 된다는

백인의 발자국 또는 넓은 잎 질경이로 불리는 플랜타고 메이저Plantago major는 유럽에서 북미로 전해졌다.

사실을 알고 있었다. 백인의 발자국이 이 땅에 계속 눌러앉을 것이 분명해지자 토착민들은 이 식물이 어떤 선물을 가져왔는지 알아보기 시작했다. 여름 더위가 잎을 질기게 만

> **습포제:** 상처를 치료하거나 통증을 줄이기 위해 부드럽고 습한 자료를 천에 펴서 피부에 붙이는 것.

들기 전 봄에는 데쳐서 나물로 먹기 좋다. 잎을 말거나 씹어서 습포제로 만들면 베인 상처, 화상, 특히 벌레에 물렸을 때 응급 처치가 된다. 작은 씨앗은 소화에 좋은 약이다. 잎은 출혈을 즉시 멈추고 감염 없이 상처를 치유한다. 이 식물은 버릴 게 하나도 없다.

어떤 이민자 식물은 어떻게 하면 새로운 대륙에서 환영받지 못하는지 보여 주는 반면교사가 되기도 한다. 하지만 '백인의 발자국'은 그렇지 않다. 그의 전략은 쓸모를 지니고, 좁은 장소에 잘 적응하고, 다른 식물과 공존하고, 상처를 치유하는 것이었다. 어찌나 널리 퍼지고 잘 섞여 들었던지 우리가 그를 토종이라고 생각할 정도가 되었다. 그래서 질경이는 식물학자들이 우리 고유의 것이 된 식물에게 부여하는 이름을 얻었다. 백인의 발자국은 토종 식물이 아니라 '귀화 식물'이다. 이는 외국에서 태어나 우리 국민이 된 사람에게 사용하는 용어와 동일하다. 그들은 이 나라의 법을 준수할 것을 서약한다. 아마도 나나보조의 본래 가르침 또한 잘 지킬 수 있을 것이다.

어쩌면 우리의 임무는 백인의 발자국의 가르침을 따라 장소에 귀화하기 위해 노력하는 것인지도 모른다. 이곳이 내 배를 채워 주는 땅인 것처럼, 내 목을 축여 주는 시냇물인 것처럼, 이 땅이 내 몸을 빚고 내 영혼을 채워 주는 것처럼 살아야 한다는 뜻이다. 귀화한다는 뜻은 내 조상이 이 땅에 누워 있음을 아는 일이다. 이곳에서 우리는 자신의 선

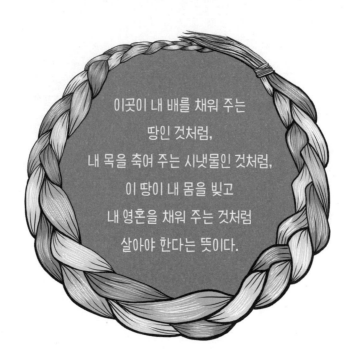

이곳이 내 배를 채워 주는
땅인 것처럼,
내 목을 축여 주는 시냇물인 것처럼,
이 땅이 내 몸을 빚고
내 영혼을 채워 주는 것처럼
살아야 한다는 뜻이다.

물을 주고 주어진 책임을 다한다. 귀화한다는 것은 우리의 삶과 모든 친척의 삶이 이 땅에 달려 있는 것처럼 이 땅을 돌보는 행위다. 실제로 그러하니까.

시간의 순환적 흐름을 입증하기라도 하듯 과학과 기술은 자연에서 설계 모델을 찾는 등 나나보조의 접근법을 채택함으로써 토착 과학을 따라가기 시작했다. 땅의 지식을 존중하고 그 땅을 지키는 사람들을 돌봄으로써 우리는 이 땅의 토박이가 되어 간다

어떻게 하면 토착 원주민의 권리, 존엄성, 가르침을 지키면서 그곳의 토박이가 될 수 있을까요?

둘러앉기

크랜베리 호수 생물학 연구소

학생 대부분은 설레는 마음으로 크랜베리 호수 생물학 연구소를 찾아오지만, 5주 동안 인터넷이 연결되지 않은 곳에서 어떻게 생활할지 걱정하며 도착하는 학생도 늘 몇 명쯤은 있다. 세월이 흐름에 따라 사람이 자연과 맺은 관계가 많이 달라졌음을 학생들의 태도를 통해 실감할 수 있었다. 예전에는 학생들이 캠핑이나 낚시, 숲속 놀이로 가득한 어린 시절을 떠올리며 이곳을 찾아왔다. 학생들의 자연에 대한 열정은 요즘에도 변함이 없지만, 직접적인 체험이 아니라 주로 화면을 통해서 본 간접 경험에서 영감을 받았다고 말한다. 점점 많은 사람들에게 거실 밖 자연의 현실은 놀라움의 대상이 되고 있다.

브래드는 폴로 셔츠와 로퍼(끈이 없고 굽이 낮아서 신기에 편한 신발─옮긴이) 차림으로 호숫가를 돌아다니면서 휴대폰 신호를 찾고 있었다. 물론 소용없는 짓이었다. "자연은 정말 위대하네요."라고 말하면서도 그는 여전히 곤혹스러워 보인다.

"여기는 정말 나무밖에 없군요."

나는 숲이 가장 안전한 장소라고 말하면서 그를 안심시키려고 애썼다. 나 역시 도시에 갈 때마다 비슷한 불안감을 느낀다고, 사람밖에 없는 곳에서 나 자신을 어떻게 돌봐야 할지 몰라 약간의 공포를 느낀다고 털어놓았다. 이런 변화에 적응한다는 것은 어려운 일이다. 우리는 호수를 건너 11킬로미터 들어간 곳에 있다. 도로도 없고 야생의 자연에 둘러싸여 있다. 병원에 가려면 한 시간, 월마트에 가려면 세 시간이 걸린다.

"필요한 게 생기면 어떻게 하죠?"

브래드가 묻는다. 곧 스스로 알게 될 것이다.

며칠만 지나면 학생들은 현장 생물학자로 변신하기 시작한다. 장비와 전문 용어에 익숙해지면서 자신감이 솟아나는 것이다. 살아 있는 세계를 개체로 구분하기 시작하고 숲의 짜임새에서 실타래를 분별해내고 땅의 몸에 적응하기 시작하는 것은 환영할 만한 일이다.

하지만 학생들이 과학의 도구를 손에 쥐게 되면 그만큼 자신의 감각

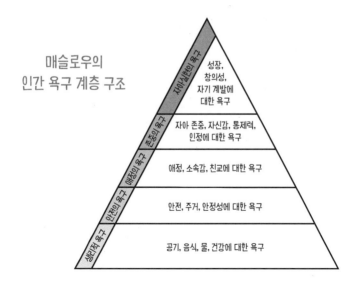

매슬로우의
인간 욕구 계층 구조

자아실현의 욕구 — 성장, 창의성, 자기 계발에 대한 욕구

존중의 욕구 — 자아 존중, 자신감, 통제력, 인정에 대한 욕구

애정의 욕구 — 애정, 소속감, 친교에 대한 욕구

안전의 욕구 — 안전, 주거, 안정성에 대한 욕구

생리적 욕구 — 공기, 음식, 물, 건강에 대한 욕구

을 덜 신뢰하게 되는 것 또한 사실이다. 식물들의 라틴어 학명을 외우느라 존재 자체를 들여다보는 데 쓰는 시간이 줄어든다. 학생들은 이미 생태계에 대한 많은 지식을 가지고 있고 상당히 많은 수의 식물을 식별할 수 있다. 하지만 이 식물이 어떻게 그들을 돌보는지 물어보면 말문이 막힌다.

수업을 시작할 때는 늘 인간에게 필요한 것의 목록을 만드는 브레인스토밍을 한다. 목표는 애디론댁산맥의 식물 중 어떤 것이 그 필요를 충족시킬 수 있는지 알아내는 것이다. 목록은 의식주와 난방 등 익숙한 것으로 채워진다. 산소와 물이 10위 안에 들어서 다행이다. 일부 학생은 매슬로우의 인간 욕구 위계를 연구한 적이 있어서 생존을 넘어 예술, 우정, 영성 등 더 높은 수준의 욕구를 지목하기도 한다. 우리는 의식주 중에서 '주住'부터 시작한다. 우리의 교실을 짓는 것이다.

주거지

학생들은 적당한 장소를 선택하고 땅에 표시를 하고 어린나무를 베어다가 땅에 깊숙이 박아 세웠다. 이제 나무 기둥으로 둘러싸인 3.7미터가량의 원이 만들어졌다. 처음에는 땀을 뻘뻘 흘리면서도 거의 개별적으로 작업했지만, 원이 완성되고 첫 번째 나무 한 쌍이 아치형으로 결합되면 공동 작업의 필요성이 분명해진다. 키가 가장 큰 학생은 나무 꼭대기를 잡고, 가장 무거운 학생은 나무를 잡아 내리고, 가장 작은 학생은 뛰어올라 나무를 묶어서 제자리에 고정시켜야 한다. 하나의 아치를 만들고 나면 다음 아치를 연결해야 한다. 점점 위그웜아메리카 원주민의 돔형 집_옮긴이의 형태가 드러난다. 위그웜의 고유한 대칭성 때문에 실수

위그웜은 돔 형태의 주거용 구조물이다.

를 하면 그 부분이 두드러지게 눈에 뜨인다. 학생들은 제대로 된 형태가 잡힐 때까지 가지를 묶었다 풀기를 반복한다. 마지막 나무 한 쌍을 묶고 나서 학생들은 자신들이 만든 것을 조용히 바라본다. 마치 뒤집어진 새 둥지 같다.

우리 열다섯 명은 가장자리를 따라 편안히 둘러앉는다. 지붕이 없어도 아늑한 느낌이 든다.

어린나무에 기대어 앉아 이 설계에 대해 생각한다. 토착 건축물은 둥지, 굴, 알, 자궁의 모양을 본뜬 작고 둥근 형태가 많다. 구는 표면적 대비 부피 비율이 가장 높기에 주거 공간을 지을 때 재료가 가장 적게 든다. 이 형태는 빗물을 흘려보내고 눈의 무게를 분산시킨다. 난방에 효율적이며 바람에 강하다. 원의 가르침 속에서 생활하는 것에는 문화적인 의미가 있다. 학생들에게 출입구는 항상 동쪽을 향한다고 말해준다. 새벽을 맞이하는 행위의 가치는 아직 모르지만 태양이 떠오르면 알게 될 것이다.

이 헐벗은 위그웜의 뼈대만으로 수업이 끝나는 것은 아니다. 부들 매트로 벽을 만들고 가문비나무 뿌리를 자작나무 껍질과 엮어 지붕을 이어야 한다. 아직 해야 할 일이 남아 있다.

월마시에서 쇼핑하기

수업 전에 브래드를 보니 여전히 뚱한 표정이다. 기운을 북돋워 주려고 "오늘은 호수 건너편으로 쇼핑하러 갈 거예요!"라고 말한다. 호수 건넛마을에는 인적이 드문 곳에서 흔히 볼 수 있는 잡화점이 하나 있긴 하다. 거기에는 필요한 모든 것이 구비되어 있지만 오늘 가는 곳은 그런 곳이 아니다. 오늘은 습지에서 쇼핑을 할 예정인데 이곳은 월마트에 비유할 수 있겠다. 아주 넓은 면적에 걸쳐 있다는 점이 비슷하니까.

한때 습지는 징그러운 벌레, 악취 등으로 악명이 높았지만 이제 사람들은 습지가 얼마나 중요한 역할을 하는지 안다. 부들은 물속에서 채집하는 것이 가장 효율적이라고 설명하자 학생들은 미심쩍은 눈빛을 보낸다. 나는 이곳에는 독이 있는 물뱀이나 유사流沙, 아래로 흘러내리는 모래. 사람이 들어가면 늪에 빠진 것처럼 헤어 나오지 못한다._옮긴이가 없으며, 늑대거북은 우리가 오는 소리를 들으면 등딱지 속으로 숨는다고 안심시켜 준다. 거머리 이야기는 입 밖에 내지 않는다.

결국 학생들은 모두 나를 따라왔고, 습지를 거니는 왜가리처럼-우아함과 침착함은 빼고- 물길을 걸었다. 학생들은 관목과 풀로 이루어진 떠다니는 섬들 사이로 다음 발을 내딛기 전에 바닥이 단단한지 느껴 보며 한 걸음씩 나아간다. 그들의 짧은 삶이 아직 보여 주지 않았다면, 그들은 오늘 바닥의 견고함이 실은 환상임을 배울 것이다. 이곳의 호수 바닥은 1미터 정도의 부유물로 이루어져 있어서 단단하기로 치면 초콜릿 푸딩 수준이다.

가장 대담한 크리스가 앞장선다. 다섯 살짜리 아이처럼 웃으며 허리까지 잠기는 물속에서 안락의자에 앉은 듯 팔꿈치를 사초sedge 둔덕에 얹은 채 태연히 서 있다. 자기도 처음이면서 다른 학생들을 격려한다.

"그냥 빨리 들어와서 긴장 풀고 즐겨 봐."

나탈리는 "내면의 사향쥐와 하나가 되어 봐!"라고 외치며 뛰어든다. 클라우디아는 흙탕물이 튈까 봐 뒤로 물러난다. 크리스가 능숙한 도어맨처럼 진흙탕 속에서 그녀에게 손을 내민다. 그때 그의 뒤에서 긴 거품이 솟아오르더

> **사초**: 습한 지역에서 자라는 풀과 같은 식물.

> **둔덕**: 비탈지고 조금 높은 땅 또는 언덕.

니 큰 소리를 내며 터진다. 그는 진흙으로 얼룩진 얼굴을 붉힌 채 발걸음을 옮긴다. 그러자 그의 뒤에서 지독한 냄새가 나는 거품이 다시 한 번 길게 터져 나온다. 학생들은 웃음을 터뜨리고 이내 모두가 첨벙거리며 물속을 걸어 다닌다. 습지를 걷다 보면 발을 디딜 때마다 메탄 '늪가스'가 방출되면서 방귀 소리와 함께 농담이 쏟아진다. 물의 깊이는 거의 허벅지 정도이지만 가끔 가슴 깊이의 구멍에 빠지면 비명과 함께 폭소가 터져 나온다.

부들을 뽑으려면 물속에서 식물 밑동까지 손을 뻗어 잡아당겨야 한다. 퇴적물이 느슨하거나 힘이 충분하다면 뿌리줄기까지 모두 뽑아낼 수 있다. 문제는 온 힘을 다해 당겨 보기 전에는 싹이 끊어질지 여부를 알 수 없다는 것이다. 줄기가 갑자기 끊어지면 물 밑바닥에 엉덩방아

를 찢고 귀에서 흙탕물이 뚝뚝 떨어지는 경험을 하게 된다.

뿌리줄기, 본질적으로는 땅속에 있는 줄기인데 이것이 바로 우리가 찾는 것이다. 겉은 갈색에 섬유질이 많고 속은 감자처럼 하얗고 녹말이 많으며 불에 구우면 맛이 아주 좋다. 잘라 낸 뿌리줄기를 깨끗한 물에 담가 두면 곧 걸쭉한 흰색 녹말을 얻을 수 있는데 이것으로 전분이나 죽을 만들 수 있다.

부들 식물인 티파 라티폴리아Typha latifolia는 마치 거대한 풀처럼 줄기가 뚜렷하지 않고 잎이 동심원 모양으로 서로를 감싸고 있는 다발로 이루어져 있다. 잎 하나하나가 바람과 파도를 견딜 수는 없지만 뭉치면 힘이 세다. 게다가 광범위한 수중 뿌리줄기 네트워크가 잎을 제자리에 고정시켜 준다. 8월이면 잎의 길이는 2.4m, 너비는 약 2.5cm까지

넓은 잎 부들인 티파 라티폴리아.

자란다. 부들 잎을 잘라서 꼬면 아주 쉽게 식물 끈을 만들 수 있다. 숙소로 돌아가면 위그웜에 쓸 노끈과 바느질을 할 수 있을 만큼 가는 실을 만들 것이다.

식물 끈: 식물, 주로 뿌리 부분으로 만든 실이나 노끈.

어느새 카누에는 잎 다발이 수북하다. 우리는 카누를 호숫가로 끌고 가서 잎을 바깥쪽부터 한 장씩 떼어 내기 시작한다. 나탈리는 잎을 벗기는 즉시 바닥에 던지듯 내려놓는다.

"으, 너무 끈적해."라며 진흙투성이 바지에 손에 묻은 진액을 닦아내려 애쓴다. 밑 잎을 한 장씩 떼어 보면 잎사귀 사이로 맑은 점액 덩어리가 길게 늘어진다. 처음에는 구역질이 날 것 같지만, 이내 손에 닿는 느낌이 얼마나 좋은지 알게 된다. 약초꾼들은 '치료약은 병의 원인 가까이에 있는 법'이라고들 한다.

부들을 채취하다 보면 햇볕에 화상을 입거나 가려움증이 생기기 마련이지만, 부들 자체에 해독제가 있다. 부들의 젤은 깨끗하고 시원하고 상쾌할 뿐 아니라 항균 효과가 있다. 부들이 점액을 만드는 이유는 미생물로부터 스스로 보호하고 수위가 낮아질 때 잎 밑부분의 수분을 유지하기 위해서다. 그리고 이렇게 식물이 스스로 보호하는 성질이 우리도 보호해 주는 것이다. 늪에서 나는 알로에베라 젤이라 할 만하다.

부들에는 습지에서 생활하기에 완벽한 다른 특징도 있다. 잎의 밑부분은 물속에 있지만 호흡을 위해서는

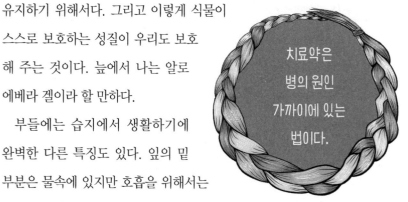

치료약은 병의 원인 가까이에 있는 법이다.

호흡: 유기체가 신진대사에 필요한 산소를 세포와 조직에 공급하고 에너지 생성 반응에서 생성된 이산화탄소를 제거하는 물리적·화학적 과정.

여전히 산소가 필요하다. 그래서 부들은 공기탱크를 가진 스쿠버 다이버처럼 공기가 채워진 스펀지 같은 조직, 즉 자연의 뽁뽁이를 몸에 장착한다. 통기 조직이라고 불리는 이 하얀 세포는 각 잎의 밑부분에 물에 뜨는 푹신한 층을 형성한다. 또한 잎은 비옷과 같은 방수 장벽인 왁스 층으로 코팅되어 있다. 하지만 이 비옷은 역으로 작용하여 수용성 영양소가 물속으로 빠져나가지 않도록 내부에 붙잡아 두는 역할을 한다.

수용성: 물에 녹는 성질.

부들은 잎이 길고 발수성이 있으며 폐포성 발포체로 채워져 있어 단열 성능이 좋아 주택용 건축 재료로 탁월하다. 옛날에는 부들 잎을 꿰매거나 엮어서 여름용 위그웜을 만들기도 했다. 건조한 날씨에는 부들 잎이 수축되어 틈새가 벌어지고 그 사이로 바람이 들어와 통풍이 잘되고, 비가 오면 부들 잎이 부풀어 올라서 틈새를 막아 빗물을 막아 준다. 부들은 수면 매트로도 훌륭하다. 왁스가 바닥의 습기를 막아 주고, 부들 속 통기 조직은 쿠션과 단열 기능을 제공한다. 부드럽고 보송보송하며 신선한 건초 냄새가 나는 부들 매트 두 장을 침낭 아래에 깔면 아늑한 밤을 보낼 수 있다.

나탈리는 부드러운 잎사귀를 손가락 사이로 꽉 쥐며 말한다.

"마치 부들이 우리를 위해 이런 것들을 만든 것 같아요."

식물이 진화한 적응과 사람들의 필요가 맞아떨어지는 모습을 보면 그저 놀라울 뿐이다. 일부 원주민 언어에서는 식물을 '우리를 돌봐 주는 존재'로 번역한다. 부들은 습지에서 생존율을 높이기 위해 정교한 방식으로 적응해 왔다. 사람들은 식물로부터 해결책을 빌려 생존 가능성을 높였다. 식물은 적응하고 사람은 적용한다.

옥수수 잎을 하나씩 벗겨 내면 속대에 가까워지듯 부들도 잎을 벗겨 낼수록 점점 가늘어진다. 가운데에는 하얀 속살 기둥이 있다. 그것을 한입 크기로 잘라서 학생들에게 나눠 준다. 내가 먹은 뒤에야 학생들은 서로를 곁눈질로 바라보며 한입씩 먹어 본다. 잠시 뒤 그들은 대나무 숲의 판다처럼 게걸스럽게 줄기를 벗겨 낸다. 코사크 아스파라거스 Cossack asparagus라고도 불리는 이 속대는 오이 맛이 나며 볶거나 삶아 먹을 수도 있다.

우리가 있던 습지를 돌아보면 수확한 곳이 어디인지 한눈에 알 수 있다. 학생들은 자신들이 환경에 어떤 영향을 끼쳤는지에 대해 열띤 토론을 벌인다. 학생들은 우리가 수확한 것을 인간의 필요 목록과 비교한

일부 원주민 언어에서는
식물을
'우리를 돌봐 주는 존재'로
번역한다.

다. 이번 수확으로 우리는 옷, 매트, 노끈, 쉼터를 만들 잎을 얻었다. 탄수화물 에너지로 가득한 뿌리줄기와 채소 대신 먹을 수 있는 속대가 있지만 학생들은 단백질, 불, 조명, 음악 등 몇 가지 부족한 부분이 있다고 지적한다. 나탈리는 팬케이크를 목록에 추가하고 싶어 한다.

"화장지도!"

클라우디아가 덧붙인다.

우리는 추가로 필요한 물건을 찾아 늪 슈퍼마켓의 통로를 돌아다닌다. 학생들은 실제 월마트에 온 것처럼 행동하기 시작한다. 랜스는 늪에 다시 들어가지 않으려고 월마시Walmarsh, Walmart(월마트)와 Marsh(늪)를 합쳐서 만든 신조어로 미국의 대형 마트인 월마트와 발음이 비슷한 것을 이용한 언어유희—옮긴이 출입문의 안내원 역을 자처한다.

"팬케이크 찾으신다고요? 5번 통로에 있습니다. 손전등이요? 3번 통로입니다."

부들꽃은 전혀 꽃처럼 보이지 않는다. 줄기는 높이가 약 1.5미터이고 끝부분에는 통통한 녹색 원통이 달려 있다. 허리 부분이 깔끔하게 접혀 둘로 나뉘는데 위쪽이 수꽃이고, 아래쪽은 암꽃이다. 부들은 바람에 의하여 꽃가루가 운반되어 수분受粉이 이루어지는 풍매화여서 수꽃의 이삭이 터지면 노란색 꽃가루가 구름처럼 공중으로 퍼진다. 팬케이크 팀은 습지에서 이 꽃을 찾아낸다. 줄기에 종이 봉지를 씌우고 입구를 단단히 조인 다음 흔든다. 그러면 봉지 바닥에 밝은 노란색 가루 한 스푼과 그에 상응하는 양의 벌레가 모인다. 꽃가루(및 벌레)는 거의 순수한 단백질로, 카누에 잔뜩 모아 놓은 녹말 뿌리줄기를 영양적으로 보완하는 고품질 식품이다. 벌레를 제거하고 꽃가루를 비스킷이나 팬케이크에 넣으면 영양가와 아름다운 황금색을 더할 수 있다.

암꽃이삭은 막대기에 달린 조그마한 녹색 핫도그처럼 보인다. 소금물에 삶아서 버터를 바른다. 옥수수 이삭처럼 줄기 양쪽 끝을 잡고 덜 자란 꽃을 꼬치구이를 먹듯이 베어 문다. 맛과 식감이 아티초크^{지중해 연안이 원산지인 엉겅퀴과의 다년생 식물—옮긴이}와 놀라울 정도로 비슷하다. 오늘 저녁은 부들 케밥이다.

고함이 들리고 솜털 구름이 공중에 떠다니는 모습을 보니 학생들이 월마쉬 3번 통로에 도착한 모양이다. 작은 꽃 하나하나는 솜털 뭉치에 달린 씨앗으로 성숙하여 줄기 끝에 달린 먹음직스러운 갈색 소시지처럼 생긴 우리 눈에 익숙한 부들이 된다. 이맘때가 되면 바람과 겨울이 부들꽃을 갉아먹어 베개나 침구로 쓰이는 솜털 같은 보푸라기만 남는다. 포타와토미어로 부들의 이름 중 하나는 베위스키눅^{bewiieskwinuk}으로 '아기를 감싼다.'라는 뜻이다. 부드럽고 따뜻하며 흡수력이 뛰어난 부들은 방한복과 기저귀로 쓰였다.

엘리엇이 우리에게 외친다.

"손전등 찾았어요!"

솜털이 있는 곧은 줄기는 전통적으로 기름에 담가 불을 붙여서 횃불로 사용했다. 우리 부족은 부들 줄기를 채집하여 화살대를 만들거나 마찰열을 일으켜 불을 피우는 도구를 만드는 등 다양한 용도로 사용했다. 부들 솜털은 주로 불을 피우는 부싯깃용으로 보관했다. 학생들은 이 모든 재료를 모아 카누로 가져온다. 나탈리는 여전히 물속을 걷고 있다. 다음에는 '마시올스^{Marsh(늪)-alls, 마셜스(Marshalls)는 미국의 할인점 브랜드_옮긴이}'에 갈 거라고 한다.

부들은 적당한 햇빛과 풍부한 영양분, 축축한 땅이 있는 곳이라면 거의 모든 유형의 습지에서 자란다. 육지와 물의 중간 지대인 담수 습지는 열대 우림에 버금가는 지구상에서 가장 생산성이 높은 생태계 중 하나다. 사람들이 늪을 중요하게 여겼던 까닭은 부들뿐만 아니라 다양한 물고기와 사냥감의 풍부한 공급원이기 때문이다. 물고기는 얕은 물에서 산란하고 개구리와 도롱뇽도 많이 서식한다. 물새들은 울창한 습지의 안전한 곳에 둥지를 틀고, 철새들은 여행 중 안식처로 부들 습지를 찾는다.

산란: 알을 낳음.

이렇게 탐나는 땅이다 보니 90퍼센트에 달하는 습지가 사라진 사실도 놀랄 일이 아니다. 습지에 의존해서 살아가던 원주민도 큰 피해를 입었다. 습지를 '버려진 땅'이라고 매도하며 물을 빼서 농업 용지로 바꾸는 작업이 대규모로 진행되었다. 한때 세계 최대의 생물 다양성을 지탱하던 습지가 이제는 하나의 작물만을 지탱하게 되었고 일부 지역에서는 심지어 주차장으로 변하기도 했다. 이것이야말로 땅을 '버리는' 일이 아닌가.

뿌리 수확

며칠 뒤, 부들을 수확하고 매트를 짜느라 손가락이 거칠어진 채로 우리는 위그웜에 모였다. 부들 쿠션에 앉아 있으면 부들 매트 벽 사이로 햇살이 들어온다. 돔 꼭대기는 여전히 열려 있어 하늘이 보인다. 지붕이 마지막 작업이다. 게다가 비 예보가 있다. 지붕을 만들 자작나무 껍질 더미는 이미 준비해 두었지만 이를 하나로 묶을 마지막 재료가 필요하다.

이제까지는 내가 배운 대로 가르쳤지만 지금부터는 학생들에게 모든 일을 맡긴다. 식물이 우리의 가장 오래된 스승이라면, 그들이 가르치도록 맡겨 두어도 괜찮지 않을까?

숙소에서 한참을 걸어 나와 배낭을 내려놓으니 그늘에 들어서기만 해도 차가운 물에 몸을 담근 것처럼 시원하다. 우리는 오대호 원주민의 문화적 핵심인 흰가문비나무Picea glauca의 뿌리인 와탭watap을 수확하기 위해 이곳에 왔다. 와탭은 자작나무 껍질 카누와 위그웜을 꿰맬 수 있을 만큼 튼튼하고, 아름다운 바구니를 만들 수 있을 만큼 유연하다. 학생들이 뿌리를 캐다 보면 먹파리에게 피를 조금 빼앗기기도 하겠지만, 초심자의 마음으로 겪을 그들만의 경험이 부럽기만 하다.

학생들이 숲 바닥을 읽는 법을 배우고, 지표면 아래의 뿌리를 볼 수 있는 엑스레이와도 같은 시각을 키우길 바라지만 직관을 공식으로 구체화하기는 어렵다.

뿌리를 채취할 때 서두르면 구멍만 파다가 지쳐서 포기하게 된다. 서두르는 습관을 내려놓는 것이 관건이다.

'먼저 베풀고, 그다음에 받는다.'

부들이든 자작나무든 뿌리든, 학생들은 섬기는 수확을 일깨우는 수확 전 제의에 익숙해졌다. 몇몇은 눈을 감고 내 말을 따라 한다. 나는 가문비나무에게 내가 누구이고 왜 왔는지 이야기한 뒤, 땅을 파도 되겠느냐고 허락을 구한다. 그들만이 줄 수 있는 귀중한 육신과 가르침을 이 아름다운 젊은이들에게 나눠 주겠느냐고 묻는다. 내가 요청하는 것은 단지 뿌리만이 아니다. 그러고는 보답으로 담배를 조금 남겨 둔다.

학생들이 삽을 들고 모여든다. 나는 칼을 꺼내 숲 바닥duff에 첫 번째

절개를 한다. 숲의 피부에 살짝 칼자국을 내는 것이다. 절개 부위 아래로 손가락을 밀어 넣어 잡아당긴다. 벗겨 낸 맨 위층은 작업이 끝나면 다시 덮을 수 있도록 따로 보관한다. 갑자기 쏟아지는 빛에 놀란 지네 한 마리가 허둥지둥 달아난다. 딱정벌레는 숨을 곳을 찾아 땅속으로 파고든다. 흙을 파헤치는 행위는 조심스러운 해부 실습 같아서 학생들은 그 안의 장기들이 서로 조화롭게 기대고 있는 모습에서 나오는 질서 정연한 아름다움에 감탄을 금치 못한다. 이것이 바로 숲의 내장이다.

숲 바닥: 무기질 토양 위에 있는 부분적으로 부패한 유기물.

내장: 내부 장기.

비 오는 밤거리의 네온 불빛처럼 검은 부식토를 배경으로 여러 색상들이 환하게 두드러진다. 황련goldthread 뿌리가 땅속을 어지럽게 가로지른다. 사르사파릴라sarsaparilla는 크림색 뿌리의 그물망으로 연결되어 있다. 크리스가 말한다.

"꼭 지도 같아요."

어디로 연결되어 있는지 알 수 없는 붉은색 굵은 뿌리가 보인다. 한 가닥을 잡아당기자 1미터쯤 떨어진 곳에서 블루베리 덤불이 흔들흔들 떨린다. 학생들은 모두 달려들어 뿌리로 이어진 선을 따라 뿌리의 색을 지상의 식물과 맞춰 가며 세계의 지도를 읽어 낸다.

서두르는 습관을 내려놓는 것이 관건이다.

학생들은 전에도 흙을 본 적이 있다고 생각한다. 정원을 파거나 나무를 심어 본 적이 있고 갓 파낸 흙을 만져 본 적도 있으니 말이다. 하지만 그 한 줌의 흙은 숲의 흙에 비하면 불쌍한 사촌 정도에 불과할 것이다. 뒷마당의 흙은 갈아 놓은 고기와 같아서 영양가는 있지만 어디서 왔는지 알 수 없을 정도로 균질화되어 있다.

허브 뿌리를 조심스럽게 드러내면 그 아래 흙은 마치 크림을 얹기 전 모닝커피처럼 검다. 부식토는 축축하고 밀도가 높다. 흙에는 더러운 것이 없다. 나무의 뿌리를 찾아서 어느 것이 어느 나무의 뿌리인지 알아내려면 흙을 조금 파내야 한다. 가문비나무의 뿌리는 촉감으로 알 수 있다. 팽팽하고 탄력 있는 것을 찾으면 된다. 기타 줄처럼 한 개를 잡아당기면 땅에 박힌 채로 탄탄하게 튕겨진다. 손가락을 뿌리 둘레에 밀어 넣어서 잡아당기면 땅에서 끌려나오기 시작한다. 딸려 올라오는 뿌리를 따라 계속 땅을 판다.

한곳에 몰려 수확하지 않도록 학생들을 흩어 보낸다. 수확이 끝나면 황련과 이끼를 원래대로 덮어 놓고 물병을 비울 때는 시들어 가는 잎 위에 뿌려 주라고 학생들에게 당부한다.

아파치어로 '땅'의 어원은 '마음'을 뜻하는 단어와 동일하다. 뿌리를 수확하는 일은 땅의 지도와 우리 마음의 지도 사이에 거울을 세우는 일이다. 이 일은 침묵 속에서, 노래 속에서, 땅을 보듬는 손길에서 일어나는 듯하다.

최근 연구에 따르면 부식토 냄새는 사람에게 생리적 영향을 미치는 것으로 나타났다. 대지의 향기를 들이마시면 우리 몸에서는 세로토닌이라는 호르몬의 분비가 자극되는데, 이 호르몬은 기분과 행동을 조절하는 역할을 하는 화학 물질이다.

학생들은 뿌리를 채취하고 나면 늘 달라진다. 마치 거기 있는지조차 몰랐던 무엇인가의 따스한 품에 안겨 있다가 돌아오기라도 한 것처럼 더욱 다정해지고 마음이 열린다. 그들을 통해 세상을 선물로 여긴다는 것이 무엇인지, 대지가 나를 돌봐 줄 것이라는 믿음을 갖는다는 일이 어떤 의미인지, 필요한 모든 것이 바로 여기에 있으리라는 앎이 어떤 것인지를 기억하게 된다.

숙소로 돌아오는 길에 개울가에서 수확한 뿌리를 씻는다. 어린나무를 쪼개서 만든 작은 바이스기계 공작에서 공작물을 끼워 고정하는 기구—옮긴이로 뿌리껍질 벗기는 방법을 학생들에게 알려 준다. 거친 껍질과 다육질의 피층을 벗겨 내자 깨끗하고 부드러운 뿌리가 드러난다. 끈처럼 손에 감기지만 물기가 마르면 나무처럼 단단해진다. 개울가에 앉아 첫 바구니를 엮는다. 서툴지는 몰라도 사람과 대지 사이의 유대를 다시 엮어 내는 시작이라고 믿는다.

> 사람에게 필요한 것의 목록을 작성한다. 그리고 습지의 식물이 이러한 필요를 어떻게 충족시켜 주는지 파악한다.

위그웜 지붕은 쉽게 완성된다. 학생들은 서로의 어깨에 올라타고 꼭대기에서 자작나무 껍질을 뿌리로 묶어 고정시킨다. 부들을 잡아당기고 어린나무를 구부리면서 서로가 서로에게 필요한 이유를 깨닫는다. 매트를 짜는 작업이 지루해질 즈음이면 이야기꾼이 등장하고 노래가 흘러나온다.

우리는 함께 교실을 짓고 부들 케밥과 구운 뿌리줄기로 허기를 달래고 꽃가루 팬케이크를 나누어 먹었다. 벌레에 물린 상처는 부들 젤로 진정시켰다. 밧줄 꼬기와 바구니 엮기 작업이 남아 있기에 둥그런 위그윔에 옹기종기 둘러앉아 마무리 작업을 하면서 이야기꽃을 피웠다.

감사와 호혜

클라우디아가 묻는다.

"무례하게 들리지 않았으면 좋겠는데요. 식물에게 우리가 수확해도 되는지 묻고 담배를 선물하는 행위는 좋은 일 같아요. 하지만 그것으로 충분할까요? 우리는 너무 많은 것을 가져가고 있잖아요. 마치 쇼핑하듯이 부들을 가져왔어요. 대가를 치르지도 않고 이 모든 것을 얻었죠. 솔직히 말하자면 도둑질이나 다름없는 게 아닐까 싶어요."

그녀의 말이 맞다. 부들 습지가 월마트라면 출구의 보안 경보기는 훔친 물건으로 가득 찬 우리의 카누를 향해 요란하게 울려 댔을 것이다. 어떤 의미에서 우리가 호혜적인 관계를 맺을 방법을 찾지 못한다면 우리는 도둑질을 하는 것이나 마찬가지인 셈이다. 나는 학생들에게 담배는 물질적이 아니라 영적인 선물이며 최고의 존중을 표현하는 수단임을 상기시킨다.

부들 섬유를 손가락 사이에 감고 엮으면서 학생들은 이에 대해 곰씹어 생각해 본다. 나는 부들이나 자작나무나 가문비나무에게 우리가 무엇을 줄 수 있겠느냐고 질문한다. 랜스가 코웃음을 친다.

"그냥 식물일 뿐이잖아요. 우리가 이용할 수 있어서 좋긴 하지만 그렇다고 해서 우리가 빚을 지는 건 아니라고 생각해요."

> 대지로부터 선물을 받을 때 어떻게 존중과 감사의 마음을 전달해야 할까?

다른 학생들이 불편한 기색으로 내 반응을 살핀다. 머지않아 로스쿨에 진학할 크리스가 이렇게 말한다.

"부들이 '공짜'라면 선물이라고 해야겠지요. 그렇다면 우리가 빚진 것은 감사뿐이에요. 선물에는 대가를 지불하는 게 아니죠. 감사히 받을 뿐이에요."

나탈리가 반박한다.

"선물이라고 해서 빚진 게 없다고요? 선물을 받아도 항상 보답은 해야 하는 거잖아요."

식물이 선물이든 상품이든 받는 행위는 항상 변제하지 않은 채무를 발생시킨다. 하나는 도덕적, 다른 하나는 법적 채무다. 윤리적으로 행

한때 세계 최대의
생물 다양성을 지탱하던 습지가
이제는 하나의 작물만을 지탱하게 되었고
일부 지역에서는 심지어 주차장으로
변하기도 했다. 이것이야말로
땅을 '버리는' 일이 아닌가.

동하고자 한다면 우리가 받은 것에 대하여 식물에게 어떻게 해서든 보상해야 하지 않을까?

이런 질문에 대한 학생들의 고민을 듣고 있으면 대견하고 기쁘다. 학생들은 작업을 하는 동안 웃고 떠들며 식물에게 보답할 수 있는 여러 가지 방법을 생각해 낸다. 이것이 우리의 일이다. 우리가 무엇을 줄 수 있는지 알아내는 것. 자신의 선물이 지닌 본질을 이해하고 그것을 세상을 위해 사용하는 법을 배우는 일이야말로 인생의 여정에서 가장 중요한 부분이 아닐까?

코스의 마지막 날 밤, 우리는 위그웜에서 자기로 했다. 해 질 녘에 침낭을 끌고 와서 밤늦도록 불을 피워 놓고 웃음꽃을 피운다. 클라우디아가 말한다.

"내일이면 이곳을 떠난다니 아쉬워요. 부들을 깔고 잘 수 없게 되면 땅과 연결된 이 느낌이 그리울 것 같아요."

대지가 우리에게 필요한 모든 것을 아낌없이 베풀어 준다는 사실을 위그웜을 떠나서도 기억하려면 진정한 노력이 필요하다. 이러한 선물에 대해 인정, 감사, 호혜성으로 보답하는 일은 자작나무 껍질 지붕 아래서든 브루클린의 아파트에서든 똑같이 중요하다.

학생들이 손전등을 들고 두세 명씩 짝을 지어 모닥불을 떠나기 시작한다. 속닥거리는 모습을 보니 뭔가 꿍꿍이가 있는 게 틀림없다. 어느새 학생들은 급히 만든 악보를 들고 합창단처럼 불가에 나란히 선다.

"선생님께 드리는 작은 선물이에요"라고 말하며 가문비나무 뿌리 spruce roots와 하이킹부츠hiking boots, 인간의 필요human needs와 습지의 갈대marshy reeds, 부들 횃불cattail torches과 불 밝힌 현관our porches 등으로 재치 있게 라임을 맞춘 멋진 노래를 선사한다. 노래는 점점 고조되더니 감동적인 후렴구와 함께 절정에 이른다.

"어딜 가든 식물과 함께라면 그곳이 내 집이어라."

이보다 더 완벽한 선물이 또 있을까!

다 같이 모여 누우니 위그웜이 꽉 찬다. 웃음소리와 이야기 소리가 점차 잦아들면서 하나둘씩 천천히 잠이 든다. 마침내 모두 잠이 들자, 나무껍질 지붕으로 된 돔 아래에서 모두가 하나가 된 느낌이다. 이 돔은 별이 쏟아지는 저 밖의 거대한 돔의 메아리다.

동쪽 문으로 햇살이 쏟아져 들어오자 나탈리가 가장 먼저 일어나 까치발로 다른 학생들을 넘어 밖으로 나간다. 부들 틈새로 그녀가 두 팔을 들어 새날에 대한 감사를 드리는 모습을 지켜본다.

> 야외로 나가 산에 오르거나 물가에 가면 어떤 기분이 드나요?
> 어떤 욕구가 충족되나요?

캐스케이드 헤드의 불

연어 환영식

태평양 북서부의 파도 너머 멀리 떨어져 있었지만, 연어의 몸속에서 무엇인가 꿈틀거렸다. "이제 시간이 됐어."라고 말하는 고대의 시계였다. 모든 방향에서 연어가 모여들었고, 깔때기처럼 점점 좁아지는 물길을 따라 계속 가까워졌다. 떠나갔던 연어가 집으로 다시 돌아오고 있었다.

주요 지형지물이 곧잘 안갯속에 사라지는 이곳 해안선은 길을 잃기 쉬운 곳이다. 연장자들은 짙은 안개 때문에 카누를 잃어버린 이야기를 종종 들려준다. 배가 너무 오래 돌아오지 않으면 가족들이 해변으로 내려가 나무에 불을 붙여서 물에 띄웠다고 한다. 배가 안전하게 집으로 돌아올 수 있도록 유도하는 물 위의 등불인 셈이다. 집으로 돌아오는 카누에는 바다에서 잡은 식량이 가득 실려 있다. 사냥꾼들은 춤과 노래로 환대받는다. 기다리던 이들의 감사로 빛나는 얼굴은 위험한 여정에 대한 보답이다.

그래서 사람들은 형제인 연어의 귀환을 맞이할 준비를 한다. 카누에 식량을 싣고 돌아오는 배를 기다리듯이. 사람들은 지켜보며 기다린다.

해안으로 내려가 바다를 바라보며 신호를 기다리지만 형제들은 돌아오지 않는다. 잊어버린 걸까. 바다에서 길을 잃고 헤매는 것은 아닐까. 남겨져 있던 이들에게 환대받을지 확신하지 못해서인지도 모른다.

저 먼 곳에서, 세찬 파도 너머, 어떤 카누도 닿지 못할 곳에서 연어는 한 몸처럼 움직인다. 한 무리로 이동하는 동안 정확한 방향을 알 때까지는 동쪽으로도 서쪽으로도 방향을 바꾸지 않는다. 해마다 연어는 산란을 위해 이곳으로 돌아온다.

해 질 무렵, 마을 사람 하나가 보따리를 손에 들고 길을 걷는다. 초원을 지나 건조한 곳으로 향한다. 삼나무 껍질과 풀을 엮어 만든 둥지에 석탄을 깔고 숨을 불어넣는다. 석탄은 춤을 추다가 주저앉는다. 풀이 검은색으로 녹아내리다가 불꽃을 뿜어낸다. 곧 초원 전체에 불꽃으로 타닥거리며 타오르는 불의 고리가 놓이며 밤을 밝힌다. 형제들을 집으로 인도하는 등불이다.

그들은 곶을 불태우고 있다. 불길은 바람을 타고 달리다가 숲의 축축한 녹색 벽에 부딪혀 멈춘다. 파도 위 427미터 상공에서 불길이 타오르며 거대한 불꽃을 만들어 낸다. 불꽃은 이렇게 말한다.

"너의 삶이 시작된 강으로 돌아오라. 먼 길을 돌아온 너를 위해 환영의 만찬을 준비했으니."

칠흑같이 어두운 바다에 한 점의 불빛이 보인다. 망망대해에 한 점의 불꽃. 때가 온 것이다. 그들은 한 몸이 되어 동쪽을 향해, 해안과 고향의 강을 향해 몸을 돌린다. 고향의 물 냄새를 맡을 수 있을 때 그들은 비로소 여정을 잠시 멈추고 느려지는 물결의 흐름을 타고 휴식을 취한다.

> **회귀 하천:** 연어가 부화했던 하천.

연어를 숭배하는 사람들은 연어가 강을 거슬러 오르기 시작하면 강변에 모여 환영의 노래를 부른다. 그물은 강변에 그대로 놓여 있고 창은 아직 집에 걸려 있다. 무리를 이끄는 대장들은 통과가 허락된다. 다른 연어들을 이끌어야 하기에, 사람들이 감사와 존경을 표현하고 있음을 상류의 친척들에게 전해야 하기에.

나흘 동안 연어 떼가 상류로 헤엄쳐 올라간 뒤에야 가장 존경받는 어부가 첫 연어를 잡는다. 이렇게 잡은 첫 연어는 제의적 손질을 거쳐 양치류가 깔린 삼나무 판자 위에 올려져 성대한 의식과 함께 잔칫상에 올라간다. 사람들은 신성한 음식-연어, 사슴 고기, 뿌리, 베리-을 먹고 제의적으로 잔을 돌리며 이 모든 것을 연결해 주는 물을 찬미한다. 다 같이 춤을 추며 주어진 모든 것에 감사하는 노래를 부른다. 연어 뼈는 그 영혼이 다른 연어를 따라갈 수 있도록 머리뼈를 상류로 향하게 해서 강으로 돌려보낸다.

그런 뒤에야 그물을 치고 어살을 놓고 수확을 시작한다. 모두에게 할 일이 주어진다. 한 연장자는 창을 든 젊은이에게 조언한다.

"필요한 만큼만 잡고 나머지는 보내 주게. 그렇게 하면 영원히 물고기는 씨는 마르지 않을 거야."

건조대가 겨울 식량으로 가득 차면 그들은 연어 잡이를 멈춘다.

왕연어, 곱사연어, 은연어 등 강에는 다양한 연어가 서식했기에 사람들은 굶주림을 겪지 않았다. 숲도 마찬가지였다. 내륙으로 수 킬로미터를 헤엄쳐 들어가는 연어는 나무에 절실히 필요한 자원인 질소를 가져다주었다. 산란을 마치고 죽은 연어의 사체는 곰, 독수리, 사람에 의해 숲으로 끌려가 나무를 비옥하게 했다. 과학자들은 옛 숲의 나무

필요한 만큼만 잡고
나머지는 보내 주게.
그렇게 하면
영원히 물고기는 씨가
마르지 않을 거야.

에 있는 질소가 바다에서 왔음을 입증했다. 연어가 모두를 먹여 살린 것이다.

봄이 돌아오면 곶은 다시 등불이 되어 새 풀의 강렬한 초록으로 빛난다. 타서 검게 변한 토양은 빠르게 가열되어 새싹이 일찍 돋아나게 하고 타고 남은 재는 토양을 비옥하게 해서 새싹의 생장을 촉진한다. 이렇게 해서 엘크와 송아지들은 시트카 가문비나무의 어두운 숲 한가운데에서도 무성한 목초를 얻을 수 있게 된다. 계절이 바뀌면서 대초원은 야생화로 넘쳐 나고, 치료사는 이곳을 '항상 바람이 불어오는 곳'이라고 부르며 이 산에서만 자라는 약초를 채취하기 위해 긴 등반을 한다.

곶은 해안에서 튀어나와 있고 남쪽에는 강어귀가 있다. 거대한 모래톱이 만 입구를 가로질러 호를 그리며 만을 둘러싸고 강이 좁은 길을 통과하게 한다. 육지와 바다의 만남을 형성하는 모든 힘은 그곳에 모래와 물로 기록되어 있다.

어귀: 강이 바다로 흘러 들어가는 곳.

머리 위로 비전을 가져다주는 독수리가 곳에서 솟아오르는 열기를 타고 날아오른다. 이곳은 비전을 찾는 이들을 위한 성스러운 땅이었다. 그들은 이곳에서 며칠 동안 홀로 금식하며 기도했다. 초원이 덩굴처럼 타오르는 이곳에서, 그들은 연어를 위해, 사람을 위해, 조물주의 목소리를 듣고 꿈을 꾸기 위해 헌신했다.

강어귀

1830년대 천연두와 홍역이 오리건 해안을 휩쓸었다. 원주민에게는 저항력이나 면역이 없는 질병이었다. 정착민이 도착한 1850년경에는 대부분의 원주민 마을이 유령 도시가 되어 있었다. 정착민은 열심히 소를 풀어 풀밭에서 살을 찌웠고, 오래지 않아 더 많은 소를 필요로 하게 되었다. 이는 곧 더 많은 땅을 의미했다. 이 지역에는 평지가 드물었기 때문에 그들은 강어귀의 염습지로 눈을 돌렸다.

강, 바다, 숲, 토양, 모래, 햇빛이 만나는 지점인 강어귀는 생물 다양성과 생산성이 가장 높은 생태계의 교차점이다. 온갖 종류의 무척추동물의 번식지이기도 하다. 초목과 퇴적물이 빽빽하게 들어찬 스펀지 같은 하구는 다양한 크기의 수로가 얽혀 있어 크고 작은 연어가 이 그물망으로 자유롭게 드나들 수 있다. 강어귀는 태어난 지 며칠 안 된 치어부터 바닷물에 적응하는 살이 오

산란 구역: 다양한 물고기의 산란지 또는 보금자리.

스몰트: 성어와 같은 은빛을 띠고 바다로 이동할 준비가 된 발달 단계에 있는 약 2년 된 어린 연어 또는 바다 송어.

른 연어smolt, 스몰트에 이르기까지 연어를 보호하고 길러 내는 보육원이다. 왜가리, 오리, 독수리, 조개는 이곳에서 살 수 있지만 소는 살지 못한다. 풀밭이 너무 습하기 때문이다. 그래서 정착민들은 물을 막기 위해 제방을 쌓고 땅을 매립하는 간척 사업을 벌여 습지를 목초지로 만들었다.

제방을 쌓자 강은 모세관 시스템에서 쭉 뻗은 하나의 흐름으로 바뀌어 물살은 강에서 바다로 곧장 흘러 들어갔다. 소에게는 좋았을지 모르지만 정신없이 바다로 떠내려가 버린 어린 연어에게는 재앙이었다.

민물에서 태어난 연어가 바닷물로 이동하는 행위는 연어의 체질에 큰 충격을 준다. 어떤 어류생물학자는 이를 항암 치료에서 시도하는 화학 요법의 고통에 비유하기도 한다. 따라서 연어에게는 점진적인 전환 지대가 필요하다. 강어귀의 염분 섞인 물과 강과 바다 사이의 완충 지대인 하구 습지는 연어의 생존에 중대한 역할을 한다.

연어 통조림으로 큰돈을 벌 수 있다는 희망에 이끌려 연어 낚시는 폭발적으로 증가했다. 하지만 사람들은 회귀하는 연어를 존중하지도, 앞선 무리를 상류로 무사히 보내 주지도 않았다. 설상가상으로 상류에 댐이 건설되면서 강은 돌아올 수 없는 물길이 되어 버렸고, 가축 방목과 산업적 임업으로 인해 환경이 파괴되어 연어 산란이 전혀 이루어지지 않았다. 수천 년 동안 사람들을 먹여 살린 연어가 상품화되면서 멸종 위기에 처했다. 사람들은 소득원을 지키기 위해 연어 부화장을 건설하여 산업적으로 연어를 생산했다. 강이 없어도 연어를 길러 낼 수 있다고 생각한 것이다.

바다에서 야생 연어는 곳의 불꽃을 기다리며 바라보았지만 수년 동안 아무것도 보이지 않았다. 연어는 사람들을 돌보겠다는 약속을 지키기 위해 돌아왔지만 해마다 그 수는 줄어들었다. 가까스로 돌아온 연어를 맞이한 것은 어둡고 쓸쓸한 빈집이었다. 노래도, 양치식물이 깔린 식탁도 없었다. 귀환을 환영하는 곳의 불빛도 없었다.

열역학: 열의 기계적 작용 또는 관계를 다루는 물리학.

열역학 법칙에 따르면 모든 것은 어딘가로 가야 한다. 사람과 연어 사이의 애정 어린 존중과 돌봄의 관계는 어디로 갔을까?

의식

사람에 대한 사랑과 땅에 대한 사랑은 우리가 스스로 설정한 이상한 이분법이다. 우리는 사람에 대한 사랑에는 주체성과 힘이 있으며, 따라서 모든 것을 바꿔 놓을 수 있음을 안다. 하지만 땅을 사랑하는 일은 그저 내면의 문제라고 생각한 나머지 우리의 머리와 가슴 밖에서는 어떠한 힘도 발휘하지 못한다는 듯이 행동한다. 캐스케이드 헤드의 고지대 초원에서는 대지 사랑의 적극적인 힘을 입증하는 또 다른 진실이 드러난다. 이곳에서 곳을 태우는 의식은 사람들이 연어와 맺은 영적 관계를 공고히 했을 뿐 아니라 생물 다양성도 만들어 냈다. 제의적인 불은 이 숲을 안개가 자욱한 나무들의 매트릭스 속 열린 서식지의 섬으로 바꾸어 놓았다. 불이 빚어낸 이곳은 불에 의존하는 종들이 서식하는 곳 초원이 되었고, 이런 환경은 지구상의 다른 어느 곳에서도 볼 수 없다.

마찬가지로 연어 환영식은 그 아름다움이 전 세계 모든 돔에 울려 퍼진다. 사랑과 감사의 축제는 단순히 내면의 감정 표현에 그치지 않고 실제로 결정적 시기에 연어를 포식자로부터 벗어나게 함으로써 상류로 회귀하는 데 도움을 주었다. 연어 뼈를 하천에 다시 넣는 의식은 영양분을 생태계로 되돌려 주었다. 이는 현실적인 숭배 의식이다. 의식은 주의를 집중시켜 주의attention가 의도intention가 되게 한다.

의식은 개인의 경계를 초월하며 인간의 영역을 넘어 공명한다. 이러한 숭배 행위는 강력하다. 삶을 확장하는 의식인 것이다.

많은 원주민 공동체에서 의식용 예복의 옷단은 세월과 역사에 의해 해어졌지만 옷감 자체는 여전히 튼튼하다. 하지만 주류 사회에서 의식은 시들어 버린 듯하다. 여기에는 여러 가지 이유가 있을 것이다.

생일, 결혼식, 장례식 등 아직 남아 있는 의식은 우리 자신에게만 초점을 맞추며 개인적인 통과 의례를 기념한다. 아마도 가장 보편적인 의식은 여러분 중 일부는 곧 경험하게 될 고등학교 졸업식일 것이다. 여러분을 축하하기 위해 모이는 공동체가 있기를 바란다. 여러분과 여러분의 노력, 그 모든 역경을 딛고 이룬 성취를 치하하고 자부심과 안도감 등 여러분이 느낄 감정을 함께 나누기 위해서 말이다. 공동체가 여러분에게 박수를 보낼 때 충만한 기쁨을 느끼기를, 그리고 여러분도 공동체에 박수를 보낼 수 있기를 바란다. 많은 사람이 눈물을 흘릴 것이다. 그리고 파티가 시작될 것이다. 적어도 우리의 작은 마을에서는 이것은 공허한 의식이 아니다. 의식에는 힘이 있다. 우리의 집단적 기원은 고향을 떠나려는 젊은이에게 자신감과 힘을 불어넣어 준다. 이 의식은 그들에게 자신이 어디에서 왔는지, 그리고 자신을 지탱해 준 공동체에 어떤 책임을 져야 하는지 상기시켜 준다. 우리는 이 의식이 그들에게 영감을 주기를 바란다. 그리고 졸업 축하 카드에 끼워 주는 수표는 그들이 세상으로 나아갈 때 정말로 도움이 된다. 이러한 의식은 삶을 확장한다.

우리는 서로를 위해 이 의식을 행하는 방법을 알고 있으며 실제로 아주 잘 수행한다. 하지만 당신이 강가에 서서 바다로 나가는 연어를 바라보고 있다고 상상해 보라. 연어가 강어귀의 강당으로 행진할 때 그들과 같은 감정으로 충만한 채 그들을 위해 기립한다고 상상해 보라. 연어가 우리의 삶을 풍요롭게 해 준 모든 방식에 감사하고, 온갖 역경을 이겨 낸 그들의 노력과 성취를 기리는 노래를 부르고, 그들이 우리의 미래 희망이라고 말하고, 그들이 성장을 위해 세상에 뛰어들도록 격려하고, 언젠가 고향으로 돌아오기를 기도하는 것이다. 그런 다음 잔치가 시작된다. 우리는 종을 넘어서 우리를 필요로 하는 다른 종에게까지 이러한 축하와 지지의 유대를 확장할 수 있을까?

많은 원주민 전통은 여전히 의식의 역할을 인정하고 있으며, 계절의 순환 주기에 따라 각기 다른 종과 하는 이벤트에 초점을 맞추어 진행되는 경우가 많다. 식민주의 사회에 남아 있는 의식은 대체로 땅에 대한 것이 아니라 가족과 문화, 옛 나라에서 가져올 수 있는 가치에 대한 것이다. 땅을 위한 의식은 분명 존재했지만 이주 이후에는 실질적인 방식으로 살아남지 못한 것 같다. 이 땅과의 유대감을 형성하는 수단으로서 땅에 대한 의식을 이곳에서 되살리는 행위야말로 지혜로운 일인 것이다.

의식이 세상에서 주체성을 가지려면 공동체가 의식을 만들고 의식이 공동체를 만드는 호혜적인 창조물이어야 하며, 본질적으로 유기적이어야 한다. 원주민에게서 가져온 문화적 전유물이어서는 안 된다.

가장 멋진 드레스를 입고 강가에 서고 싶다. 강물이 우리의 행복으로 흥얼거릴 수 있도록 강렬하고 힘차게 노래하고, 백 명의 사람들과 함께 발을 구르고 싶다. 세상의 재생을 위해 춤을 추고 싶다.

오늘의 강어귀

오늘도 연어 강어귀의 둑 위에는 사람들이 서서 지켜보며 기다린다. 그들의 얼굴은 기대감으로 빛나며 때로는 걱정으로 이마에 주름이 지기도 한다. 그들은 가장 좋은 드레스 대신 긴 고무장화와 캔버스 조끼를 입었다. 어떤 이들은 그물을 들고 들어가고 어떤 이들은 양동이를 들고 들어간다. 때때로 연어를 발견하면 환호성이 터져 나온다. 색다른 종류의 첫 연어 환영식이다.

1976년부터 미국 산림청과 여러 제휴 기관들은 오리건주립대학교의 주도하에 강어귀 복원 사업을 시작했다. 이들의 계획은 제방과 댐, 방조 수문을 철거하여 조수가 다시 원래의 목적대로 흘러갈 수 있도록 하는 것이었다. 땅이 강어귀 본연의 모습을 기억하길 바라며 그들은 인간이 만든 구조물을 하나씩 해체했다. 땅은 염습지조석에 따라 바닷물이 드나들어 소금기의 변화가 큰 축축하고 습한 땅-옮긴이로서의 본분을 기억하고 있었다. 물은 퇴적물 속 작은 배수로를 통해 스스로 내보내는 방법을 기억하고 있었고 곤충들은 알을 낳아야 할 곳을 기억하고 있었다.

오늘날에는 강의 자연스러운 곡선 흐름이 복원되었다. 모래톱과 깊은 웅덩이가 금색과 파란색으로 소용돌이친다. 이렇게 다시 태어난 물의 세계에서 모든 만곡부마다 어린 연어가 휴식을 취하고 있다. 유일한 직선은 제방의 오래된 경계선으로, 강의 흐름이 어떻게 중단되고 어떻게 복원되었는지를 상기시켜 준다.

이야기꾼이자 치유자로서의 과학자

과학자로서 우리의 임무는 이야기를 최대한 멋지게 구성하는 일이다. 연어에게 필요한 것이 무엇인지 직접 물어볼 수 없기 때문에 실험을 통해 묻고 연어의 대답을 주의 깊게 듣는다. 연어가 수온에 어떻게 반응하는지 알기 위해 현미경으로 연어 귀 뼈의 나이테를 관찰하며 밤을 새워 연구한다. 그래서 우리는 바로잡을 수 있다. 우리는 염분이 침입성 풀의 성장에 미치는 영향에 대한 실험을 진행한다. 그래서 우리는 고칠 수 있다. 우리가 측정하고 기록하고 분석하는 방식에는 생명이 없는 것처럼 보이지만, 이 방식은 우리와는 다른 종의 불가해한 삶을 이해하는 통로다. 경외심과 겸손함을 가지고 과학을 하는 행위는 인간을 넘어선 세계에 대한 강력한 호혜의 행위다. 과학은 다른 종과 맺는 친밀감과 존경심을 형성하는 방법이 될 수 있으며, 이에 비길 만한 것은 전통 지식 보유자의 관찰뿐이다. 과학은 친족성으로 가는 길이 될 수 있다.

이들 또한 내 부족이다. 염습지의 진흙으로 얼룩지고 숫자로 가득 찬 열정적인 과학자들의 수첩은 연어에게 보내는 연애편지다. 과학자들은 그들만의 방식으로 연어를 고향으로 다시 돌아오게 하기 위해 등불을 밝히고 있다.

첫 연어 환영식은 사람들을 위해 행해진 것이 아니다. 연어 자신과 모든 빛나는 창조의 영역, 세상의 쇄신을 위한 것이었다. 사람들은 자신들을 위해 희생된 생명이 얼마나 귀한 것인지, 얼마나 소중한 것을 받았는지를 이해했다. 의식은 귀중한 것을 되돌려 주는 방법이다.

계절이 바뀌고 곳의 풀이 마르면 준비가 시작된다. 사람들은 그물을 수리하고 장비를 준비한다. 그들은 매년 이맘때 찾아온다. 먹일 입이 많기 때문에 온갖 종류의 전통 음식을 준비한다. 데이터 기록기를 보정하여 준비한다. 긴 장화를 신은 생물학자들은 보트를 타고 강에 나가 복원된 하구 수로에 그물을 던져 강물의 맥박을 측정한다. 그들은 해안으로 내려가 바다를 지켜보며 기다린다. 하지만 여전히 연어는 오지 않는다. 기다리던 과학자들은 침낭을 펴고 실험실 장비를 끈다. 현미경 조명 하나만 빼고.

파도 너머로 그들이 모여 고향의 물을 맛보고 있다. 캄캄한 곳을 배경으로 그것이 보인다. 누군가 불을 켜 둔 것이다. 깊은 밤의 어둠 속에 작은 등불을 밝혀 연어를 고향으로 부르고 있다.

> 원주민과 그들의 의식이 문화적 전유물이 되어서는 안 된다는 점을 염두에 두고, 여러분이 사는 지역의 땅이나 물을 기리는 의식에는 어떤 것이 있는지 조사해 봅시다.

뿌리 내려놓기

카나치오하레케Kanatsiohareke를 처음 방문했을 때 그 역사를 느낄 수 있었다. 모호크족은 (지금은) 그들의 이름을 딴 강 계곡에 살았다. 당시에는 강에 물고기가 가득했고 봄철에는 범람하는 강물이 토사를 실어와 옥수수밭을 기름지게 했다. 모호크어로 웬세라콘 오혼테wenserakon ohonte라고 불리는 향모는 강둑에 무성하게 자랐다.

1700년대에 모호크족은 고향을 떠나 캐나다와 국경을 맞대고 있는 아퀘사스네Akwesasne에 정착했다. 한때 이 지역을 지배했던 위대한 호데노쇼니(이로쿼이) 연맹의 문화는 작은 보호 구역 안의 한 조각으로 축소되었다. 민주주의, 여성 평등, 평화의 대원칙과 같은 사상을 처음으로 대변했던 이들의 언어는 멸종 위기에 처했다.

모호크족의 언어와 문화는 강제 동화와 소위 인디언 문제를 해결하기 위한 정부 정책으로 인해 큰 영향을 받았다. 이 정책에 따라 모호크족 아이들은 펜실베이니아주 칼라일에 있는 기숙 학교로 보내졌다. 이 학교의 사명은 '인디언을 죽여 인류를 구원하라.'였다. 땋은 머리는 잘리고, 원주

> 기숙 학교가 어린이, 가족, 지역 사회에 어떤 영향을 미쳤다고 생각하나요?

민 언어는 금지되었으며, 학대가 만연했다. 여자아이들은 요리와 청소 훈련을 받았고 일요일에는 흰 장갑을 끼고 다녀야 했다. 남자아이들은 스포츠, 목공, 농사, 돈 다루는 법 같은 기술을 배웠다. 향모의 향기는 막사의 세탁물에서 나는 비누 냄새로 대체되었다. 땅, 언어, 원주민 사이의 연결 고리를 끊으려는 정부의 목표는 거의 성공을 거두는 듯했다. 그러나 모호크족은 스스로 카니엔케하카Kanienkehaka, 부싯돌의 사람들라고 부르며 미국의 거대한 용광로melting pot에 쉽게 녹아들지 않았다.

전력 공급용 댐으로 인해 보호 구역의 일부가 침수되자 값싼 전기와 쉬운 운송 경로를 이용하기 위해 중공업이 들어섰다. 알코아, 제너럴 모터스, 돔타는 감사 연설이라는 프리즘을 통해 세상을 바라보지 않았고, 아퀘사스네는 미국에서 가장 오염된 지역 중 하나가 되었다. 어부의 가족들은 더는 잡은 물고기를 먹을 수 없게 되었다. 이 지역 주민의 모유에는 폴리염화비페닐PCB과 다이옥신이 다량 함유되어 있었다. 산업으로 인한 오염 때문에 전통적인 생활 방식을 따르는 삶은 더는 안전하지 않게 되었고, 사람과 땅 사이의 유대가 위협받았다. 산업화가 만들어 낸 유독 물질은 칼라일에서 시작된 일을 끝장낼 태세였다.

칼라일에도 불구하고, 추방에도 불구하고, 400년에 걸친 봉쇄에도 불구하고, 항복하지 않는 무엇인가, 즉 살아 있는 돌의 마음이 있다. 무엇이 사람들을 지탱했는지는 모르겠지만, 나는 그것이 말로 전해져 왔다고 믿는다. 한곳에 뿌리를 내린 사람들 사이에서 언어의 주머니가 살아남았다. 새날을 맞이하는 감사 연설 또한 남은 것 중 하나다.

"많은 선물로 우리의 삶을 지탱해 주는 어머니 대지님에게 우리의 마음을 하나로 모아 인사와 감사를 보냅시다."

세상과 맺은 감사의 호혜성은 돌처럼 단단해서 다른 모든 것이 사라졌을 때도 그들을 지탱해 주었다.

카나치오하레케

톰 포터라고도 알려진 사코크웨니온콰스Sakokwenionkwas는 곰족Bear clan의 일원이다. 곰족은 사람들을 보호하고 의학 지식을 소중히 여기는 것으로 유명하다. 어렸을 때 그는 할머니가 언젠가 모호크강을 따라 소수의 모호크족이 옛 고향으로 돌아올 것이라고 하는 예언의 되뇜을 들었다. 1993년, 바로 그 언젠가가 도래했다. 톰과 친구들은 아퀘사스네를 떠나 모호크 계곡의 조상 땅으로 돌아왔다. 그들의 꿈은 옛 땅에서 새로운 공동체를 만드는 것이었다. 치유의 공동체를.

그들은 카나치오하레케에 있는 162헥타르의 숲과 농장에 정착했다. 카나치오하레케는 이 계곡에 롱하우스가 밀집해 있던 시절부터 불리던 이름이다. 그들은 이 땅의 역사를 조사하던 중 카나치오하레케가 본래 고대 곰족 마을의 터였다는 사실을 발견했다. 오늘날에는 옛 기억이 새로운 이야기를 엮어 낸다. 한때 벌목꾼에 의해 황폐화되었던 언덕은 소나무와 참나무가 곧게 서 있는 숲으로 바뀌었다. 절벽의 갈라진 틈에서 힘찬 지하수가 쏟아져 나와 이곳의 이끼 낀 맑은 웅덩이를 채운다. 이 웅덩이는 최악의 가뭄에도 물이 마르지 않는다. 고요한 물에 얼굴이 깨끗하게 비친다. 이 땅은 재생의 언어를 전한다.

톰이 일행과 함께 도착했을 때 건물은 슬프게도 파손된 상태였다.

여러 해 동안 수많은 자원봉사자가 함께 모여 재건을 도왔다. 잔칫날이면 큰 부엌에는 다시 한번 옥수수 수프와 딸기 음료 냄새가 풍긴다. 오래된 사과나무 사이에는 춤을 출 수 있는 넓은 마당이 마련되었다. 사람들은 그곳에 모여 호데노쇼니 문화를 다시 배우고 기념할 수 있다. 목표는 '거꾸로 칼라일'이었다. 카나치오하레케는 빼앗긴 언어, 문화, 영성, 정체성을 사람들에게 되돌려 주고자 했다. 잃어버린 세대의 아이들이 집으로 돌아올 수 있도록.

재건 뒤 다음 단계는 언어를 가르치는 일이었다. 톰의 모토는 '인디언을 치유하고 언어를 구원하라!'였다. 기숙 학교 생존자들은 여러 가지 이유로 자녀들에게 자신이 태어나서 처음 배웠던 모어자라면서 배운, 바탕이 되는 말−옮긴이를 가르치지 않았다. 그 결과 인디언어는 땅과 함께 사

카나치오하레케에서 춤추기.

라졌다. 유창하게 구사하는 사람은 소
수에 불과했고, 그마저도 대부분 70세
가 넘었다. 이 언어는 멸종 위기에 처해
있었다.

이들 부모가 자녀에게
자신의 모어를 가르치지
않았던 이유가 무엇이라고
생각하나요?

언어가 죽으면 단어만 사라지는 것
이 아니다. 언어는 다른 어디에도 없는 개념이 숨 쉬는 거주지이자 세
상을 바라보는 프리즘이다. 톰은 숫자처럼 기본적인 단어에도 여러 층
의 의미가 담겨 있다고 말한다. 우리가 향모 밭에서 식물을 세는 데 사
용하는 숫자도 창조 이야기를 떠올리게 한다. 엔스카-하나. 이 단어는
하늘여인이 하늘세상으로부터 떨어지는 장면을 연상시킨다. 홀로, 엔
스카, 여인은 땅으로 떨어졌다. 하지만 그녀는 혼자가 아니었다. 그녀
의 배 속에서 두 번째 생명이 자라고 있었기 때문이다. 테케니-둘이 있
었다. 하늘여인은 딸을 낳았고, 그 딸은 쌍둥이 아들을 낳아서 그렇게
아센-셋이 되었다. 호데노쇼니족은 자신들의 언어로 셋을 셀 때마다
창조 세계와 맺은 유대를 재확인한다.

식물은 또한 땅과 사람 사이의 연결을 재구성하는 데 필수적이다.
장소가 사람을 지탱하고 육체와 정신에 영양을 공급할 때 그 장소는
집이 된다. 집을 다시 만들려면 식물도 돌아와야 한다. 나는 스위트그
래스향모를 옛 고향으로 돌려보낼 수 있는 방법을 찾기 시작했다.

3월의 어느 아침, 봄에 향모를 심는 문제에 대해 의논하기 위해 톰
의 집에 들렀다. 내 머릿속은 실험적 복원에 대한 계획으로 가득 차 있
었지만 이야기는 잠시 미뤄야 했다. 톰이 손님을 대접하기 전에는 아
무 일도 할 수 없다고 해서 우리는 팬케이크와 진한 메이플 시럽이 차

한 장소가
나를 지탱해 주고,
육체와 정신에
필요한 양분을 공급해 줄 때
그 장소는 집이 된다.

려진 푸짐한 아침 식탁에 앉았다. 톰은 빨간색 플란넬 셔츠를 입고 오
븐 앞에 서 있었다. 체격이 건장했으며 새까만 머리카락에는 군데군
데 흰 머리가 섞여 있었지만 일흔이 넘었음에도 얼굴에는 주름이 거의
없었다. 절벽 아래 샘에서 물이 흘러나오듯 그의 입에서는 이야기, 꿈,
농담이 자연스럽게 계속 흘러나왔다. 그는 미소와 이야기로 내 접시를
채웠고 옛 가르침이 날씨 이야기처럼 자연스럽게 대화에 녹아들었다.
그가 묻는다.

"포타와토미족은 여기서 무슨 일을 하시는 건가요? 계신 곳은 멀지
않나요?"

내게 필요한 단어는 하나뿐이다.

'칼라일.'

우리는 커피를 마시며 카나치오하레케에 대한 그의 꿈에 관해 이야
기를 나눴다. 그는 사람들이 전통 식량을 재배하는 방법을 다시 배우

는 작업 농장, 계절의 순환을 기리는 전통 의식이 열리는 장소, '모든 것에 앞서는 말'이 흘러나오는 곳을 보고 있다. 그는 감사 연설이 모호크족과 땅과 연결된 관계의 핵심이라고 오래도록 이야기했다. 오랫동안 마음에 품고 있던 질문이 떠올랐다. 내가 물었다.

"땅이 답례로 감사 인사를 한 적이 있나요?"

톰은 잠시 조용히 있다가 내 접시에 팬케이크를 더 쌓아 올리고 시럽 주전자를 내 앞에 놓아 주고는 이렇게 말했다.

"그게 제가 아는 한 가장 좋은 대답입니다."

복숭아 씨앗

톰은 탁자 서랍에서 장식이 달린 사슴 가죽 주머니를 꺼내더니 사슴 가죽 한 조각을 탁자에 올려놓았다. 그 위에 매끈한 복숭아씨 한 줌을 달그락달그락 부었다. 씨앗의 한쪽은 검은색으로 다른 한쪽은 흰색으로 칠해져 있었다. 그는 내기를 하자고 했다. 복숭아씨를 던져서 흰색이 몇 개이고 검은색이 몇 개일지 맞히는 게임이었다. 씨앗을 흔들어 던지면서 그는 이 게임에 엄청난 판돈이 걸리곤 했던 시절에 대해 이야기해 주었다.

하늘여인의 쌍둥이 손자는 세상을 창조할 것인가 파괴할 것인가를 두고 오랫동안 대립했다. 그들은 결국 이 내기를 통해 결론을 내리기로 했다. 모든 씨앗이 검은색이면 창조된 모든 생명이 파괴될 것이고, 모든 씨앗이 흰색이면 아름다운 대지가 보존될 것이었다. 둘은 한 치의 양보도 없이 내기를 하고 또 했지만 결판을 내지 못했다. 마침내 마지막 차례가 되었다. 모든 씨앗이 검은색으로 나오면 세상은 끝나는 것이었다. 세상에 달콤함을 선사했던 쌍둥이 중 한 명이 모든 생명체에게 생각을 보내어 도와달라고 생명의 편에 서 달라고 부탁했다. 톰은 마지막 순간, 복숭아 씨앗들이 잠시 공중에 떠 있을 때 창조 세계의 모든 구성원이 목소리를 모아 생명을 위한 힘찬 함성을 질렀다고 말했다. 마지막 씨앗은 흰색이 나왔다. 선택은 언제나 열려 있다.

톰의 딸이 와서 내기에 끼었다. 그녀는 빨간 벨벳 주머니를 가져와서 내용물을 쏟아 놓았다. 다이아몬드였다. 톰은 이것이 허키머 다이아몬드라고 불리는, 물처럼 맑고 부싯돌보다 단단한 아름다운 석영 결정이라고 설명했다. 허키머 다이아몬드는 땅속에 묻혀 있다가 강물에 쓸려 이따금 모습을 드러낸다. 대지가 선사하는 축복이다.

파괴와 창조

하늘여인이 처음 퍼뜨렸을 때, 향모는 이 강을 따라 번성했지만 지금은 모두 사라졌다. 모호크어가 영어, 이탈리아어, 폴란드어로 대체된 것처럼 향모도 외래 식물에 의해 밀려났다. 식물을 잃는 것은 언어를 잃는 것만큼이나 문화에 위협적이다. 향모가 없으면 할머니들은 7월에 손녀를 초원으로 데려가지 않는다. 그러면 그들의 이야기는 어떻게 될까? 향모가 없으면 바구니는 어떻게 될까? 바구니를 사용하는 의식은 어떻게 될까?

향모의 역사는 파괴와 창조의 힘과 함께 인류 역사와 긴밀하게 얽혀 있다. 칼라일의 졸업식에서 젊은이들은 이렇게 선서해야 했다. "나는 더는 인디언이 아닙니다. 활과 화살을 영원히 내려놓고 쟁기를 들겠습니다."

쟁기와 소는 초목에 엄청난 변화를 가져왔다. 모호크족의 정체성은 그들이 어떤 식물을 이용하느냐와 깊이 연관되어 있었는데, 그것은 이곳에 터전을 마련하고자 했던 유럽 이민자들에게도 마찬가지였다. 그들은 그들에게 익숙한 식물을 들여왔고, 그와 연관된 잡초가 쟁기를 따라다니며 토종 식물을 몰아냈다. 식물은 땅의 문화와 토지 소유권의 변화를 반영한다.

식물은
땅의 문화와
토지 소유권의 변화를
반영한다.

오늘날 이 들판은 구주개밀, 큰조아재비, 클로버, 데이지 등 향모를 뽑던 사람들이 알아보지 못할 외래 식물이 무성하게 자라고 있어 숨이 막힐 지경이다.

향모 감소의 주요 원인은 개발인 듯하다. 습지에서 물을 빼서 토착민을 몰아내고 야생 지대를 농지와 포장도로로 바꿔 버린 탓이다. 또한 유입된 외래종이 토착종인 향모를 몰아내고 그 자리를 대신했을 것이다. 톰은 바구니 장인들이 다시 한번 이 들판에서 재료를 구할 수 있도록 향모를 되살리려면 무엇이 필요한지 물었다.

"씨앗을 어디서 구할 수 있을까요?"

나는 이날을 기다리며 대학교의 묘목장에서 향모를 키워 왔다. 양모를 시작하려고 할 때 종묘를 판매하는 재배자를 수소문하다가 마침내 캘리포니아에서 농장을 찾았다. 이상한 일이었다. 히에로클로에 오로라타는 캘리포니아에서 자생하지 않기 때문이다. 종묘를 어디서 구했느냐고 물었더니 놀라운 대답이 돌아왔다. 아퀘사스네. 그것은 계시였다.

복원 생태학에는 토양, 곤충, 병원균, 초식 동물, 경쟁 등 여러 가지 서로 다른 요인이 영향을 미친다. 과학의 예측이 어긋나는 경우가 많은 것을 보면, 식물은 자신이 어디에 살아야 할지에 대한 나름의 감각을 갖추고 있는 듯하다. 향모의 서식 요건에는 또 다른 차원이 있다. 향모가 가장 왕성하게 번식하는 곳은 바구니 장인이 돌보는 곳이다. 호혜성이 바로 성공의 열쇠다. 향모를 보살피고 존중하는 마음으로 대한다면 번성할 것이지만, 그 관계가 무너지면 향모는 떠나 버린다.

토양 산도(soil pH): 토양의 산성 또는 염기성 정도를 측정하는 척도.

수문학: 지표면 위와 아래, 대기 중 물의 특성, 분포, 순환을 다루는 과학.

이것은 생태 복원을 넘어서는 문제다. 식물과 사람 사이의 관계를 복원하는 일이다. 과학자들은 생태계를 다시 복원하는 방법을 이해하는 데 진전을 이루었지만, 실험은 토양 산도와 수문학물의 순환을 중심 개념으로 하여 물의 존재 상태, 순환 분포, 물리적·화학적 성질 따위를 연구하는 학문—옮긴이에 초점이 맞춰져 있고 정신은 배제되었다. 감사 연설에서 이 두 가지를 엮어 낼 지침을 찾을 수 있을 것이다.

우리는 땅이 사람들에게 감사할 수 있는 시대를 꿈꾼다.

칼라일

카나치오하레케는 지역 사회 사업을 위한 기금 마련을 위해 선물 가게를 운영하고 있다. 가게 안에는 책과 아름다운 공예품, 구슬 장식이 달린 모카신, 사슴뿔 조각, 그리고 물론 바구니가 가득하다. 톰과 나는 서까래에 매달린 달콤한 향모 냄새를 맡으며 안으로 들어섰다.

톰은 책꽂이로 걸어가 두꺼운 빨간색 책을 골랐다. 《펜실베이니아 주 칼라일 인디언 산업 학교The Indian Industrial School, Carlisle Pennsylvania 1879~1918》. 책 뒤쪽에는 샬롯 빅트리(모호크족), 스티븐 실버 힐스(오네이다족), 토마스 메디신 호스(수족) 등의 수많은 이름이 몇 페이지에 걸쳐 적혀 있었다. 톰이 자기 삼촌의 이름을 가리키며 말한다.

"이게 바로 우리가 이 일을 하는 이유죠. 칼라일의 흔적을 지우는 것."

우리 할아버지도 이 책에 나와 있다. 손가락으로 긴 명단을 따라 내려가다 아사 월(포타와토미족)에서 멈춘다. 피칸을 줍던 아홉 살짜리 오클라호마 소년은 기차에 실려 대초원을 가로질러 칼라일로 보내졌다. 할아버지의 형인 올리버 할아버지의 이름이 그 밑에 나온다. 올리버 할아버지는 학교에서 도망쳐 집으로 돌아왔다. 하지만 할아버지는 돌아오지 못했다. 그는 잃어버린 세대로, 다시는 고향으로 돌아올 수 없는 사람이 되고 말았다. 할아버지는 노력했지만 칼라일에서 나온 뒤로는 어디에도 적응하지 못했고 결국 군대에 입대했다. 인디언 특별 보호 구역에서 가족들과 함께하는 삶으로 돌아가는 대신 뉴욕 북부에 정착하여 이민자의 세계에서 자녀들을 키웠다. 그는 뛰어난 정비공이 되어 항상 고장 난 자동차를 수리해서 온전하게 만들려고 노력했다. 하지만 그가 온전하게 만들 수 없는 것들이 있었다.

할아버지에게서 물려받았는지 모를 바로 그 욕구, 즉 온전하게 만들고자 하는 욕구가 나에게 생태 복원 분야에서 일하게 하는 원동력을 주는 듯하다.

내가 어렸을 때는 포타와토미족이 모호크족처럼 향모를 네 가지 성스러운 식물 중 하나로 섬긴다는 사실을 아무도 알려 주지 않았다. 향모가 어머니 대지에서 자란 최초의 식물이며 그래서 우리는 향모를 어머니의 머리카락인 양 땋아 어머니에 대한 우리의 사랑을 표현한다는 사실을 말해 줄 사람이 아무도 없었다. 이야기 전달자들은 파편화된 문화적 지형을 통과하여 나에게 닿는 길을 찾을 수 없었다. 이야기는 칼라일에서 도둑맞았다.

할아버지는 그 시절에 대한 이야기를 별로 입에 올리지 않았지만, 그의 가족들은 아들을 잃은 채 살았던 쇼니의 피칸 숲을 가끔 생각했는지 궁금하다. 고모할머니들은 종종 우리에게 모카신, 파이프, 사슴 가죽 인형 등이 담긴 상자를 보내 주곤 했다. 상자들은 다락방에 처박히기 일쑤였지만 가끔 우리 할머니가 꺼내 보여 주며 이렇게 속삭였다.

"기억하렴, 네가 누구인지."

할아버지는 자신이 동경하도록 교육받은 미국식 삶을 성취하셨다고 생각한다. 자녀와 손자녀에게 더 나은 삶을 물려주셨으니까. 나의 머리는 그의 희생에 감사하지만, 나의 가슴은 향모에 대한 이야기를 들려줄 수도 있었던 할아버지를 잃은 것에 대해 슬퍼한다. 나는 평생 그 상실감 속에 살아왔다. 칼라일에서 도둑맞은 것은 내가 가슴에 묻은 돌멩이처럼 평생을 안고 살아온 슬픔의 정체에 대한 앎이었다. 그리고 그것은 나만의 문제가 아니다. 저 커다란 빨간 책에 실린 수많은 이름

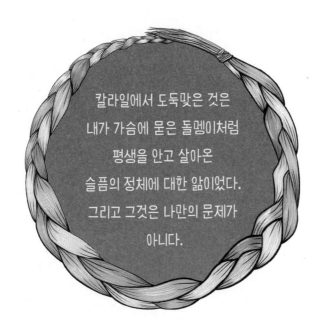

칼라일에서 도둑맞은 것은
내가 가슴에 묻은 돌멩이처럼
평생을 안고 살아온
슬픔의 정체에 대한 앎이었다.
그리고 그것은 나만의 문제가
아니다.

들 그리고 그들의 모든 가족이 같은 슬픔을 겪고 있다.

화해

펜실베이니아주 칼라일은 자신의 역사를 자랑스럽게 여긴다. 이 도시는 독립 전쟁 당시 군인들의 소집 장소였던 칼라일 막사로 시작되었다. 그 뒤 연방 인디언 사무국이 전쟁부의 한 부서로 남아 있던 시절, 막사 건물은 칼라일 인디언 산업 학교가 되었다. 한때 라코타, 네즈퍼스, 포타와토미, 모호크족 아이들을 위한 철제 침대가 줄지어 있던 막사는 현재 고풍스러운 장교 숙소로 완전히 탈바꿈했다.

300주년을 기념하기 위해 모든 잃어버린 아이들의 후손이 칼라일로 초대되어 '기억과 화해의 의식'을 가졌다. 우리 가족 3대도 그 자리에

1900년 칼라일 인디언 산업 학교의 아이들.

참석했다. 수백 명의 다른 자녀, 손자녀와 함께 우리는 칼라일에 모였다. 가족 이야기 속에서도 얼버무리거나 아예 언급조차 하지 않던 장소를 직접 보는 것은 이번이 처음이었다. 나는 막사 사이를 조용히 걸었다. 용서는 찾기가 어려웠다.

미국에서는 칼라일이 역사적 유산을 열렬히 보존한 장소로 명성을 얻은 반면, 인디언 사회에서는 그 이름이 역사 말살의 오싹한 상징이라는 사실은 얼마나 초현실적인가.

우리는 공동묘지에 모였다. 연병장 옆에 울타리가 쳐진 작은 직사각형 묘지에는 네 줄의 묘비가 놓여 있었다. 칼라일에 온 아이들이 모두 떠난 것은 아니었다. 오클라호마에서, 애리조나에서, 아퀘사스네에서 태어난 아이들이 한 줌 흙이 되어 그곳에 누워 있었다. 세이지와 향모를 태우는 냄새가 북소리와 함께 우리의 기도를 감싸 주었다. 치유의 성스러운 말들이 주위에 울려 퍼졌다.

. . .

카나치오하레케의 강을 따라 흙에 손을 대고 나만의 화해 의식을 발견한다. 구부리고 파고, 구부리고 파고. 마지막 남은 향모를 심고 환영의 말을 속삭이며 흙을 다지는 동안 내 손은 흙빛으로 물들었다. 새로 심은 향모 밭에 햇살이 황금빛으로 물들고 있다. 잘만 보면 몇 년 앞을 걸어가는 여인들의 모습이 보일 것만 같다. 구부리고 당기고, 구부리고 당기고, 구부리고 당기고, 향모 다발은 점점 굵어진다. 강가에서 오늘 하루를 축복받았다고 느끼며 혼자서 감사의 말을 중얼거린다.

칼라일에서 온 많은 길이 이곳으로 모인다. 뿌리를 땅에 심음으로써 우리는 복숭아 씨앗을 검은색에서 흰색으로 뒤집었던 힘찬 함성에 동참할 수 있다. 가슴에 박혀 있던 돌을 꺼내 이곳에 심을 수 있다. 그렇게 땅을 회복시키고 문화를 회복시키고 나 자신을 회복시킬 수 있다.

흙을 파헤치던 모종삽이 돌멩이에 부딪힌다. 파낸 돌멩이를 던져 버리려는데 이상하게도 그 무게가 가볍다. 잠시 멈추고 자세히 살펴본다. 크기는 달걀만 하다. 진흙투성이인 엄지손가락으로 흙을 닦아 내자 유리 같은 표면이 드러난다. 한쪽 면은 시간과 역사에 마모되어 거칠고 뿌옇지만 나머지 면은 반짝인다. 프리즘이다. 지는 햇빛이 굴절되어 무지개를 만들어 낸다.

강물에 담가 깨끗하게 씻어 낸 뒤 손에 올려놓고 보니 경이롭기 그

지없다. 가져도 되는 것인지 고민되지만, 원래 있던 곳에 다시 놓아두
려니 마음이 찢어질 듯하다. 발견한 이상 이대로 보낼 수는 없다. 연장
을 챙겨서 숙소로 돌아가 그날의 작별 인사를 나눈다. 나는 손을 펴서
톰에게 돌을 보여준다.

"세상이 보답하는 거예요."

그가 말한다. 우리는 향모를 주었고 땅은 다이아몬드를 주었다. 톰의
얼굴에 미소가 번진다. 돌을 든 내 손을 다시 오므리며 그가 말한다.

"이건 당신 거예요."

이 장에는 미국 원주민의 역사에 대해 새롭게 배울 수 있는
진실이 담겨 있습니다. 더 자세히 알고 싶은 내용이 있다면
그것은 무엇이며, 어떻게 배울 수 있을까요?

오래된 아이

삼나무, 여성에게 부를 가져다주는 나무

옛 우림은 캘리포니아 북부에서 알래스카 남동부까지 산과 바다 사이에 띠 모양으로 펼쳐져 있다. 이곳은 태평양의 습기가 가득한 공기가 산과 맞닿아 일 년에 25,400밀리미터 이상의 비를 내리며 지구상 어디에도 없는 생태계에 물을 공급한다. 세계에서 가장 큰 나무, 콜럼버스가 항해를 시작하기도 전에 태어난 나무에게. 이곳은 살리시어로 '여성에게 부富를 가져다주는 나무'이자 어머니 삼나무로 알려진 나무가 자라는 땅이다.

나무는 시작에 불과하다. 포유류, 조류, 양서류, 야생화, 양치류, 지의류, 이끼, 균류, 곤충 등 종 수가 엄청나다. 이곳은 지구상에서 가장 위대한 숲 중 하나다. 숲 바닥의 이끼부터 나무 꼭대기에 높이 매달린 지의류에 이르기까지 다층적인 수직 구조를 형성한다. 숲은 수 세기에 걸친 바람, 질병, 폭풍우에 쓰러진 나무들로 인해 울퉁불퉁하고 고르지 않지만, 균류의 가닥, 거미줄, 물의 은빛 실로 촘촘하게 엮인 그물망으로 서로 연결되어 있다. 이 숲에서 '혼자'라는

> **풍도風倒**: 폭우를 동반한 강풍으로 나무가 뿌리째 뽑혀 넘어지는 현상.

단어는 아무런 의미가 없다. 이곳은 연어, 겨울 침엽수, 허클베리, 줄고사리가 함께 자라는 비 내리는 땅이다.

태평양 북서부 연안의 원주민들은 수천 년 동안 이곳에서 한 발은 숲에, 다른 한 발은 해안에 걸쳐 두고 양쪽에서 자원을 채취하며 풍요롭게 살았다. 과학자들은 어머니 삼나무를 투야 플리카타Thuja plicata, 즉 서부붉은삼나무western red cedar로 알고 있다. 오래된 숲의 유서 깊은 거인 중 하나인 이 나무는 높이가 61미터에 이른다. 가장 키가 큰 나무는 아니지만 허리둘레가 15미터에 달해 레드우드의 둘레에 필적한다. 몸통은 유목driftwood, 물 위에 떠서 흘러가는 나무—옮긴이과 같은 색깔의 나무껍질로 싸여 있으며 세로로 홈이 파인 밑동에서부터 위로 올라갈수록 가늘어진다. 가지는 우아하게 늘어져 있는데 끝부분은 새가 날아가는 것처럼 위로 치솟아 있다.

자세히 보면 나뭇가지마다 작은 잎이 겹쳐 있는 모습을 볼 수 있다. '플리카타'라는 종명은 접거나 땋아 놓은 모양을 가리킨다. 탄탄하게 엮인 모양과 황금빛 녹색 광택을 보면 마치 나무 자체가 다정함을 땋아 놓은 작은 향모 다발처럼 보인다.

모든 것이 썩기 쉬운 습한 기후에서 좀처럼 썩지 않는 삼나무는 이상적인 소재다. 목재는 다루기 쉽고 부력이 있어서 물에 뜬다. 곧게 뻗은 거대한 몸통은 노꾼배의 노를 젓는 사람—옮긴이 스무 명을 태울 수 있는 항해용 선박에 적합하다. 노, 낚시찌, 그물, 밧줄,

가까이서 본 서부붉은삼나무투야 플리카타의 잎.

화살, 작살 등 카누에 싣는 모든 것이 삼나무의 선물이었다. 심지어 노 꾼들은 바람과 비를 막기 위해 따뜻하고 부드러운 삼나무로 모자와 망 토를 만들어서 착용하기도 했다.

삼나무는 버릴 것이 하나도 없다. 밧줄 같은 가지는 쪼개서 연장과 바구니와 통발을 만든다. 삼나무의 긴 뿌리를 파내서 깨끗이 씻은 뒤 껍질을 벗겨 내고 쪼개면 가늘고 튼튼한 섬유 조직을 얻을 수 있다. 이 것을 엮어서 만든 고깔모자와 제의용 모자는 쓰는 사람의 신분을 나타 내는 것으로도 유명하다. 추운 날씨와 잦은 비로 유명한 겨울에 누가 집을 밝혔을까? 누가 집을 덥혔을까? 활비비활같이 굽은 나무에 시위를 메우고, 그 시위에 송곳 자루를 건 다음 당기고 밀고 하여 구멍을 뚫는 송곳─옮긴이부터 부싯깃에 불까지 모두 어머니 삼나무의 몫이었다.

가볍고 발수성이 뛰어나며 달콤한 향기가 나는 삼나무는 열대 우림 원주민들이 선택한 건축 재료이기도 하다. 통나무와 널빤지로 지어진 삼나무 집은 이 지역을 상징하는 건축물이었다. 삼나무는 쉽게 갈라지 기 때문에 숙련된 사람이라면 톱 없이도 판재를 만들 수 있다. 때때로 나무를 벌채하여 목재를 얻기도 했지만, 자연적으로 쓰러진 통나무를 쪼개서 널빤지를 만드는 방법이 일반적이었다. 놀랍게도 어머니 삼나 무는 살아 있는 옆구리에서 판자를 떼어 주기도 한다. 서 있는 나무에 돌이나 뿔로 만든 쐐기를 한 줄로 박으면 곧게 뻗은 나뭇결을 따라 몸 통에서 긴 판자가 떨어져 나온다. 나무 자체는 죽은 지지 조직이므로

우림은 어떻게 만들어질까?

큰 나무에서 판자 몇 개를 수확해도 전체 유기체 를 죽일 위험은 없다. 나무를 죽이지 않고 목재를 생산하는 이 방법은 지속 가능한 임업에 대한 우

리의 개념을 재정의한다.

병에 걸렸을 때도 사람들은 삼나무를 찾았다. 납작한 잎사귀부터 유연한 가지와 뿌리까지 모든 부분이 약으로 쓰이며 강력한 영적 치유 효과까지 있다. 전통적인 가르침에 따르면 삼나무의 힘은 아주 강력해서 자질을 갖춘 사람이 그 품에 기대면 그 사람에게로 흘러 들어갈 수 있다고 한다. 죽음이 찾아오면 삼나무 관이 따라왔다. 인간이 처음이자 마지막으로 안기는 것은 어머니 삼나무의 품이다.

오래된 숲이 풍요롭고 복잡한 것처럼, 그 숲의 발밑에서 생겨난 오래된 문화도 복잡하다. 어떤 사람들은 지속 가능성을 생활 수준 저하와 동일시하지만, 해안의 오래된 숲에 사는 원주민들은 세계에서 가장 부유한 사람들 중 하나였다. 다양한 해양 및 산림 자원을 현명하게 이용하고 관리한 덕분에 어느 하나도 과도하게 개발하지 않았고, 그 속에서 뛰어난 예술, 과학, 건축이 꽃을 피웠다. 번영은 물질적 재화를 제의적으로 나눠 주는 위대한 포틀래치potlatch 전통으로 이어졌다. 이는 땅이 사람들에게 베풀어 준 너그러움을 직접적으로 반영하는 것이었다. 부는 곧 베풀 수 있는 여유를 의미했다. 삼나무는 부를 나누는 방법을 가르쳤고 사람들은 배웠다.

포틀래치: 선물을 주고 받는 제의적인 축제.

오래된 숲은 그 아름다움만큼이나 정교한 기능 면에서도 놀랍다. 자원이 부족한 상황에서 무분별한 성장이나 자원 낭비는 있을 수 없다. 숲의 구조는 효율성의 본보기다. 태양 에너지의 포획을 최적화하는 여러 층의 숲 지붕 속에서 다양한 식물 종의 잎사귀들이 정교한 층을 이룬다. 자급자족하는 공동체의 표본을 찾고 있다면 오래된 숲을 보면 된다. 오

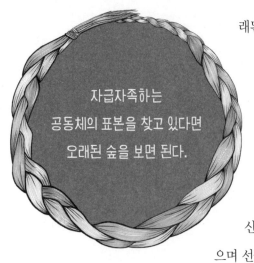

자급자족하는
공동체의 표본을 찾고 있다면
오래된 숲을 보면 된다.

래된 숲과 공생하며 성장한 오래
된 문화도 마찬가지다.

삼나무는 사람들에게
아낌없이 베풀었고 사람
들은 감사와 호혜성으로
보답했다. 하지만 오늘날
삼나무는 목재 공장에서 생
산되는 상품으로 인식되고 있
으며 선물이라는 개념은 자취를 감추

었다. 갚아야 할 채무가 있음을 아는 우리는 무엇을 돌려줄 수 있을까?

오래된 삼나무가 거의 사라져 버린 지금 사람들은 삼나무를 원한다.
그들은 오래된 개간지를 뒤져 남아 있는 삼나무를 찾는다. 오래된 통
나무를 고가의 삼나무 지붕널로 교체하는 작업을 그들은 셰이크볼팅

이 오래된 서부붉은삼나무 숲은 캐나다 브리티시컬럼비아주 남부 해안 근처에 있으며 생태
보호 구역으로 지정하여 보호하고 있다.

캐나다 브리티시컬럼비아주 밴쿠버섬의 개벌된 숲.

shake-bolting이라고 부른다. 나뭇결이 너무 곧아서 널은 똑바로 쪼개진다.

오래된 나무들이 땅에서 일평생을 보내는 동안 한때는 숭배의 대상이었다가 거부의 대상으로 전락하여 멸종의 위기를 맞이했던 것이다. 그러다 누군가가 나무가 사라진 것을 알고 다시 원하기 시작했다. 이 모든 과정을 생각하면 그저 경이롭기 그지없다.

코스트레인지에서 벌목이 처음 허용된 1880년대에는 나무들이 하도 커서-높이는 91미터, 둘레는 15미터에 달했다- 관리자들은 어찌할 바를 몰랐다. 결국 불쌍한 인부 두 명이 가느다란 2인용 톱인 '미저리 휩 misery whip'으로 몇 주에 걸쳐 저 거대한 나무를 쓰러뜨렸다. 서부의 도시들은 이 나무로 건설되었다. 도시가 확장되면서 점점 많은 나무가 필요했다. 당시에는 이런 말이 있었다.

"오래된 숲의 나무는 베도 베도 끝이 없다."

개벌의 명백한 영향

땅이 개벌되면 모든 것이 달라진다. 갑자기 햇빛이 쏟아져 들어온다. 벌목 장비로 인해 토양이 파헤쳐져 온도가 상승하고 부식토 덮개 아래의 무기질 토양이 노출된다. 생태적 천이의 시계가 재설정되고 알람이 요란하게 울린다.

숲 생태계는 풍도, 산사태, 산불과 같은 대규모 교란에 대처할 수 있는 수단을 가지고 있다. 기회종 또는 개척종으로 알려진 초기 천이 식물 종이 즉시 도착하여 번성한다. 빛과 공간 같은 자원이 풍부하기 때문에 빠르게 성장한다. 이들의 목표는 가능한 빨리 성장하고 번식하는 것이다. 따라서 줄기를 만드는 수고는 감수하지 않고 연약한 잎을 풍성하게 키운다.

기회종에게 열린 기회의 창은 금세 닫힌다. 일단 나무가 도착하면 개척자들의 시대는 끝나기 때문에 광합성으로 얻은 부를 활용하여 자식을 빠르게 만든다. 새들이 자식들을 다음 개벌지로 날라다 주길 기대하면서.

개척자들은 무한 성장과 확산, 에너지 고소비라는 원칙에 따라 움직인다. 닥치는 대로 자원을 빨아들이고 경쟁을 통해 다른 종의 땅을 빼앗으면서 계속 나아간다. 항상 그렇듯이 자원이 부족해지기 시작하면 진화는 안정을 도모하는 협력과 전략을 선호하게 될 것이다. 이러한 호혜적 공생의 폭과 깊이는 특히 장기적으로 설계된 오래된 숲에서 발달되어 있다.

산업적 임업, 자원 채굴 등 인간의 무분별한 영역 확장이 일으키는 현상은 마치 새먼베리 덤불과 같다. 더 많은 것을 갖고 싶어 하는 사회의 요구에 따라 땅을 삼키고, 생물 다양성을 감소시키며, 생태계를 단순화한다. 500년 만에 우리는 오래된 문화와 오래된 생태계를 멸종시키고 기회주의적 문화로 대체했다. 인간 개척자 공동체는 개척자 식물 군락과 마찬가지로 재생에 중요한 역할을 하지만 장기적으로는 지속 가능하지 않다. 쉬운 에너지의 한계에 도달하면 균형과 재생만이 앞으로 나아갈 수 있는 유일한 방법이다.

프란츠 돌프

프란츠 돌프Franz Dolp가 샷파우치 크릭Shotpouch Creek으로 이주했을 때, 그와 땅 모두는 치유가 필요했다. 프란츠는 결혼 생활을 끝내고 사랑하던 농장을 팔아야 했던 아픔으로부터 치유되어야 했고, 샷파우치 크릭은 개벌로 인한 상처에서 회복해야 했다. 이 땅은 두 번에 걸친 잇따른 개벌로 쑥대밭이 되어 있었다. 첫 번째는 오래된 숲이었고, 두 번째는 그 숲의 자식 숲이었다. 프란츠는 일기에 이렇게 썼다.

'내 목표는 오래된 숲을 되살리는 것이다.'

하지만 그의 야망은 물리적 복원에 그치지 않았다. 그는 '땅과 그곳의 생명체와 개인적인 관계를 발전시키면서 복원을 진행하는 일이 중요하다'라고 썼다. 그는 땅과 함께 일하면서 땅

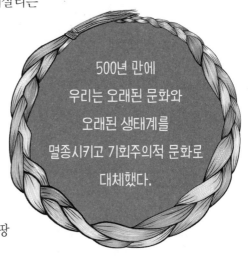

500년 만에 우리는 오래된 문화와 오래된 생태계를 멸종시키고 기회주의적 문화로 대체했다.

과 자신 사이에 형성된 애정 어린 관계에 관해 이렇게 설명했다.

"마치 잃어버린 나 자신의 일부분을 발견한 것 같았다."

벌목지timberland로 지정된 샷파우치의 토지를 소유하기 위해 프란츠는 새 땅에 대한 산림 관리 계획을 승인받아서 등록해야 했다. 그는 자신의 땅이 '임야forestland가 아닌 벌목지'로 분류되었다는 사실에 당황했다. 마치 제재소만이 나무의 유일한 운명인 것처럼 느껴졌기 때문이다. 하지만 프란츠가 원한 것은 목재가 아니었다. 그는 숲을 원했다. 프란츠는 미송Douglas Fir의 세상에서 오래된 숲을 꿈꾸고 있었다.

오리건주 산림청과 오리건주립대학교 임학 대학은 프란츠에게 기술 지원을 했다. 제초제를 처방하여 덤불을 없애고 유전적으로 개량된 미송을 다시 심으라는 것이었다. 숲 밑의 하층 경쟁을 제거하여 충분한 빛을 확보할 수 있다면 미송은 다른 어떤 나무보다 빠르게 목재를 만들 수 있다. 프란츠는 이렇게 썼다.

'샷파우치의 땅을 산 이유는 이 지역을 아끼고 사랑하기 때문이다. '옳다'는 것이 무엇인지 잘은 모르지만 이곳에서 옳은 일을 하고 싶다. 장소를 사랑하는 것만으로는 충분하지 않다. 그 장소를 치유할 방법을 찾아야 한다.'

제초제를 썼다면 화학 비를 견딜 수 있는 나무는 미송뿐이다. 그는 모든 나무가 무사하기를 바랐으며 손으로 직접 덤불을 제거하겠다고 다짐했다.

산업림을 다시 심는 일은 등골 빠지는 중노동이다. 게다가 당시에는 자연림을 조성하는 방법에 대한 지침이 전혀 없었다. 그래서 프란츠는 유일한 스승이었던 숲 그 자체에 의지했다.

스승으로서의 숲

프란츠는 현존하는 몇 안 되는 오래된 숲에서 수종의 위치를 관찰한 뒤 자신의 땅에 그 패턴을 재현하려 했다. 햇볕이 잘 드는 개방된 경사면에는 미송을, 그늘진 곳에는 솔송나무를, 어둡고 습한 땅에는 삼나무를 심었다. 당국은 오리나무와 큰잎단풍나무의 어린나무를 제거할 것을 권고하였으나 프란츠는 그대로 두어 토질을 복원하게 했고, 그늘에 잘 견디는 수종을 캐노피 아래에 심었다. 모든 나무에 표시를 하고, 지도를 만들어 관리했다. 그의 목표는 오래된 숲에 대한 자신의 이상을 땅이 제공하는 가능성과 일치시키는 것이었다. 하지만 시간만으로는 그가 상상한 오래된 숲을 만들 수 없었다. 미송 군락지를 둘러싼 지형이 개별로 황폐화되어 있다면 자연림이 저절로 재조립되지 않을 수도 있다. 씨앗은 어디에서 올까? 땅은 씨앗을 받아들일 수 있는 상태일까?

이 마지막 질문은 '여성에게 부를 가져다주는 나무'의 재생에 특히 중요하다. 삼나무는 거대한 덩치에도 불구하고 씨앗이 매우 작다. 크기가 1센티미터에 불과한 작은 열매로부터 씨앗이 바람에 실려 퍼진다. 삼나무 씨앗 40만 개를 합쳐도 500그램밖에 되지 않는다. 다행인 점은 어른 나무가 이미 천년에 걸쳐 씨를 퍼뜨려 왔다는 사실이다. 이 숲처럼 식물이 무성한 곳에서 이렇게 작은 씨앗이 새 나무로 자랄 기회는 거의 없다.

어른 나무는 끊임없이 변화하는 세상이 던지는 온갖 스트레스를 잘 견딜 수 있지만 어린나무는 이에 매우 취약하다. 붉은삼나무는 다른 수종보다 느리게 자라기 때문에 금세 뒤처져 햇빛을 빼앗긴다. 특히 화재나 벌목 뒤에는 건조하고 개방된 환경에 잘 적응하는 수종과 벌이는 경쟁에서 거의 항상 밀려난다. 살아남은 붉은삼나무는 서부에서 그늘에 가장 잘 견디는 수종임에도 불구하고 번성하기보다는 때를 기다린다. 다른 나무가 바람에 쓰러지거나 죽어서 그늘에 구멍을 뚫어 주기를 기다리는 것이다. 기회가 주어지면 일시적으로 드러난 햇빛의 통로를 타고 한 걸음 한 걸음 올라가 캐노피로 향한다. 하지만 대부분은 기회를 만나지 못한다. 숲 생태학자들은 삼나무가 발걸음을 뗄 수 있는 기회의 창은 100년에 한두 번 열릴까 말까라고 한다. 사정이 이렇다 보니 샷파우치에서 자연적인 재식생을 기대하기는 어려웠다. 복원된 숲에 삼나무가 자라게 하려면 삼나무를 심는 수밖에 없었다.

느린 성장, 약한 경쟁력, 초식 동물에 대한 취약성, 희박한 묘목 정착 가능성과 같은 특성을 고려할 때 삼나무는 희귀종이라고 예상할 수 있다. 하지만 그렇지 않다. 삼나무가 고지대에서는 경쟁력이 떨어지지만 다른 종들이 견디지 못하는 충적토, 습지, 물가에서는 젖은 발로 무성하게 자라기 때문이다. 삼나무가 가장 좋아하는 서식지는 경쟁에서 벗어날 수 있는 피난처가 있는 곳이다.

충적토: 지표수의 흐름에 의해 퇴적된 점토, 유사, 모래와 같은 느슨한 토양.

따라서 프란츠는 개울가 지역을 신중하게 골라 삼나무를 빽빽하게 심었다. 프란츠는 이렇게 썼다.

'내 일터에 파고든 미지의 생명체들은 숲의 그늘만큼이나 구석구석 침투해 있었다.'

개울가에서 삼나무를 키우겠다는 그의 계획은 한 가지만 **빼면** 훌륭했다. 그곳이 바로 비버의 서식지였다는 점 말이다. 비버가 삼나무를 후식으로 먹는 줄 누가 알았겠는가? 프란츠의 삼나무 묘목은 비버에게 몽땅 갉아 먹히고 말았다. 그는 나무를 다시 심고 이번에는 울타리를 둘렀다. 비버는 코웃음을 쳤다. 그러자 프란츠는 전략을 바꿨다. 숲이 생각하는 대로 생각하기로 한 것이다. 그는 개울을 따라 비버가 가장 좋아하는 버드나무 덤불을 심었다. 그렇게 하면 비버의 관심을 돌릴 수 있으리라고 본 것이다.

삼나무는 고유한 화학적 성질 덕에 생명을 구하고 자신을 살리는 약학적 성질을 겸비했다. 삼나무는 항균성이 뛰어난 화합물이 풍부하며 특히 균류에 대한 저항력이 강하다. 북서부 숲은 다른 생태계와 마찬가지로 질병 발생에 취약하다. 가장 심각한 질병은 토종 곰팡이인 펠리누스 웨이리Phellinus weirii에 의해 발생하는 적층뿌리썩음병laminated root rot이다. 이 곰팡이는 미송, 솔송나무 등에 치명적일 수 있지만 붉은삼나무는 다행히 이에 대한 면역력이 있다. 뿌리썩음병이 다른 나무를 덮치면 삼나무는 경쟁에서 벗어나 빈 공간을 채울 준비가 되어 있다. 생명의 나무는 죽음의 땅에서도 살아남는다.

프란츠는 연구하고 심고, 연구하고 심는 과정을 반복하는 동안 숱한 시행착오를 겪으며 배워 나갔다. 나무를 심는 일은 믿음의 행위다. 이 땅에는 1만 3천 번의 믿음의 행위가 살아 숨 쉬고 있다. 프란츠는 이렇게 썼다.

'나는 이 땅의 임시 청지기였다. 이 땅의 관리인이었다. 더 정확하게는 간병인이었다. 악마는 세부 사항에 있었고 악마는 곳곳에서 예상하

지 못한 세부 사항을 제시했다.'

그는 첫 번째 개벌 이후 심은 나무, 즉 오래된 아이가 서식지에 어떻게 반응하는지 관찰했다. 그런 다음 그들을 괴롭히는 것이 무엇이든 고치려고 노력했다.

'재조림은 마치 정원을 가꾸는 일과 같았다. 작업을 할수록 친밀감이 쌓여 갔다. 이 땅 위에 있으면 도저히 가만히 있을 수 없다. 나무 한 그루라도 더 심고, 가지치기라도 해야 직성이 풀린다. 이미 심은 나무를 더 좋은 자리로 옮겨심기도 한다.'

오늘날 이 삼나무 중 상당수는 미처 다 자라지 못한 십 대 청소년이다. 비쩍 마른 앙상한 가지를 흐느적거린다. 사슴이나 엘크에게 뜯어 먹히기라도 하면 더욱 엉성해진다. 덩굴단풍나무 아래에서 여기저기 가지를 뻗으며 햇빛을 조금이라도 더 받으려고 안간힘을 쓴다. 하지만 그들의 시간이 다가오고 있다.

재생의 춤

마지막 식재를 마친 뒤 프란츠는 이렇게 썼다.

'땅을 치유할 수 있을지는 잘 모르겠다. 하지만 진정한 혜택이 어디로 흘러가는지에 대해서는 의심의 여지가 없다. 이곳을 지배하는 규칙은 호혜성이다. 주는 만큼 돌려받는다. 땅을 복원하는 과정에서 나는 나 스스로를 복원한다.'

오래된 문화는 오래된 숲과 마찬가지로 아직 소멸하지 않았다. 땅은 그들의 기억과 재생의 가능성을 간직하고 있다. 이는 단지 민족이나 역사의 문제가 아니라 땅과 사람 사이의 호혜성에서 비롯된 관계의 문제다. 프란츠는 오래된 숲을 가꿀 수 있다는 점을 보여 준 데에 그치지 않고 새로운 꿈을 꾸었다. 그의 희망은 오래된 문화, 즉 온전하고 치유된 세계의 비전을 전파하는 것이었다.

10년 동안 나무 1만 3천 그루를 심고 수많은 과학자와 예술가에게 영감을 준 뒤, 그는 이렇게 썼다.

'이제 내가 쉴 때가 되면 다른 사람들이 아주 특별한 장소로 나아갈 수 있도록 길을 비켜 줘도 되겠다는 확신이 생겼다. 자이언트 전나무, 삼나무, 솔송나무가 우거진 숲으로, 오래된 옛 숲으로.'

그가 옳았다. 잡초가 무성한 가시덤불부터 오래된 아이까지 많은 이들이 그가 다져 놓은 길을 따랐다.

프란츠 돌프는 2004년 샷파우치 크릭으로 가던 길에 제지 공장 트럭과 부딪혀 충돌 사고로 세상을 떠났다.

그의 오두막집 문밖에는 초록색 숄을 두른 여인처럼 보이는 어린 삼나무들이 햇빛을 가득 담은 빗방울을 머금고 있다. 깃털 장식을 한 옷을 입은 우아한 무용수 같기도 하다. 춤추는 걸음걸음마다 깃털 장식이 흔들린다. 나뭇가지를 활짝 펴고 원을 그리며 우리를 재생의 춤으로 초대한다.

재생의 춤에 동참하기 위해
여러분이 할 수 있는 한 가지는 무엇인가요?

향모 태우기

향모 다발을 태워 만든 제의용 숯검정은 상대방을 친절과 온정으로 씻어 몸과 마음을 치유한다.

윈디고 발자국

겨울의 눈부신 광채 속에서 들리는 소리라고는 내 겉옷이 스치는 소리, 스노우 슈즈가 부드럽게 푹푹 빠지는 소리, 영하의 기온에 나무가 갈라지는 소리, 내 심장 박동 소리뿐이다. 눈보라가 그칠 때마다 보이는 하늘은 아플 만큼 푸르다. 눈밭은 깨진 유리처럼 반짝인다.

모두가 굶주렸다.

바람이 다시 불기 시작하자 눈이 다가오는 냄새가 난다. 몇 분 지나지 않아 스콜선squall line이 나무 꼭대기 위로 포효하며 회색 커튼이 펄럭이듯 눈송이를 날려 보낸다. 완전히 어두워지기 전에 숙소로 가기 위해 돌아서서 이미 지워지기 시작한 발자국을 되짚어 본다. 자세히 들여다보니 발자국마다 내 것이 아닌 다른 발자국이 겹쳐서 찍혀 있다. 짙어지는 어둠 속에서 어떤 형체를 찾아보지만 거센 눈발 때문에 앞이 잘 보이지 않는다. 내 뒤에서 울부짖는 소리가 들려온다. 어쩌면 그저 바람 소리일지도.

스콜선: 한랭 전선 또는 바람 이동선이라고도 하며, 전진하는 폭풍의 차가운 공기와 따뜻한 공기 사이의 경계선.

여러분이 사는 지역에도 냄새로 느낄 수 있는 날씨의 변화가 있나요?

이런 밤에는 윈디고가 출몰한다. 그들이 눈보라를 헤치고 사냥할 때면 섬뜩한 비명이 들려온다.

윈디고

윈디고는 아니시나베족의 전설 속 괴물로, 추운 밤 북쪽 숲에서 전해 내려오는 이야기에 등장하는 악당이다. 나무줄기 같은 팔과 스노우슈즈만큼 큰 발을 가진 이 괴물은 배가 고프면 눈보라를 뚫고 성큼성큼 걸어 우리 뒤를 쫓는다. 무엇보다 소름 끼치는 것은 녀석의 심장이 얼음으로 만들어졌다는 사실이다. 윈디고 이야기는 아이들이 위험한 행동을 하지 못하도록 겁을 주기 위해 모닥불 곁에서 전해져 왔고, 지금도 이따금 전해지고 있다. 이 괴물은 곰도 아니고 울부짖는 늑대도 아니다. 자연의 짐승이 아니다. 윈디고는 태어나는 것이 아니라 만들어진다. 윈디고는 식인 괴물이 된 인간이다. 윈디고에게 물린 희생자도 윈디고가 된다.

눈보라를 뚫고 들어와 얼어붙은 옷을 벗어 놓는다. 장작 난로에는 불이 피워져 있고 냄비에서는 스튜가 끓고 있다. 우리 부족이 언제나 이런 호사를 누렸던 것은 아니다. 눈보라에 오두막이 파묻히고 식량이 떨어지던 시절도 있었다. 당시 우리 부족에게 굶주림은 현실이었다. 이 시기를 우리는 '굶주림의 달Hunger Moon'이라고 이름 지었다.

굶주림과 고립으로 인한 광기가 겨울 오두막 구석에 도사리고 있을 때 윈디고 이야기는 식인 풍습에 대한 금기를 더욱 강화했다. 그런 충동에 굴복하여 뼈를 물어뜯은 사람은 윈디고가 되어 남은 평생 동안 방황해야 하는 운명을 맞게 되는 것이다. 윈디고는 영계사람이 죽은 뒤에 영혼이 가서 산다는 세계─옮긴이로 들어가지 못하고
결코 채워지지 않는 굶주림이라는 영원
한 고통을 겪게 된다고 한다. 윈디고는
먹으면 먹을수록 더 고통스러운 굶주림
에 시달린다. 윈디고가 배고픔의 비명을
지를 때 굶주림에 뜯어 먹힌 그 마음은 영원
히 충족되지 않는 욕망이라는 고문을 당하는 것이다.

"갈망으로 비명을 지르며 소비에 사로잡히고, 마음은 충족되지 않는
욕망의 고문으로 가득 차 있다."

윈디고는 단순히 아이들을 겁주기 위한 신화 속 괴물이 아니다. 창조
이야기는 한 부족의 세계관, 즉 세상 속에서 자신의 위치, 그리고 자신
이 추구하는 이상을 이해하는 방식을 엿볼 수 있게 해 준다. 한 민족의
집단적 두려움과 가장 깊은 가치관은 그들이 창조한 괴물의 모습에서
도 드러난다. 우리의 두려움과 실패로부터 태어난 윈디고는 자신의 생
존을 다른 무엇보다 우선시하는 우리 내면의 심리에 붙여진 이름이다.
전통 양육 방식은 자기 수양을 강화하여 탐욕이라는 위험에 대한 저
항력을 길러 주고자 했다. 옛 가르침은 모든 사람에게 윈디고의 본성
이 있음을 인정한다. 우리 내면의 탐욕스러운 본성에서 스스로 벗어날
수 있음을 배우게 하기 위해서 이 괴물이 이야기 속에 창조된 것이다.
스튜어트 킹과 같은 아니시나베 연장자들이 우리 자신을 이해하기 위
해서는 삶의 두 가지 얼굴, 즉 빛과 어둠을 인정하라고 강조하는 이유

가 바로 여기에 있다. 어둠을 직시하고 그 힘을 인정하되, 그것에 먹이를 줘서는 안 된다는 뜻이다.

오지브와족 학자 바질 존스턴은 윈디고라는 단어가 '비만' 또는 '이기심'을 의미하는 어근에서 유래했을 가능성이 있고 말한다.

존스턴을 비롯한 많은 학자들은 알코올 중독, 마약 중독, 쇼핑 중독, 기술 중독, 도박 중독 등 자기 파괴적인 행위가 만연해 있는 것 자체가 윈디고가 버젓이 살아 숨 쉬고 있다는 증거라고 입을 모은다. 스티브 피트는 오지브와족 윤리에 의하면 '지나치게 탐닉하는 모든 습관은 자기 파괴적이며, 자기 파괴는 곧 윈디고'라고 주장한다. 윈디고에 물리면 전염되는 것처럼, 우리 모두는 자기 파괴가 더 많은 희생자를 끌어들인다는 점을 너무 잘 알고 있다. 그리고 그 피해는 인간 세계에만 국한되지 않는다.

윈디고의 원래 서식지는 북쪽 숲이지만 그 영역은 확장되었다. 존스턴의 말처럼 다국적 기업들은 '필요해서가 아니라 탐욕 때문에' 지구의 자원을 끊임없이 집어삼키는 새로운 종류의 윈디고를 탄생시켰다. 그 발자국은 우리 주변에 널려 있다. 무엇을 찾아야 하는지 알기만 하면 된다.

윈디고 발자국

윈디고 발자국은 어디에서나 볼 수 있다. 윈디고는 오논다가 호수의 산업 슬러지를 밟고 다닌다. 야만적으로 개벌한 오리건 코스트레인지의 경사면 위에서도 볼 수 있다. 탄광이 산 정상까지 파헤치는 웨스트버지니아와 미끈거리는 기름 발자국으로 얼룩진 멕시코만 해변에서도 볼 수 있다. 산업적으로 재배하는 콩밭, 르완다의 다이아몬드 광산. 옷으로 가득 찬 옷장. 이 모든 것이 윈디고의 발자국이다. 만족을 모르는 끝없는 소비의 흔적이다. 너무 많은 사람들이 윈디고에게 물렸다. 그들은 쇼핑몰을 돌아다니거나, 주택 개발을 위해 농장을 둘러보거나, 심지어 의회에 출마하기도 한다.

우리 모두가 공범이다. 우리는 '시장'이 가치의 기준을 정하도록 허용했다. 마치 윈디고 경제학의 시대에 살고 있는 듯하다. 가짜 수요와 강박적인 과소비의 시대. 판매자를 풍요롭게 하려고 영혼과 대지를 빈곤하게 만드는 낭비적인 생활 방식이 공공의 선으로 둔갑한 시대가 도래한 것처럼 보인다.

> 여러분이 사는 지역에서는 어디서 윈디고의 발자국을 볼 수 있나요?

윈디고의 사고방식

윈디고 이야기는 공유 기반 사회에서 생겨났다. 그곳에서는 나눔을 생존에 필수적인 요소로 여기고 탐욕스러운 개인은 전체를 위협하는 존재로 간주했다. 옛날에는 너무 많은 것을 가져가서 공동체를 위험에 빠뜨리는 개인은 경고를 받았고 그다음에는 배척당했다. 그래도 탐욕스러운 행동이 계속되면 영원히 추방당했다. 윈디고 신화는 추방당한 이들이 배고프고 외롭게 떠돌며 자신을 괴롭힌 자들에게 복수를 다짐하는 모습에서 비롯되었는지도 모른다. 가족, 공동체, 그 호혜의 그물망에서 추방되어 아무와도 나눌 수 없고 아무도 돌볼 수 없게 되는 것은 무시무시한 형벌이다.

우리는 오직 하나뿐인 아름다운 삶을 더 많은 돈을 버는 데, 일시적

그것이 윈디고의 방식이다.
우리를 속여 더 많이 소유하면
허기가 달래어질 거라고
믿게 만드는 것. 우리가 진정으로
원하는 것은 소유가 아니라
소속감인데 말이다.

인 욕구를 해소할 뿐 결코 만족은 주지 못하는 물건을 더 많이 사들이는 데 쓰느라 이제는 자기 자신으로부터도 추방되었는지 모른다. 그것이 윈디고의 방식이다. 우리를 속여 더 많이 소유하면 허기가 달래어질 거라고 믿게 만드는 것. 우리가 진정으로 원하는 것은 소유가 아니라 소속감인데 말이다.

내가 두려워하는 것은 단지 내면의 윈디고를 직시하는 것보다 훨씬 크다. 내가 두려워하는 것은 세상이 뒤집혀서 어두운 면이 밝은 면으로 보이기 시작했다는 점이다. 한때는 괴물처럼 여겨져 지탄받았던 방종한 이기심이 이제는 성공의 비결로 칭송받는다. 우리 부족이 용서할 수 없는 것으로 여겼던 요소를 이제는 존경해야 한다. 소비 중심의 사고방식은 '삶의 질'로 가장하지만 실은 내면으로부터 우리를 갉아먹고 있다. 마치 잔치에 초대받은 것 같지만, 식탁에는 공허함만 키우는 음식뿐이라 도리어 허기만 북돋우는 꼴이다. 결코 채워지지 않는 배 속의 블랙홀. 우리는 괴물을 풀어 놓았다.

생태경제학자들은 개혁을 주장한다. 그들은 열역학에 의해 제약을 받는 생태학 원리를 경제학의 토대로 삼아야 한다고 믿는다. 이들은 삶의 질을 유지하려면 자연 자본과 생태계 서비스를 떠받쳐야 한다고 주장한다. 하지만 정부는 여전히 인간의 소비가 삶에 아무런 영향을 미치지 않는다는 신화에 집착하고 있다. 우리는 마치 우주가 우리를 위해 열역학 법칙을 폐기하기라도 했다는 듯 유한한 지구에서 무한한 성장을 처방하는 경제 시스템을 계속 수용하고 있다.

영속적인 성장은 명백히 자연법칙과 양립할 수 없다. 그런데도 하버드 대학, 세계은행, 미국 국가경제위원회를 거친 로렌스 서머스 같은 저명한 경제학자조차 이렇게 선언한다.

"지구의 수용 능력에는 가까운 미래든 언제든 우리를 제약할 만한 한계가 없다. 자연적인 한계 때문에 성장에 제한을 두어야 한다는 생각은 중대한 오류다."

우리의 지도자들은 지구상의 모든 종-이미 멸종된 종은 제외하고-이 보여 주고 있는 지혜와 본보기를 고의로 외면하고 있다. 이것이 바로 윈디고의 사고방식이다.

여러분의 삶이나 여러분이 사는 공동체에서 윈디고적 사고방식의 폐해를 어떻게 줄여 나갈 수 있을까요? 이를 위해 여러분이 적어도 한 가지의 변화를 도모할 수 있다면 그것은 무엇일까요?

옥수수 사람,
빛 사람

우리와 땅의 관계에 대한 이야기는 이 책보다 땅에 더 진실하게 기록되어 있다. 땅은 우리가 하는 말과 행동을 기억한다. 이야기는 땅뿐만 아니라 우리와 땅의 관계를 복원하는 가장 강력한 도구 중 하나다.

우리가 앞으로 나아갈 길을 찾기 위해서는 오래된 이야기를 발굴하고 새로운 이야기를 만들어야 한다. 우리는 단순한 이야기 전달자가 아니라 이야기를 짓는 사람이기 때문이다. 모든 이야기는 연결되어 있으며, 오래된 이야기의 실타래에서 새로운 이야기가 짜여진다. 우리가 새 귀로 다시 들어주기를 기다리는 옛이야기 중 하나는 마야의 창조 이야기다.

마야의 창조 이야기

태초에는 아무것도 없었다고 한다. 신성한 존재들, 위대한 사상가들은 이름을 말하는 행위만으로 세상을 상상하여 존재하게 했다. 세상은 말로서 창조된 동식물로 가득했다. 하지만 신성한 존재들은 만족하지 않았다. 그들이 창조한 경이로운 존재들 가운데 말을 할 줄 아는 존재가 하나도 없었으니까. 노래하고 꽥꽥거리며 으르렁거릴 수는 있었지만 창조 이야기를 들려주거나 찬양할 수 있는 목소리를 가진

것은 없었다. 그래서 신들은 인간을 만들기로 했다.

최초의 인간은 진흙으로 만들어졌다. 하지만 신들은 그 결과가 마음에 들지 않았다. 사람들은 마음이 아름답지 않았고 말도 할 수 없었다. 그들은 춤도 추지 못했고 신을 찬양하는 노래도 부르지 못했으며 걷는 것조차 힘들어했다. 너무 부서지기 쉽고 어설픈 나머지 번식조차 할 수 없었기에 비에 녹아 사라져 버렸다.

신들은 자신들에게 존경과 찬양을 바치고 세상 만물을 거두어 먹여 살릴 훌륭한 사람을 다시 만들기로 했다. 그래서 나무를 깎아 남자를 만들고 갈대 속살로 여자를 만들었다. 정말 아름다운 사람들이었다. 그들은 민첩하고 강했으며 말하고 춤추고 노래할 수 있었다. 게다가 영리하기도 해서 식물과 동물 등 다른 존재를 자신의 목적에 맞게 이용하는 법을 배웠다. 그들은 논밭, 도자기, 집, 고기잡이 그물 등 많은 것을 만들었다. 사람들은 좋은 몸과 고운 마음과 고된 노동의 결과로 번식하여 세상을 가득 채웠다.

하지만 시간이 지나자 전지전능한 신들은 이 사람들의 마음에는 온정과 사랑이 없다는 사실을 알아차렸다. 그들은 노래하고 말할 수는 있었지만 그들의 말에는 자신들이 받은 신성한 선물에 대한 감사가 없었다. 이 영리한 사람들은 감사나 배려를 몰랐기 때문에 나머지 피조물들을 위험에 빠뜨렸다. 신들은 이 실패한 인류의 실험을 끝내고자 세상에 큰 재앙을 내렸다. 홍수와 지진을 보냈고, 무엇보다도 나무로 만든 인간들이 보여 준 무례함에 다른 종들이 슬픔과 분노를 표출할 수 있도록 목소리를 부여했다. 나무는 날카로운 도끼에 분노했고, 사슴은 화살에, 항아리조차 함부로 불태워지는 것에 분노하며 일어섰다. 마구잡이로 오용되어 온 피조물들은 자기 방어를 위해 모두 힘을 합쳐 나무로 만든 인간을 파괴했다.

다시 한번 신들은 인간 만들기에 도전했다. 이번에는 순전히 태양의 신성한 에너지인 빛으로만 만들었다. 이 인간들은 눈부시게 아름다웠고 태양보다 일곱 배나 밝은 빛을 내뿜었다. 그들은 똑똑한 데다 힘도 매우 셌다. 그들은 아는 것이 하도 많아서 자신들이 모든 것을 알고 있다고 믿었다. 조물주의 선물에 대해 감사하기는커녕 자신들이 신들과 동등하다고 믿었다. 신성한 존재들은 빛으로 만들어진 인간들의 위험성을 깨닫고 다시 한번 그들의 멸망을 준비했다.

신들은 아름다운 세상에서 바르게 살아갈 인간을 다시 만들려고 노력했다. 서로 존중하고 감사하며 겸손하게 살 수 있는 인간을. 신들은 노란색과 흰색 두 바구니에 든 옥수수를 빻아 고운 가루를 내서 물과 섞어 사람을 만들었다. 그러고는 옥수수 술을 먹였더니, 참으로 좋은 사람이 되었다. 춤추고 노래할 수 있었고, 이야기를 전하고 기도를 드릴 수도 있었다. 그들의 마음은 나머지 피조물에 대한 온정으로 가득했다. 그들에게는 감사할 줄 아는 지혜가 있었다.

신들은 지난번 창조에서 교훈을 얻었기에 선배인 빛으로 만들어진 사람들처럼 오만해지지 않도록 옥수수 사람의 눈에 베일을 씌워서 입김이 거울을 흐리게 하듯 그들의 시야를 흐리게 했다. 이 옥수수 사람들은 자신을 지탱해 준 세상을 존경하고 고마워했다. 그래서 대지는 그들을 기꺼이 먹여 살렸다.

> 이 이야기에서는 아름답다는 단어가 반복해서 사용됩니다. 여기서 말하는 아름다움의 종류에는 어떤 것이 있을까요?

옥수수 사람

이 이야기는 마야의 경전인 《포폴부Popol Vuh》에서 유래했는데 단순한 이야기 그 이상으로 간주된다. 나는 이 이야기를 인류가 아직 앎의 경계에 있었던 태초에 어떻게 옥수수로 만들어져서 그 이후로 행복하게 살았는지를 전해 주는 이야기로 받아들였다. 어쩌면 이 이야기는 우리가 어떻게 옥수수 사람이 되었는지 이해하는 지침이 될 수 있을지도 모르겠다. 어째서 흙이나 나무, 빛의 사람이 아닌 옥수수 사람이 지구를 물려받게 되었을까? 옥수수 사람은 변화된 존재였을까? 하긴 옥수수는 변화하는 존재니까. 하지만 빛도 관계에 의해 변하지 않나? 옥수수는 흙, 공기, 불, 물이라는 네 가지 원소 중 하나라도 없으면 존재가 불가능하다. 우리의 기원이 된 이 성스러운 식물은 사람을 창조했고, 사람은 옥수수를 창조했다. 옥수수는 우리가 씨앗을 뿌리고 돌보지 않으면 존재할 수 없다. 우리의 존재는 의무적인 공생 관계 속에서 하나가 된다.

> **의무적 공생:** 두 유기체가 공생 관계에 있고 한쪽이 없이는 다른 한쪽이 생존할 수 없는 경우.

많은 토착 원주민의 앎의 방식에서 시간은 흘러가는 강이 아니라 과거, 현재, 미래가 공존하는 호수와 같은 개념이다. 따라서 창조는 현재 진행형이며, 그 이야기는 단순한 역사가 아니라 예언이기도 하다. 우리는 이미 옥수수 사람이 되었을까? 아니면 여전히 나무로 만든 사람일까? 우리는 자신의 힘에 사로잡힌 빛으로 만들어진 사람일까? 우리는 아직 대지와 맺은 관계를 통해 탈바꿈하지 못한 걸까?

일발

데이비드 스즈키가 《노인의 지혜The Wisdom of the Elders》에서 언급했듯이 마야의 이야기는 '일발ilbal'-우리의 성스러운 관계를 들여다볼 수 있게 하고 지침을 제공하는 렌즈-로 이해할 수 있다. 그렇다면 과학, 예술, 이야기가 어떻게 옥수수로 만든 사람이 나타내는 관계를 이해하는 새로운 일발이 될 수 있을까?

또한 이민자 문화가 장소와 맺은 관계에 대한 나름의 새 이야기를 어떻게 쓸 수 있을지도 궁금하다. 새로운 일발은 이민자들이 오기 오래전부터 이 땅에 살았던 사람들의 지혜와 지식을 존중해야 하지만 이를 전유해서는 안 된다. 원주민의 이야기에는 지혜가 풍부하고 이를 귀담아 들을 필요가 있지만, 그대로 가져오는 문화적 전유는 묵인될 수 없다.

화학의 언어로 시를 써서 옥수수 사람의 이야기를 담는다면 그 시는 다음과 같은 두 연으로 구성될 것이다.

아름다운 막으로 둘러싸인 생명의 기계 속에서
이산화탄소와 물이 결합하고 빛과 엽록소가 작용하여
당과 산소가 생성된다.

미토콘드리아라는 아름다운 막으로 둘러싸인 생명의 기계 속에서
당과 산소가 결합하면 다시 처음으로 돌아가
이산화탄소와 물이 생성된다.

레드우드, 수선화, 옥수수와 같은 녹색 식물이 빛에 노출되면 광합성을 통해 물과 이산화탄소를 달콤한 당분으로 전환한다. 그와 동시에 우리에게 산소를 공급한다. 식물은 우리를 먹이고 숨 쉬게 해 준다.

호흡은 식물의 숨결이 동물에게 생명을 주고 동물의 숨결이 식물에게 생명을

이 시에서 어떤 점이 눈에 띄나요? 두 번째 연이 첫 번째 연을 거꾸로 반복하고 있다는 사실을 눈치챘나요?

원주민의 이야기에는
지혜가 풍부하고
이를 귀담아들을 필요가 있지만,
그대로 가져오는 문화적 전유는
묵인될 수 없다.

주는 에너지의 원천이다. 나의 숨이 곧 너의 숨이고 너의 숨이 곧 나의 숨이다. 세상에 생명을 불어넣는 주고받음에 대한 호혜성의 위대한 시다. 이런 이야기라면 전할 만한 가치가 충분하지 않을까? 자신을 지탱하는 공생 관계를 이해할 때야 비로소 우리는 옥수수 사람이 되고 감사와 호혜를 실천할 수 있다.

세상의 진실 자체가 시다. 빛은 설탕이 된다. 도롱뇽은 대지에서 방사되는 자력선을 따라 옛 연못으로 가는 길을 찾는다. 풀을 뜯는 물소의 침은 풀의 성장을 촉진한다. 담배 씨앗은 연기 냄새를 맡으면 발아한다. 산업 폐기물 속의 미생물은 수은을 분해한다. 이것은 우리 모두가 알아야 할 이야기가 아닐까?

누가 이 이야기들을 간직하고 있을까? 오래전에는 연장자들이 이야기를 전해 주었다. 21세기에는 과학자들이 종종 그 역할을 대신한다.

물소와 도롱뇽의 이야기는 대지의 것이지만 과학자가 그 이야기의 번역을 맡는다. 그리고 과학자에게는 그들의 이야기를 세상에 전할 막중한 책임이 있다.

하지만 과학자들은 독자 대부분이 이해할 수 없는 언어로 이야기를 전한다. 이것은 환경에 대한 공적 담론에 심각한 결과를 초래하고 결과적으로 진짜 민주주의인 모든 종을 아우르는 민주주의를 크게 저해하는 요인이 된다. 돌봄으로 연결되지 않는다면 앎이 무슨 소용이 있을까? 과학은 우리에게 앎을 줄 수 있지만 돌봄은 과학 아닌 다른 곳에서 온다.

서구 세계에도 '일발'이 있다면 그것은 과학이라고 봐야 할 것이다. 과학은 염색체의 춤, 이끼의 잎사귀, 아주 먼 은하를 볼 수 있게 해 준다. 하지만 과학을 《포폴부》처럼 성스러운 렌즈라고 할 수 있을까? 과학은 우리가 세상의 성스러운 것을 인식할 수 있게 해 줄까, 아니면 빛을 굴절시켜서 볼 수 없게 만들까? 우리가 옥수수 사람이 되는 데 필요한 것은 더 많은 데이터가 아니라 더 많은 지혜다. 그리고 다른 종으로부터 배울 수 있는 겸손도 필요하다. 나는 과학의 관찰력을 토대로 토착 원주민 세계관의 틀에 맞춘 렌즈를 길잡이로 삼는 세상을 꿈꾼다. 물질과 영혼 모두 목소리를 낼 수 있는 세상 말이다.

선물과 책임

원주민 국가에서는 우리 각자가 특별한 선물, 고유한 능력을 부여받았다고 믿는다. 예를 들어 새는 노래하고 별은 반짝인다. 하지만 이런 선물에는 이중성이 있는데 선물은 곧 책임이기도 하다는 뜻이다. 새의 선

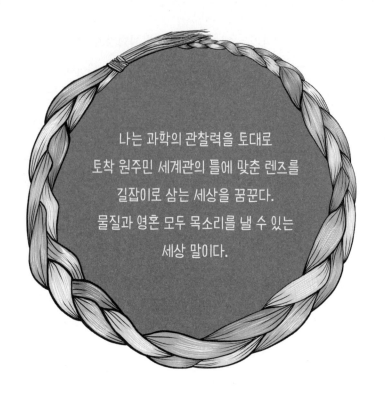

나는 과학의 관찰력을 토대로
토착 원주민 세계관의 틀에 맞춘 렌즈를
길잡이로 삼는 세상을 꿈꾼다.
물질과 영혼 모두 목소리를 낼 수 있는
세상 말이다.

물이 노래라면 새에게는 음악으로 하루를 맞이해야 할 책임이 있는 것이다. 노래하는 것은 새의 의무이고, 우리는 그 노래를 선물로 받는다.

자신의 책임이 무엇인지 묻는 행위는 어쩌면 이렇게 묻는 일인지도 모른다. 우리의 선물은 무엇일까? 그 선물을 어떻게 사용해야 할까? 옥수수 사람 전설과 같은 이야기는 세상을 선물로 인식하고 우리가 어떻게 보답해야 할지 생각할 때 하나의 지침이 된다. 자신의 선물과 책임을 깨닫고 변화한 옥수수 사람만이 대지의 떠받침을 받았다. 감사가 최우선이지만 감사만으로는 충분하지 않다.

다른 존재들은 인간에게는 없는 특별한 재능이 있다. 하늘을 날 수도 있고, 밤에 볼 수도 있고, 발톱으로 나무를 뜯을 수도 있고, 단풍나무 수액을 만들 수도 있다. 인간은 무엇을 할 수 있을까?

날개나 잎은 없을지 몰라도 인간에게는 말이 있다. 언어는 우리에게 주어진 선물이자 책임이다. 나는 글쓰기야말로 살아 있는 대지와 나누는 호혜적 행위라고 믿게 되었다. 그 말은 옛이야기를 기억하는 말이자 새로운 이야기를 전하는 말이다. 과학과 정신을 다시 한데 모아 우리를 옥수수 사람으로 키워 내는 이야기다.

아직 자신의 재능이 무엇인지 모르더라도 걱정하지 마세요.
많은 성인이 자신의 재능을 잘 모르는 이유는 이 개념에 대해
충분히 이야기하거나 탐구하지 않기 때문입니다.
자신의 재능을 파악하는 한 가지 방법은
자신이 좋아하는 일,
그 일을 하면 시간이 금방 지나가는 일을 생각해 보는 것입니다.
제 경우에는 글쓰기입니다.
여러분에게는 어떤 재능이 있나요?

슈키타겐:
일곱 번째 불의 사람들

불 피우기

수많은 것이 불의 빛에 의지한다. 마른 단풍나무 불쏘시개를 올린 단, 전나무 밑둥에서 잘라 낸 가지를 깐 바닥, 나무껍질을 잘게 쪼개 만든 숯 둥지를 준비한다. 숯 위에는 불길이 잘 타오르도록 소나무 가지를 균형을 맞춰 올려 둔다. 연료도 충분하고 산소도 충분하다. 모든 요소가 제자리에 있지만 불씨가 없으면 그저 죽은 나뭇가지 더미일 뿐이다. 수많은 것이 불씨에 의지한다.

성냥 하나로 불 피우는 법은 우리 가족의 자랑거리였다. 아버지와 숲이 우리의 스승이었다. 아버지는 불을 지피기에 적합한 재료와 구조를 찾는 방법을 인내심을 가지고 가르쳐 주었다. 우리는 놀면서 보고 배웠다. 아버지는 장작이 좋아야 한다고 강조했고, 우리는 숲에서 여러 날을 나무를 베고, 나르고, 장작을 패면서 보냈다. 땀을 뻘뻘 흘리면서 숲에서 나오면 아버지는 항상 이렇게 말했다.

"장작은 몸을 두 번 데워 주지."

이렇게 땔감을 준비하는 과정에서 우리는 나무껍질을 보고 나무 종을 구별하는 법을 배웠다. 나무마다 목재의 용도가 달랐고, 태우는 목적도 달랐다. 송진이 많은 끈끈한 소나무는 불을 밝히기에 좋고, 너도 밤나무는 숯을 만들기에 적당하며, 설탕단풍나무는 빵 굽는 오븐에 쓰기 좋다.

아버지가 직접 그렇게 말한 적은 없지만, 불 피우기는 단순한 기술 그 이상이었다. 좋은 불을 피우려면 품을 많이 들여야 했다. 숲에 해를 끼치지 않고 땔감을 채집하기 위해서는 식물에 대한 지식이 필수였고 숲을 존중하는 마음도 필요했다. 선 채로 죽어 있는 나무는 얼마든지 있다. 이미 잘 건조되어 바로 가져다 쓸 수 있다. 좋은 불에는 천연 재료만 들어간다. 종이는 절대로 넣지 않았고 휘발유는 꿈도 꿀 수 없었다. 녹색 잎이 남아 있는 나무는 미학적으로도 윤리적으로도 허용되지 않았다. 라이터도 금지였다. 성냥개비 한 개로 멋지게 불을 피워 올리면 크게 칭찬받았지만, 열두 개를 써도 잘되지 않을 때는 많은 격려가 필요했다. 어느 순간 불 피우기가 쉽고 자연스러워졌다. 항상 효과가 있었던 비법을 하나 찾아냈는데, 그것은 성냥을 불쏘시개에 대고 불을 붙일 때 불에다 노래를 불러 주는 방법이었다.

아버지의 불 피우기 가르침에는 숲이 우리에게 주는 모든 것에 대한 감사와 호혜성에 관한 책임감이 한데 엮여 있었다. 주의를 기울이고, 준비하고, 인내심을 발휘하고, 처음부터 제대로 하는 것이다. 기술과 가치가 어찌나 밀접하게 얽혀 있었던지 불 피우기는 우리에게 어떤 미덕의 상징이 되었다. 우리는 야영지를 떠날 때마다 항상 다음 사람을 위해 장작더미를 남겨 두었다.

> **불이 선물이 될 수 있는 방법은 무엇일까?**

성냥 한 개비로 불을 피우는 방법을 터득하자 다음에는 빗속에서도 불을 피울 수 있게 되었고, 눈 속에서도 불을 피울 수 있게 되었다. 적절한 재료를 신중하게 모으고 공기와 나무의 방식을 존중하면 언제든 불을 피울 수 있다. 주머니에 넣고 다닐 수 있는 놀라운 선물이자 막중한 책임감이었다.

불의 사람들

불 피우기는 우리를 선조와 이어 주는 중요한 연결 고리다. 포타와토미족, 더 정확하게는 보드웨와드미족Bodwewadmi은 '불의 사람들'이라는 뜻이다. 불을 피우는 기술은 우리에게는 나눠야 할 선물이었고 따라서 이를 습득하는 일은 당연해 보였다. 나는 불을 이해하기 위해서는 성냥 없이 활과 송곳만으로 불 피우는 기술을 터득해야 한다는 생각이 들었다. 두 개의 막대기를 비벼 마찰열을 이용해 불을 일으키는 방법이다.

웨웨네wewene라고 스스로 말한다. 좋은 시간에, 좋은 방법으로. 지름길은 없다. 올바른 방식으로 전개되어야 한다. 잘 알고 있다. 당장 불을 피우는 게 급해도 조급함을 삼키고 호흡을 안정시켜야 한다. 에너지를 좌절감이 아니라 불로 보내야 하니까. 힘 사이의 균형

활과 송곳은 마찰과 압력을 통해 불을 일으킨다.

힘 사이의 균형과
완벽한 호혜성이 만들어질 때까지
몇 번이고 도전과 실패를
반복해야 할 수도 있다.

과 완벽한 호혜성이 만들어질 때까지 몇 번이고 도전과 실패를 반복해야 할 수도 있다.

아버지는 손자 손녀에게도 성냥개비 하나로 불 피우는 법을 가르쳐 주었다. 여든셋이라는 나이에도 아버지는 원주민 청소년 과학 캠프에서 불 피우기를 가르치고 있다. 어느 날 아버지가 불 가 그루터기에 앉아서 아이들에게 묻는다.

"불에는 네 가지 종류가 있다는 거 아니?"

활엽수와 침엽수의 차이를 설명하시려니 예상해 보았지만 당신이 염두에 두고 있는 말은 그게 아니다.

"첫 번째는 너희가 만든 이 모닥불이야. 음식을 만들 수도 있고 곁에서 몸을 녹일 수도 있지. 둘러앉아 노래를 부르기에도 좋고, 코요테를 쫓을 수도 있어."

"마시멜로도 구울 수 있어요!"

아이들 중 하나가 외친다.

"맞아. 감자도 굽고 배넉오트밀이나 보릿가루를 개서 팬에 구워 만드는 둥근 빵_옮긴이도 만들지. 모닥불에서 만들지 못하는 음식은 거의 없어. 그럼 다른 종류의 불에는 뭐가 있을까?"

"산불이요?"

한 학생이 망설이며 대답한다.

아버지가 말한다.

"맞았어. 번개에 의해 발화된 산불을 천둥새Thunderbird의 불이라고 하지. 때로는 비에 의해 저절로 꺼지기도 하지만 가끔은 대형 산불로 번지기도 해. 엄청나게 뜨거워서 반경 수 킬로미터 이내의 모든 것을 집어삼키지. 그런 불을 좋아하는 사람은 아무도 없어. 하지만 우리 부족은 적절한 장소와 시기에 작은 불을 놓는 법을 배웠단다. 그런 불은 피해를 입히기보다는 오히려 도움이 되거든. 땅을 돌보기 위해 일부러 놓는 불이야. 블루베리를 자라게 하거나 사슴을 위한 초원을 만드는 거지."

아버지는 자작나무 껍질을 들어 보이며 말을 계속 이어 간다.

"불을 피울 때 사용한 자작나무 껍질을 보렴. 어린 종이백자작나무 paper birch는 불이 난 뒤에만 자랄 수 있어. 그래서 우리 선조들은 자작나무가 자랄 자리를 만들기 위해 숲에 불을 놓았지. 불은 많은 동물과 식물을 돕는단다. 조물주께서 사람에게 불쏘시개를 주신 이유도 그 때문이야. 땅에 좋은 것들을 가져다주라는 뜻이지. 사람들이 자연을 위해서 할 수 있는 최선은 그저 멀찍이 떨어져서 내버려 두는 것이라고들 하지. 그게 절대적으로 옳은 장소도 있고 우리 부족도 그걸 존중해 왔어."

우리 부족은 불을 이용해서
아름답고 생산적인 것을
만들 책임을 부여받았어.
그게 바로 우리의 예술이자
과학이었단다.

아버지는 아이들을 바라보며 이어 말했다.

"하지만 우리는 땅을 보살필 책임을 부여받았어. 사람들은 그게 참
여를 의미한다는 사실을 잊어버렸지. 자연 세계는 우리가 행하는 좋은
일에 의존하고 있어. 울타리를 치고 그저 내버려 두기만 해서는 사랑
과 관심을 보여 줄 수 없어. 참여해야 해. 세상의 안녕에 기여해야 해.
땅은 우리에게 너무나 많은 선물을 주지. 불은 우리가 그 선물에 보답
하는 방법이야. 현대 사회는 불이 파괴적이라고만 생각하고 있어. 잊
어버렸거나 아니면 아예 모르는 거지. 옛날 사람들은 불을 창조적 힘
으로 사용했다는 사실을. 불쏘시개는 풍경을 그리는 붓과도 같았어.
여기를 칠하면 엘크를 위한 푸른 초원이 되었고, 저기를 칠하면 덤불
이 불타 없어져서 참나무가 도토리를 더 많이 맺을 수 있었지. 캐노피
아래를 톡톡 두드리면 두께가 얇아져 큰불이 나는 것을 예방할 수 있

312

었어. 개울가를 칠하면 이듬해 봄에는 노란버드나무yellow willows가 무성하게 자랐지. 풀이 무성한 초원에 물감을 칠하면 카마스Camas, 북미 서부산 애기백합의 보랏빛으로 물들었어. 블루베리를 키우려면 수년간 물감을 칠하고 말리기를 반복해야 해. 우리 부족은 불을 이용해서 아름답고 생산적인 것을 만들 책임을 부여받았어. 그게 바로 우리의 예술이자 과학이었단다."

슈키타겐

원주민의 불을 놓는 방식으로 유지되는 자작나무 숲은 선물 창고와도 같다. 카누를 만들 나무껍질, 위그윔이나 연장 또는 바구니를 만들 잎집, 글을 쓸 수 있는 속껍질, 불을 피울 부싯깃 등 선물이 끝도 없이 나온다. 하지만 이렇게 눈에 보이는 선물이 전부가 아니다. 종이백자작나무와 노란자작나무yellow birch는 자작나무시루뻔버섯Inonotus obliquus이라는 균류의 숙주인데 이 균류는 껍질을 뚫고 나와 혹처럼 자란다. 이 혹은 자실체子實體로 검은 종양처럼 생겼으며 크기는 소프트볼만 하다. 표면은 거칠고 갈라져 있으며 불에 탄 듯 검은 재 같은 물질이 묻어 있다. 시베리아 자작나무 숲에서는 차가버섯chaga으로 알려진 이 버섯은 귀한 전통

차가버섯은 자작나무 몸통 옆구리에서 자란다.

약재다. 우리 부족은 이를 슈키타겐이라고 부른다.

슈키타겐의 검은 혹을 찾아 나무에서 떼어 내는 일은 쉽지 않다. 하지만 일단 잘라서 벌리면 황금빛과 청동빛의 줄무늬가 화려한 광채를 내뿜는다. 가는 실과 공기로 가득한 구멍으로 이루어진 해면 같은 조직으로 이루어져 있고 질감은 나무와 비슷하다. 슈키타겐은 부싯깃의 균류이자 불의 수호자이며 '불의 사람들'의 좋은 친구다. 불씨가 슈키타겐을 만나면 꺼지지 않고 균류 매트릭스 안에서 천천히 타면서 열을 유지한다. 아주 작은 불씨라도 슈키타겐 덩어리에 떨어지면 돌봄과 보호를 받는다. 하지만 숲이 벌목되고 산불이 진압되면서 불에 탄 땅에 의존하는 종들이 위험에 처하고 있다. 슈키타겐을 찾기가 점점 어려워지는 것이다.

성스러운 불

아버지는 불에 장작을 던져 넣으며 학생들에게 묻는다.

"다른 종류의 불은 또 뭐가 있을까?"

타이오도레케가 정답을 안다.

"의식에 사용하는 성스러운 불이요."

아버지가 말한다.

"그렇지. 기도를 올릴 때나 치유할 때도 쓰이고, 땀 오두막sweat lodge, 돔 형태의 오두막으로 북아메리카 원주민들이 땀을 흘리는 정화 의식을 행하는 장소_옮긴이에도 쓰이는 불이지. 그 불은 우리의 생명과 정신, 태초부터 이어져 온 영적인 가르침을 상징한단다. 성스러운 불인 만큼 그 불을 돌보는 특별한 수호자가 있어. 그런 불은 자주 접할 수 없지만 너희들이 매일 돌봐야 하는 불이 있단다. 가장 돌보기 힘든 불이기도 한데, 바로 여기 있지."

아버지는 손가락으로 자신의 가슴을 두드리며 말한다.

"너희 자신의 불, 너희의 영혼이야. 우리 모두는 내면에 성스러운 불을 하나씩 지니고 있단다. 이 불을 존중하고 보살펴야 해. 너희가 바로 불의 수호자니까."

우리 모두는 내면에
성스러운 불을 하나씩 지니고 있단다.
이 불을 존중하고 보살펴야 해.
너희가 바로 불의 수호자니까.

아버지가 다시 상기시킨다.

"모든 종류의 불에 대한 책임이 너희에게 있다는 점을 잊어선 안 돼. 그게 바로 우리, 특히 남자의 일이야. 우리 방식으로 하자면 남자와 여자 사이에는 균형이 필요해. 남자에게는 불을 돌봐야 할 책임이 있고, 여자에게는 물을 돌봐야 할 책임이 있어. 이 두 힘이 서로 균형을 유지해야 하는 거야. 우리가 살아가기 위해서는 두 힘이 다 필요하단다. 이제 불에 대해 결코 잊지 말아야 할 점을 알려 주마."

아버지가 아이들 앞에 서 있는데, 첫 번째 가르침이 내 귓가에 들려오는 듯하다. 나나보조가 자신의 아버지에게서 받았던 불에 대한 가르침, 우리 아버지가 오늘 전하고 있는 바로 그 가르침이다.

"불에는 양면성이 있다는 사실을 항상 기억해야 한다. 둘 다 매우 강력하지. 하나는 창조의 힘이야. 불은 집에서나 제의에서처럼 선한 목적에 쓰일 수 있어. 너희 심장의 불도 선한 힘이지. 하지만 바로 그 힘이 파괴에 쓰일 수도 있단다."

아버지는 잠시 멈추었다가 다시 말을 이어 간다.

"불은 땅에 이로움을 가져다줄 수도 있지만 땅을 파괴할 수도 있어. 너희 가슴의 불도 나쁜 일에 쓰일 수 있지. 인간은 불이 가진 이 힘의 양면성을 언제나 이해하고 존중해야 해. 조심하지 않으면 인간은 창조된 모든 것을 파괴할 수도 있단다. 우리는 균형을 유지해야 해."

일곱 번째 불의 예언

아니시나베족에게 불은 그들이 살아온 장소와 그곳을 둘러싼 사건과 가르침을 의미하기도 한다. 아니시나베 지식 수호자는 바다 건너에서 온 사람들인 자가나슈zaaganaash가 오기도 훨씬 전인 부족의 첫 기원에 대한 이야기를 간직하고 있다. 그들은 그 뒤의 이야기도 전하고 있다. 우리의 역사는 필연적으로 우리의 미래와 엮여 있기 때문이다. 이 이야기는 일곱 번째 불의 예언으로 불리며 에디 벤튼-바나이를 비롯한 연장자들에 의해 널리 알려졌다.

첫 번째 불의 시대에 아니시나베 사람들은 대서양 연안에 있는 새벽의 땅에 살았다. 그들은 강력한 영적 가르침을 받았고 사람과 땅의 유익을 위해 그 가르침을 따라야 했다. 한 예언자가 아니시나베족이 서쪽으로 이주해야 하며 그렇게 하지 않으면 다가올 변화로 인해 멸망할 것이라고 말했다. '물에서 식량이 자라는 곳'을 찾아야 하며 그곳에서 안전한 새

> **지식 수호자:** 연장자 또는 지식 보유자로부터 배운 전통 지식, 의례, 가르침, 이야기, 노래 등을 보유하고 계승한다. 이들은 이러한 선물을 돌보는 방법뿐만 아니라 다른 사람과 공유해야 할 때와 공유하지 말아야 할 때를 알고 있다.

보금자리를 마련할 수 있을 것이라고 했다. 지도자들은 예언에 따라 부족을 이끌고 세인트로렌스 강을 따라 서쪽으로, 지금의 몬트리올 근처 내륙으로 이주했다. 이주하는 동안 슈키타겐 그릇에 담아 보관했던 불씨를 그곳에서 되살렸다.

그런데 부족 사이에서 새로운 스승이 등장했고 그는 서쪽으로 더 멀리 가서 아주 큰 호수 기슭에 천막을 치라고 조언했다. 부족은 예언을 믿고 따라갔고 지금의 디트로이트 근처 휴런 호수 기슭에 천막을 치면서 두 번째 불의 시대가 시작되었다. 하지만 곧 아니시나베족은 오지브와족, 오다와족, 포타와토미족 등 세 그룹으로 나뉘어 각기 다른 경로를 따라 이동하여 오대호 주변에서 보금자리를 찾았다. 예언대로 이 부족들은 몇 세대 뒤 매니툴린 섬에서 재회했다. 이렇게 결성된 '세 불의 연맹Three Fires Confederacy'은 오늘날까지 이어지고 있다.

세 번째 불의 시대에 아니시나베족은 예언에서 말한 '물에서 식량이 자라는 곳'을 발견하고 야생 쌀의 땅에 새로운 보금자리를 마련했다. 사람들은 단풍나무와 자작나무, 철갑상어와 비

> **세 불의 연맹은 현재 어떻게 활동하고 있나요?**

317

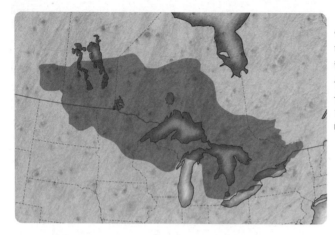

이 지도는 아니시나베 선조의 땅의 대략적인 위치를 보여준다.
출처: 네이티브 랜드 디지털Native Lands Digital

버, 독수리와 아비새의 보호를 받으며 오랫동안 잘 살았다. 그들은 영적 가르침의 인도 아래에서 강성했고, 인간이 아닌 친척들의 품에서 함께 번영했다.

네 번째 불의 시대에는 다른 민족의 역사가 우리 것과 한데 엮였다. 부족 가운데서 두 명의 예언자가 나와 흰 피부의 사람들이 동쪽에서 배를 타고 올 것이라고 예언했지만 그 뒤의 일에 대해서는 두 사람의 비전이 달랐다. 미래가 분명할 수 없기에 길은 뚜렷하지 않았다. 첫 번째 예언자는 바다 건너에서 온 사람들인 자가나슈와 형제가 될 수 있다면 그들이 위대한 지식을 가져올 것이라고 했다. 이것을 아니시나베의 지식과 결합시키면 새로운 위대한 국가가 탄생하리라고 예언했다. 하지만 두 번째 예언자는 경고를 보냈다. 그는 형제애의 얼굴처럼 보이는 것이 실은 죽음의 얼굴일 수 있다고 말했다. 이 새로운 사람들이 형제애를 가지고 올 수도 있지만 우리 땅의 풍요를 빼앗으려는 탐욕을 품고 올 수도 있다는 예언이다. 어느 얼굴이 진짜인지 어떻게 알 수 있을까? 예언에 의하면 물이 오염되어 물고기가 중독된다면 그들이 어떤 얼굴을 하고 있는지 알 수 있을 것이라고 했다. 결국 자가나슈는 그들의 행동으로 인해 치목만chimokman, 즉 긴 칼을 가진 사람들로 알려지게 되었다.

예언은 결국 역사가 되었다. 예언자들은 검은 옷과 검은 책을 가지고 와서 기쁨과 구원을 약속하는 사람들을 조심하라고 경고했다. 자신의 성스러운 길을 거스르고 이 검은 옷의 길을 따라가면 여러 세대에 걸쳐 고통받게 될 것이라고 말했다. 실제로 다섯 번째 불의 시대에는 우리의 영적 가르침이 사장되면서 부족의 연결 고리가 거의 끊어질 뻔했다. 사람들은 고향으로부터 그리고 서로에게서 떨어져 보호 구역으로 강제로 이주당했다. 아이들은 부모에게서 억지로 격리되어 기숙 학교로 보내져 자가나슈의 방식을 배워야 했다. 전통 종교 활동이 법으로 금지된 탓에 옛 세계관은 거의 소멸되다시피 했다.

토착 언어의 사용이 금지되면서 앎의 우주가 한 세대 만에 사라져 버렸다. 땅은 조각났고, 부족은 뿔뿔이 흩어졌으며, 옛 방식은 바람에 흩어져 사라져 갔다. 심지어 식물과 동물조차 우리를 외면하기 시작했다. 예언에 의하면 아이들은 연장자에게 등을 돌리고 사람들은 갈 길과 삶의 목적을 잃을 것이었다. 예언자들은 여섯 번째 불의 시대에 '생명의 잔이 슬픔의 잔으로 바뀔 것'이라고 말했다. 그러나 이 모든 시련 뒤에도 꺼지지 않는 불씨가 남아 있었다. 아주 오래전, 첫 번째 불의 시대에 사람들은 영적인 삶이 그들을 강성하게 하리라는 말을 들었다.

그들은 눈동자에 낯설고 아득한 빛을 띤 예언자가 나타났다고 말한다. 그 청년은 일곱 번째 불의 시대에 성스러운 목적을 가진 새로운 부족이 등장할 것이라는 메시지를 사람들에게 전했다. 쉽지 않은 일이 될 것이었다. 그들은 기로에 서 있었기에 강인하고 단호해야 했다.

조상들은 멀리서 깜빡이는 불빛을 통해 그들을 바라보았다. 이 시기에 젊은이는 다시 연장자에게 가르침을 구하지만 대부분 아무것도 줄게 없음을 알게 된다.

일곱 번째 불의 사람들은 아직 앞으로 나아가지 않는다. 그들의 성스러운 목적은 조상들이 걸어온 길을 되짚어 보고 그 길을 따라 흩어져 있는 모든 조각을 다시 모으는 것이다. 땅의 조각들, 언어의 넝마들, 흩어져 버린 노래와 이야기, 그 성스러운 가르침까지 그 길 위에 떨어져 있는 모든 것을.

연장자들은 우리가 일곱 번째 불의 시대에 살고 있다고 말한다. 우리가 바로 조상들이 말한 바로 그 사람들인 것이다. 흩어져 버린 것을 다시 모아 성스러운 불꽃을 되살리고 부족의 재탄생을 알릴 사람들.

인디언 거주지 전역에서 부흥의 움직임이 일어나고 있다. 제의에 생명을 불어넣고, 언어를 재교육하기 위해 교사를 모으고, 오래된 종자를 심고, 토착 경관을 복원하고, 젊은이들을 다시 이 땅으로 불러들이는 용감한 사람들의 헌신적인 노력으로 언어와 문화가 되살아나고 있다. 일곱 번째 불의 사람들은 우리 가운데서 걷고 있다. 그들은 본래의 가르침을 불쏘시개 삼아 사람들의 건강을 회복시켜서 다시 꽃을 피우고 열매를 맺을 수 있도록 돕고 있다.

일곱 번째 불의 예언은 우리에게 다가올 시대에 대한 두 번째 비전을 제시한다. 그에 따르면 대지의 모든 사람이 앞길이 갈라진 모습을 보게 될 것이다. 그들은 미래로 가는 길 위에서 선택을 해야 한다.

우리는 실제로 기로에 놓여 있다. 과학적 증거는 기후 변화의 티핑

포인트예상하지 못한 일이 한꺼번에 몰아닥치는 극적인 변화의 순간—옮긴이, 즉 화석 연료의 종말과 자원의 고갈이 목전에 다가왔음을 보여 주고 있다. 생태학자들은 우리가 만들어 낸 생활 양식을 유지하려면 일곱 개의 지구가 필요하다고 추산한다. 그런데도 균형과 정의, 평화가 결여된 이러한 생활 방식은 우리에게 만족을 가져다주지 못했다. 멸종이라는 거대한 물결이 인간이 아닌 우리의 친척들을 집어삼켰다. 우리가 인정하든 인정하지 않든 우리는 선택의 기로에 놓여 있다. 갈림길에 들어선 것이다.

나는 예언도, 그 예언과 역사의 관계도 완전히 이해하지는 못한다. 하지만 비유가 과학 데이터보다 훨씬 큰 진실을 말하는 방법이라는 사실은 안다. 눈을 감고 연장자들이 예견한 갈림길을 상상하면 머릿속에서 마치 영화의 장면이 펼쳐진다.

갈림길은 언덕 꼭대기에 있다. 왼쪽 길은 부드럽고 푸르고 방울방울 맺힌 이슬로 반짝인다. 맨발로 걷고 싶은 길이다. 오른쪽 길은 평범한 포장도로다. 처음에는 믿을 수 없을 만큼 매끈하게 보이지만 이내 까마득한 아래로 떨어져 끝이 보이지 않는다. 지평선 바로 너머는 열기로 휘어지고 부서져 날카로운 이빨을 드러낸다.

언덕 아래 골짜기에서 일곱 번째 불의 사람들이 모든 것을 모아서 갈림길을 향해 걸어가는 모습이 보인다. 그들은 세계관을 변화시킬 귀중한 씨앗 보따리를 들고 있다. 고대의 유토피아로 돌아가기 위해서가 아니라 미래로 나아갈 수 있게 할 도구를 찾기 위해서다. 사람들이 잊어버린 지식은 대지가 기억할 것이다. 우리는 귀를 기울이고 기꺼이 배울 겸손과 능력을 갖춰야 한다. 이 길에는 전 세계의 모든 사람이 함께한다. 빨강, 흰색, 검은색, 노란색의 '치유의 바퀴medicine wheel, 성스러운

고리라고도 불리는 아메리카 원주민의 의식의 도구로서 건강과 치유의 의미가 있다_옮긴이' 안에 있
는 그들은 자기 앞에 놓인 선택을 이해하고, 존중과 호혜성의 이상과
인간을 넘어선 세계와 연결된 동료애를 공유한다. 남자는 불로, 여자

유토피아: 모든 것과 모든 사람이 완벽해 보이는 상상 속 장소 또는 시간.

는 물로 균형을 되찾고 세상을 새롭게 한다.
친구이자 동지인 그들은 모두 발을 맞춰 긴
대열을 이루며 맨발의 길을 향해 발걸음을
옮긴다. 슈키타겐 랜턴을 들고 길을 밝히며.

우리 인간은 혼자가 아니다. 그 모든 여정에서 인간이 아닌 사람들
이 도움을 준다. 그리고 그들도 살고 싶어 한다.

하지만 당연하게도 그 풍경 속에는 또 다른 길이 보인다. 요란한 엔
진 굉음을 내며 앞을 향해 질주하는 차량들이 토해 내는 먼지가 보인
다. 무턱대고 질주하느라 누굴 칠 뻔하는지도, 얼마나 멋진 초록 세상
이 옆에 펼쳐져 있는지도 보지 못한다. 누가 갈림길에 먼저 도착할까?
누가 우리 모두를 위한 선택을 할까?

베링해의 수면 상승으로 통째로 수장되는 알래스카 마을은 어떻게
될까? 논밭이 물에 잠기는 캐나다 농부는? 페르시아만에서 불타는 석
유는? 수온이 올라가 사라지는 산호초와 아마존의 산불. 러시아의 얼
어붙은 타이가유라시아 북부 극지방의 침엽수림_옮긴이 대화재는 1만 년 동안 저장
된 탄소를 뿜어내는 지옥의 불구덩이다. 어디를 둘러보아도 잿더미가
된 불길이 보인다. 이것이 일곱 번째 불이 아니길. 우리가 이미 갈림길
을 지나친 것이 아니길 기도한다.

일곱 번째 불의 사람이 되어 조상의 길을 되밟아 남겨진 것을 줍는
일은 어떤 의미를 지닐까? 무엇을 되찾아야 하고 무엇이 위험한 쓰레

기인지 어떻게 알 수 있을까? 살아 있는 대지를 위한 진정한 치료제는 무엇이고 거짓된 마약은 무엇일까? 우리 중 누구도 모든 것을 다 알아볼 수는 없다. 우리에게는 서로가 필요하다. 노래와 말과 이야기와 도구, 그리고 제의를 우리의 보따리에 담기 위해 서로가 필요하다. 우리 자신을 위해서가 아니라 앞으로 태어날 아이들과 우리의 모든 관계를 위해서. 집단으로서 우리는 과거의 지혜를 모아 미래에 대한 비전, 즉 상호 번영으로 빚은 세계관을 함께 만들어 간다.

우리의 영적 지도자들은 이 예언을 선택으로 해석한다. 한쪽은 땅과 사람을 위협하는 물질주의로 이르는 죽음의 길이고, 다른 쪽은 지혜, 존중, 호혜성으로 이어지는 부드러운 길이다. 예언에 따르면 사람들이 녹색 길을 선택하면 모든 인종이 함께 나아가 마지막이자 여덟 번째

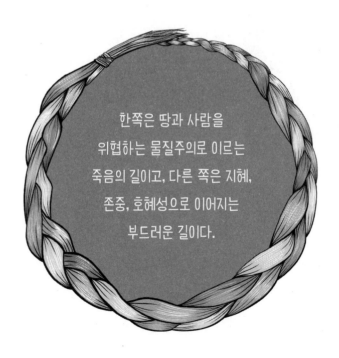

한쪽은 땅과 사람을
위협하는 물질주의로 이르는
죽음의 길이고, 다른 쪽은 지혜,
존중, 호혜성으로 이어지는
부드러운 길이다.

평화와 형제애의 불을 밝히고 오래전에 예언된 위대한 국가를 건설하게 될 것이라고 한다.

여덟 번째 불

여덟 번째 불을 밝히려면 무엇이 필요할까? 손으로 불을 피우는 행위에 지금 우리에게 도움이 될 교훈이 있을지도 모른다. 대지는 불을 피울 재료와 열역학 법칙을 제공한다. 인간은 노력, 지식, 불의 힘을 좋은 곳에 쓸 수 있는 지혜를 발휘해야 한다. 우리는 불을 피우려면 불꽃을 키울 부싯깃과 생각과 실천을 먼저 준비해야 함을 알고 있다. 불꽃 자체는 신비의 영역이지만.

> **열역학 법칙이란 무엇이며, 이 법칙이 불을 피우는 데나 인류의 안녕에 있어 왜 중요할까요?**

활비비로 불을 피우려고 애쓰는 행동은 지식, 몸, 마음, 영혼이 조화를 이루는 법을 찾아 호혜성을 성취하려는 노력이다. 인간의 선물을 활용하여 대지에게 선물을 만들어 주려는 도전이기도 하다. 도구가 부족해서가 아니다. 필요한 것은 다 갖추어져 있다. 그런데 뭔가가 빠졌다. 나에게는 없다. 일곱 번째 불의 가르침이 들려온다. 걸어온 길을 되돌아가 길가에 버려져 있는 조각들을 모은다.

지혜가 살아 있는 숲속으로 돌아가 겸손하게 도움을 청한다. 슈키타겐이 간직하고 있는 불씨에 수많은 것이 달려 있다. 꺼지지 않는 불씨를 간직한 불의 수호자, 슈키타겐.

인생의 길을 걸어갈 때, 그 안에 불꽃을 품고 있는 존재, 슈키타겐을 찾는 일은 중요하다. 우리는 길 위에서 불을 피우는 존재와 불을 지키는 존재를 발견하게 된다. 감사와 겸손으로 그들을 맞이하라. 그들은 어떤 시련에도 굴하지 않고 불씨를 운반하며 누군가 생명의 숨을 불어넣어 주길 기다려 왔으니.

숲의 슈키타겐과 영혼의 슈키타겐을 찾을 때는 열린 눈과 열린 마음을 달라고 기도해야 한다. 인간을 넘어선 우리의 친족을 포용할 수 있는 열린 가슴을, 우리의 것이 아닌 지혜를 기꺼이 받아들일 여유를 달라고 기도해야 한다. 우리는 선한 초록 대지가 너그럽게 이 선물을 베풀 것이라고 믿어야 하고 사람들이 이에 보답할 것이라고 믿어야 한다.

여덟 번째 불이 어떻게 피어오를지는 모르겠다. 하지만 우리 각자가 불꽃을 키울 부싯깃을 모을 수 있다는 사실은 안다. 불이 우리에게 전

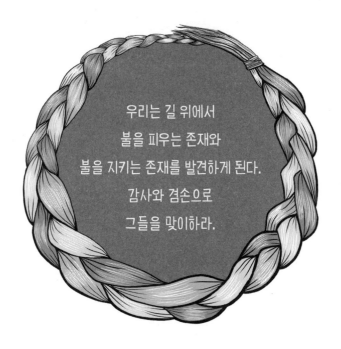

우리는 길 위에서
불을 피우는 존재와
불을 지키는 존재를 발견하게 된다.
감사와 겸손으로
그들을 맞이하라.

해졌듯이 우리가 불을 전하는 슈키타겐이 될 수 있다. 이 불을 피워 올리는 행위는 거룩한 일이 아닐까? 수많은 것이 이 불씨에 달려 있지 않은가.

우리가 어떻게 슈키타겐이 될 수 있을까요?
앞으로 나아가는 길을 밝히는 데
어떤 도움을 줄 수 있을까요?

윈디고 물리치기

봄이면 풀밭을 가로질러 나의 약초 숲으로 향한다. 식물들이 풍성한 선물을 아낌없이 내어 주는 곳. 행위가 아니라 보살핌에 의해 내 것이 된 선물들. 나는 벌써 수십 년째 이곳에 와서 그들과 함께하고 귀를 기울이고 배우고 수집한다.

눈이 쌓여 있던 숲은 이제 흰연령초white trillium가 뒤덮고 있지만 여전히 춥다. 빛이 왠지 다르게 느껴진다. 지난겨울 눈보라 속에서 정체 모를 발자국이 내 뒤를 따랐던 그 능선을 가로지른다. 그 발자국이 무엇을 의미하는지 알았어야 했다. 발자국이 있던 자리에는 이제 들판을 가로지르는 트럭의 깊은 바큇자국만 남아 있다. 꽃은 기억 너머에서도 그랬듯 여전히 그 자리에 있지만 나무는 사라졌다.

이웃이 겨우내 벌목기를 들여놓았다. 섬기는 수확의 방법은 여러 가지가 있지만 그는 다른 방법을 택했다. 제재소에서 받아 주지 않는 병든 너도밤나무와 오래된 솔송나무 몇 그루만 덩그러니 남았다. 연령초, 혈근초, 얼레지, 생강, 야생 부추가 봄햇살 속에서 미소 짓고 있다. 하지만 나무 없는 숲에 여름이 찾아오면 모두 타서 없어질 것이다. 그들은 단풍나무가 곁에 있어 줄 거라고 믿었지만 단풍나무는 사라졌다. 그들은 나를 믿었다. 하지만 이듬해에는 이 자리에 덤불이

> 선물로 이루어진 세상이 상품으로 이루어진 세상과 공존할 수 있을까? 어떤 방식으로?

우거질 것이다. 윈디고의 발자국을 따라다니는 마늘냉이나 갈매나무 같은 침입종의 덤불이.

선물로 이루어진 세상이 상품으로 이루어진 세상과 공존할 수 없을까 봐 두렵다. 윈디고로부터 내가 사랑하는 것을 지켜 낼 힘이 없을까 봐 두렵다.

전설의 시대에 사람들은 윈디고가 너무나 무서웠던 나머지 퇴치법을 열심히 궁리했다. 현대인의 윈디고 마음이 자행하는 파괴가 걷잡을 수 없는 지경에 이른 지금, 우리를 인도할 수 있는 지혜가 우리의 옛이야기 속에 들어 있지는 않을까.

윈디고를 추방하려는 시도에 관한 많은 이야기가 있다. 이야기 속에서 사람들은 윈디고를 물에 빠뜨리고 불에 태우고 온갖 방법으로 죽이려고 시도하지만 윈디고는 언제나 돌아온다. 스노우 슈즈를 신고 눈보라를 헤치며 윈디고를 추적하는 용감한 사람들의 이야기는 끝도 없이 이어지지만 저 짐승은 늘 눈보라 속으로 사라진다.

어떤 사람들은 탐욕과 성장과 탄소의 부정한 결합으로 세상이 뜨거워지면 윈디고의 얼음으로 된 심장이 녹아 버릴 테니 아무것도 할 필요가 없다고 말하기도 한다. 기후 변화는 대가를 지불하지 않고 끊임없이 취하기만 하는 경제 시스템을 여지없이 붕괴시킬 것이다. 하지만 윈디고는 죽기 전에 우리가 사랑하는 많은 것을 함께 가져갈 것이다. 우리는 기후 변화가 세상과 윈디고를 검붉은 눈 녹은 물웅덩이에 함께 처넣기를 기다릴 수도 있고, 스노우 슈즈를 신고 그 짐승을 잡으러 갈 수도 있다.

풍요의 시간

우리 이야기에 따르면 혼자 힘으로 윈디고를 이길 수 없었던 인간은 자신들의 수호자인 나나보조에게 어둠을 밝히는 빛이 되어 주기를, 윈디고의 비명에 맞서는 노래가 되어 주기를 간청했다. 바질 존스턴은 나나보조가 이끄는 전사 군단이 여러 날 동안 벌인 장대한 전투 이야기를 들려준다. 괴물의 은신처를 포위하기 위해서는 치열한 전투와 속임수와 용기가 필요했다.

이 이야기의 배경에는 내가 지금껏 들었던 윈디고 이야기와는 다른 점이 있었다. 그것은 꽃향기였다. 윈디고의 심장에는 눈도 눈보라도 없었다. 오직 얼음만 있을 뿐이었다. 나나보조는 여름에 윈디고를 사냥하기로 했다. 윈디고는 굶주림의 시간, 겨울에 가장 힘이 세다. 따뜻한 바람이 불어오면 힘이 약해진다.

우리 말로 여름은 풍요의 시간이라는 뜻을 지닌 '니빈niibin'이다. 나나보조가 윈디고를 물리쳤을 때는 니빈이었다. 풍요는 과소비라는 괴물의 기세를 꺾는 화살이자 병을 치료하는 약이다. 빈궁이 절정에 달하는 겨울에는 윈디고가 기승을 부리지만 풍요와 넉넉함이 지배하는 여름에는 굶주림이 사라지고 그와 더불어 괴물의 힘도 약해진다.

고인이 된 인류학자 마샬 살린스는 거의 아무것도 소유하지 않는 수렵 채집 민족의 원초적인 풍요로운 사회를 묘사한 에세이에서 이렇게 말했다.

'현대 자본주의 사회는 아무리 풍요로워도 희소성이라는 명제에 집착한다. 경제 수단의 부족이야 말로 세계에서 가장 부유한 국가의 첫 번째 원칙이다'

희소성은 물질적 부를 교환하고 유통하는 방식에 기인한다.

시장 체제는 생산자와 소비자 사이의 흐름을 차단함으로써 인위적으로 희소성을 만들어 낸다. 예를 들어 곡물이 창고에서 썩어 가는 동안 사람들은 곡물을 살 돈이 없어서 죽어 갈 수 있다. 그 결과 누군가는 기아에 시달리고 누군가는 부유해진다. 우리를 지탱하는 대지가 불의를 부추기기 위해 파괴되고 있다. 기업에는 인격을 부여하지만 인간 이상의 존재에게는 인격을 부정하는 경제가 바로 윈디고 경제다.

대안은 무엇일까? 그리고 어떻게 도달할 수 있을까?

그릇 하나와 숟가락 하나

확실히는 모르겠지만 나는 그 답이 '그릇 하나와 숟가락 하나'의 가르침으로 알려진 호데노쇼니족과 아니시나베족이 맺은 조약에 담겨 있다고 믿는다. 이 강력한 은유는 대지를 인간에게 필요한 모든 것이 담겨 있는 둥글고 멋진 그릇으로 생각하게 한다. 베리도 물고기도 물도 모두 이 하나의 그릇 안에 담겨 있다. 우리는 모두 같은 그릇에 담긴 음식을 먹으며 공급은 제한되어 있다. 그릇이 비어 버린다면 빈 그릇이 되는 것이다.

모두가 먹을 수 있도록 그릇을 가득 채우는 일은 우리의 책임이다. 여기서 '모두'는 사람만을 뜻하는 것이 아니다. 모든 피조물을 의미한다. 우리는 모두 같은 숟가락으로 한 그릇에 담긴 음식을 나누어 먹는다. 나는 이것이 정의에 대한 강력한 은유라고 생각한다. 어떤 개인, 가족, 국가도 타인에게 피해를 끼치거나 강제로 빼앗아서 이익을 취할 수 없다. 어떤 사람에게는 작은 티스푼을 주고 어떤 사람에게는 큰 국

> 여러분이 사는 곳에서는 과잉이라는 질병을 어떻게 바라보고 있으며, 어떤 방식으로 불의를 조장하고 있나요?

자를 쥐여 주는 법은 없다.

공유재 경제에서는 물, 땅, 숲처럼 우리의 안녕에 기본이 되는 자원을 상품화하지 않고 공유한다. 이러한 현대의 경제적 대안은 대지가 개인의 이익을 위한 사유 재산이 아니라 공유재로서 존재한다는 토착 원주민의 세계관을 강하게 반영한다. 모두의 이익을 위해 존중과 호혜성으로 돌봐야 한다는 뜻이다.

파괴적인 경제 구조에 맞서는 대안을 마련하는 일이 중요하기는 하지만 그것만으로는 충분하지 않다. 우리에게 필요한 것은 정책 변화만이 아니다. 가슴이 변화해야 한다. 희소성과 풍요는 경제의 성질일 뿐 아니라 정신과 영혼의 성질이기도 하다.

감사

우리 모두는 한때 토착 원주민이었던 사람들로부터 왔다. 우리는 살아 있는 대지와 오랜 관계를 형성했던 감사의 문화를 되찾을 수 있다. 대지와 서로의 선물을 깊이 자각하는 것이 바로 치료 약이다. 감사는 풍요의 씨앗을 심는다.

감사는 윈디고 정신병에 대한 강력한 해독제다. 감사를 실천하면 장사꾼들의 호객하는 소리가 배고픈 윈디고의 아우성으로 들리게 된다. 감사는 호혜성의 문화를 찬미한다. 이 문화 속에서 풍요란 나눌 수 있을 만큼 가진 것을 의미하고 부자는 상호 이익이 되는 관계를 많이 맺은 사람을 뜻한다.

대지가 우리에게 준 모든 것에 감사하면 우리를 쫓아다니는 윈디고에 맞설 용기가 생긴다. 탐욕스러운 사람들의 주머니를 채우기 위해 우리가 사랑하는 대지를 파괴하는 경제에 참여하기를 거부할 용기, 생명에 반하는 경제가 아니라 생명과 함께하는 경제를 요구할 용기가 생긴다.

감사는 풍요의 씨앗을 심는다.

하지만 글로 쓰기는 쉬워도 실천하기는 어렵다.

• • •

땅바닥에 주저앉아 주먹으로 땅을 치며 나의 약초 숲에 벌어진 공격을 슬퍼한다. 괴물을 어떻게 물리쳐야 할지 모르겠다. 나는 무기도 없고 나나보조를 따라 전투에 나섰던 전사 군단도 없다. 나는 딸기가 키웠다. 지금도 딸기가 내 발치에서 싹을 틔우고 있다. 이제 막 모습을 드러낸 참취와 미역취 사이에는 햇살을 받아 빛나고 있는 향모가 보인다. 그 순간 나는 혼자가 아님을 안다. 나와 같은 편인 군단에 둘러싸인 채 풀숲이 눕는다. 나는 무엇을 해야 할지 모르지만 그들은 안다. 항상 그랬듯이 세상을 떠받치는 치료 약을 내어 줄 것이다. 그들은 말한다. 우리는 윈디고 앞에서 무력하지 않다고. 우리에게 필요한 모든 것을 우리는 이미 가지고 있다고. 그렇게 우리는 공모한다.

자리에서 일어나자 나나보조가 내 옆에 나타난다. 결연한 눈빛과 장난기 어린 미소를 띤 채 그가 말한다.

"괴물을 물리치려면 괴물처럼 생각해야 해. 비슷한 것끼리 서로를 녹이는 법이니까."

그가 숲 가장자리에 있는 빽빽한 덤불을 눈으로 가리키고는 히죽히죽 웃으며 말한다.

"자기가 만든 약을 스스로 맛보게 해 줘."

그는 회색 덤불 속으로 걸어 들어간다. 그가 떠난 자리엔 웃음소리만 남았다.

갈매나무를 채취해 본 적은 한 번도 없다. 하지만 계속 따라온다. 교란된 장소마다 나타나서 금세 빈 땅을 뒤덮는 극성스러운 침입종이다. 숲을 점령하고 햇빛과 공간을 독차지하여 다른 식물을 굶주리게 한다. 갈매나무는 토양에도 독을 풀어 자신을 제외한 다른 모든 종의 성장을 방해한다.

여름 내내 나는 치유라는 대의에 헌신하는 식물 종과 함께 앉아 귀 기울여 그들의 선물을 배웠다. 감기에 좋은 차와 피부에 바르는 연고는 항상 만들어 왔지만 갈매나무를 써 보기는 처음이다. 약을 만드는 일은 가볍게 여길 수 없는 성스러운 책임이다. 우리 집 대들보에는 말리는 식물이 걸려 있고 선반에는 뿌리와 잎이 담긴 병이 가득하다. 겨울을 기다리면서.

겨울이 되자 스노우 슈즈를 신고 숲으로 간다. 가는 동안 집으로 향하는 발자국을 뚜렷하게 남겨 둔다. 우리 집 현관문에는 향모를 땋은 다발이 걸려 있다. 윤기 나는 세 가닥은 우리를 온전하게 하는 마음과 몸과 영혼의 합일을 상징한다. 윈디고에게는 이 끈이 풀려 있다. 그것이 바로 그를 파멸로 몰아넣는 질병이다. 향모 다발은 우리가 어머니 대지의 머리카락을 땋을 때를 떠올리게 한다. 우리에게 주어진 모든 것을 기억하고 그 선물에 대한 보답으로 그들을 돌볼 책임이 우리에게 있음을 기억하게 한다. 이렇게 해서 선물은 계속되고 모두가 배를 채운다. 누구도 굶주리지 않는다. 그릇 하나와 숟가락 하나.

어젯밤 우리 집은 음식과 친구로 가득했다. 웃음소리와 불빛이 눈밭 위로 번져 나갔다. 그가 굶주린 눈빛으로 쳐다보며 지나가는 모습을 창밖으로 본 것 같다. 오늘 밤은 나 혼자이고 바람이 거세다. 내가 가진 가장 큰 냄비인 주물 주전자를 난로에 올리고 물을 끓인다. 말린 베리를 한 줌 넣는다. 또 한 줌. 베리가 시럽처럼 녹아 검푸르고 먹빛이 도는 액체가 된다. 나나보조의 조언을 되새기며 기도를 올리고 나머지 베리를 전부 주전자에 넣는다.

두 번째 냄비에 가장 순수한 샘물 한 주전자를 붓고 병 하나에서 꽃잎을 한 꼬집, 다른 병에서 나무껍질 조각을 한 자밤 꺼내 뿌린다. 긴 뿌리 하나, 잎 한 줌, 베리 한 숟가락을 추가하니 황금색 차가 장밋빛 분홍색으로 물든다. 모두 용도에 맞도록 신중하게 고른 재료들이다. 차가 끓는 동안 불 옆에 앉아 기다린다.

눈이 쐭 소리를 내며 창문에 부딪치고 바람은 나무 사이에서 신음한다. 그가 왔다. 예상대로 집으로 향하는 내 발자국을 따라왔다. 주머니에 향모를 넣고 숨을 깊게 들이쉰 뒤 문을 연다. 두렵지만 이렇게 하지 않으면 일어날 일이 더 두렵다.

그가 내게 그림자를 드리운다. 허옇게 서리가 앉은 얼굴 가운데 시뻘건 눈이 불타는 듯 이글거린다. 그가 누런 송곳니를 드러내며 앙상한 손을 내게로 뻗는다. 나는 떨리는 손으로 그의 피투성이 손에 뜨거운 갈매나무 차 한 잔을 내민다. 그는 단숨에 마시고는 더 달라고 울부짖기 시작한다. 공허의 고통에 사로잡힌 그는 항상 더 많은 것을 원한다. 그는 나에게서 무쇠 주전자를 낚아채더니 아예 주전자째로 벌컥벌컥 마신다. 시럽이 턱에서 얼어붙어 검은 고드름이 뚝뚝 떨어진다. 빈 주전자를 내팽개치고 다시 내 쪽으로 손을 뻗지만 손가락이 내 목을 감싸기도 전에 돌아서서 비틀거리며 눈밭으로 나간다.

그가 격렬한 방귀를 뀌며 엎드려 있는 모습이 보인다. 그의 썩은 듯한 입 냄새에 대변의 악취까지 뒤섞인다. 갈매나무가 그의 장을 느슨하게 한 것이다. 소량의 갈매나무는 완하제[변비 치료 약—옮긴이]이지만 주전자째 들이키면 구토를 유발한다. 그게 바

335

로 윈디고의 본성이다. 마지막 한 방울까지 남기지 않는 것. 그는 동전과 석탄, 우리 숲에서 나온 톱밥 덩어리, 역청 사암 덩어리, 새의 작은 뼈 등을 끝도 없이 토해낸다. 솔베이 폐기물을 뱉어 내고 기름띠를 쏟아 낸다. 다 토해 내고도 계속 배를 들썩이지만 나오는 것은 고독의 묽은 액체뿐이다.

그가 기진맥진한 채 눈 속에 쓰러진다. 악취가 나는 시체이지만 새로 얻은 공허함을 채우려는 허기가 올라오면 여전히 위험하다. 나는 집으로 달려가 두 번째 냄비를 가져와 그의 옆에 내려놓는다. 그가 눈을 부릅뜨며 노려보지만 배에서는 꼬르륵 소

"여인은 마치 단풍나무 씨앗처럼,
가을바람에 실려 빙글빙글 돌면서 떨어졌어요."

리가 들린다. 컵을 그의 입가에 내민다. 그는 차가 독이라도 되는 듯 고개를 홱 돌린다. 나는 그를 안심시키기 위해 한 모금 마신다. 그에게만 필요한 것이 아니니까. 약이 내 곁에서 힘을 보태 주는 게 느껴진다. 그러자 그가 황금빛 분홍색 차를 한 모금씩 마신다. 버드나무 차는 갈망의 열기를 가라앉히고 딸기 차는 심장을 치유한다. 영양이 풍부한 세 자매의 죽에 야생 부추를 곁들여 약효가 혈류에 스며들게 한다. 스트로브잣나무는 합일을, 피칸은 정의를, 가문비나무 뿌리는 겸손을 내어 준다. 위치헤이즐의 온정, 삼나무의 존중, 은종나무의 축복을 달여서 단풍나무의 감사로 단맛을 더했다. 선물을 알기 전에는 호혜성을 알 수 없다. 그 힘 앞에서 윈디고는 무력하다.

그가 고개를 떨군다. 컵은 여전히 가득 차 있다. 그가 눈을 감는다. 약이 하나 더 남았다. 나는 더는 두렵지 않다. 그의 옆에 새로 푸르러지는 풀밭에 앉는다. 얼음이 녹는 것을 보며 내가 말한다.

"들려주고 싶은 얘기가 있어요. 여인은 마치 단풍나무 씨앗처럼, 가을바람에 실려 빙글빙글 돌면서 떨어졌어요."

저자의 말

원주민의 지혜와 과학을 융합하는
경이로운 이야기

나는 《향모를 땋으며Braiding Sweetgrass》를 조금은 더 순수해 보이는 시기에 쓰기 시작했다. 전 세계를 휩쓴 팬데믹과 그로 인한 격변이 일어나기 전이었다. 기후 변화나 땅과 모든 생명체를 위한 정의에 대한 리더십의 역할을 낙관적으로 바라보던 시절이다.

나는 토착 원주민 사회의 갈망에 응답하기 위해 이 책을 썼다. 우리의 철학과 관행이 삶의 길로 다시 돌아가기 위한 지침으로 인정받기를 바라는 갈망이다. 빼앗긴 땅에서 불의에 둘러싸인 채 살아가는 식민지 개척자들이 소속감과 공동 책임의 길을 찾으려는 갈망이다. 짓밟힌 땅이 다시 사랑받고 존중받기를 원하는 갈망이며, 캐나다두루미와 숲지빠귀와 야생 붓꽃의 살고자 하는 갈망이다.

나는 사람과 식물이 전해 준 아니시나베 가르침에 대한 호혜의 마음으로 글을 썼다. 우리 조상들이 이 가르침을 굳게 지킨 이유는 정착민들이 말살하려 했던 이 세계관이 언젠가는 모든 존재에게 필요할 것이기 때문이었다고 들었다. 기후 혼돈과 단절, 불명예의 일곱 번째 불이 일어난 지금이 바로 그때인 것 같다.

가르침을 공유하고 싶은 충동뿐 아니라 보호해야 할 의무도 있다. 토착 지식은 너무 자주 도용되고 전유되어 왔다. 지식의 선물은 그 지식에 대한 책임과 긴밀히 연계되어야 한다. 토착 원주민의 지혜가 깨어진 관계를 치유하는 약이 될 수 있다면, 치유를 공유해야 할 도덕적 의무와 함께 오용을 방지하는 처방으로 사용해야 한다. 남에게서 빌려오는 것이 아니라 자신의 뿌리를 찾고 스스로 자신의 것을 키우는 방법을 기억함으로써 땅과 맺은 진정한 관계를 되살리는 일이 중요하다고 믿는다. 내 글이 그에 대한 영감이 되기를 바란다.

샤이엔의 연장자인 빌 톨 불Bill Tall Bull과 나누었던 대화가 기억난다. 당시 젊었던 나는 내가 사랑하는 식물과 장소에게 말을 걸 수 있는 원주민 언어가 없음을 한탄하며 그에게 이렇게 말했다.

"식물들은 옛 언어를 듣고 싶어 해요."

그가 입술에 손가락을 대며 이렇게 말했다.

"그건 사실이지. 하지만, 꼭 여기를 통해 말할 필요는 없어."

그는 이어 가슴을 두드리며 덧붙였다.

"여기를 통해 말해도 그들은 네 목소리를 들을 테니까."

내 목소리와 이 책에 실린 이야기는 마치 향모와도 같다. 모두에게는 저마다의 여정과 선물과 치료약이 있다. 어떤 향모도 서로 같지 않듯 어떤 원주민의 경험도 진리도 가르침도 서로 같지 않다.

– 로빈 월 키머러Robin Wall Kimmerer

한국어판 서문

인간과 자연의 조각난 관계를 치유하고 복원하는 새로운 지식

식물학자 로빈 월 키머러는 원주민 과학자로서의 경험을 바탕으로 딸기와 위치헤이즐부터 수련과 이끼에 이르기까지 모든 생물이 어떻게 매일 우리에게 선물과 교훈을 주는지 베스트셀러 저서 《청소년을 위한 향모를 땋으며》를 통해서 설명한다. 이 책은 새로운 세대의 참여를 유도하는 방식으로 책의 정수를 제공하며, 함께 성장하고 이를 끌어낼 수 있다는 평가를 받고 있다.

유익한 주석, 토론 및 성찰을 위한 질문, 활동, 행동 촉구, 니콜 나이트하르트가 그린 아름다운 삽화를 통해 세계관을 변화시킬 수 있는 길을 제시한다. 이 책은 과학, 식물학, 생물학, 인문학 등의 수업에 사용할 수 있으며 현재도 사용되고 있다. 특히 한국어판에는 전 세계에서 유일하게 '교육자 및 보호자를 위한 토론 가이드'가 수록되어 있어 교실이나 가정에서 다양한 읽기 또는 관심 수준에 맞게 책을 활용할 수 있다. 함께 배우고 기억하는 여정을 떠나고 싶은 독자를 위한 책으로, 소중한 사람과 함께 혹은 잠자리에 들기 전에 읽기 좋다.

《청소년을 위한 향모를 땋으며》는 자신과 모든 생명체 사이의 복잡한 관계를 이해하는 데 도움이 된다. 여기서 말하는 모든 생명체에는 인간인 친척과 인간이 아닌 친척, 그리고 대지까지 포함된다. 이 책을 통해 자연과 식물이 우리를 치유하는 데 어떻게 도움이 되는지 배울 수 있으며, 결국 우리에게는 대지와 모든 생명체를 돌봐야 할 책임이 있음을 이해하게 될 것이다.

대한민국 독자와 함께 이 여정을 떠나게 되어 무척 기쁘고 설렌다. 즐거운 독서가 되기를.

- 모니크 그레이 스미스Monique Gray Smith

교육자 및 보호자를 위한
토론 가이드

향모 만나기

식물학자 로빈 월 키머러는 토착 원주민 과학자로서 겪는 경험을 바탕으로 딸기와 위치헤이즐에서부터 수련과 이끼에 이르기까지 모든 생물이 어떻게 매일 우리에게 선물과 교훈을 주는지 베스트셀러인《향모를 땋으며》를 통해 보여 줬습니다. 모니크 그레이 스미스가 청소년을 위해 각색한 이 새로운 에디션은 지구에서 가장 오래된 선생님인 우리 주변에 있는 식물에 귀 기울일 때 생태학적 이해의 폭이 넓어진다는 점을 강조합니다. 유익한 주석, 성찰 질문, 삽화를 통해《청소년을 위한 향모를 땋으며》는 원주민의 지혜, 과학 지식, 식물이 가르쳐 준 것을 새로운 세대에게 전달합니다.

원작
그리고 각색

《청소년을 위한 향모를 땋으며》에 대해 독자들이 가장 먼저 하는 질문 중 하나는 이 각색본이 원작과 어떻게 다른가 하는 점입니다.

원본 텍스트는 570페이지에 가깝지만 이 각색본은 360페이지로 구성되어 있습니다. 또한 문장 구조, 단어 선택 및 장 길이를 수정하여 새로운 독자를 끌어들일 수 있도록 했습니다.

이번 개정판에서 가장 먼저 눈에 뜨이는 요소는 삽화, 어휘 정의 주석, 토론 및 성찰을 위한 질문, 많은 향모로 표시된 중요한 인용문입니다. 이러한 작업을 통해 사회적, 정서적 문해 교육 요소가 책 전체에 녹아들도록 했습니다.

누구를 위한 책인가요?

책 제목에 '청소년'이 포함되어 있지만, 이 책은 모두를 위한 책입니다!

이 버전은 청소년 독자와 청소년의 마음을 가진 독자뿐 아니라 독서를 그다지 즐기지 않는 독자, 시각적 학습자에게 더 매력적일 수 있습니다. 대부분의 초등학생에게는 소리 내어 읽기를 권장하지만, 읽기 능력에 도전하고 싶은 분들도 이러한 방법으로 콘텐츠에 접근할 수 있습니다. 이 책은 교실이나 가정에서 다양한 읽기 또는 관심 수준에 맞게 책을 활용하려는 교육자와 보호자에게도 환영할 만한 자료입니다.

주제

책 전체에 걸쳐 장마다 중심 생각이 있으며, 각 생각에 대한 설명과 함께 본문 관련 토론 질문을 확인할 수 있습니다.

이 책을 읽으면서 다른 주제가 떠오르거나 질문이 다른 방식으로 제시되어야 한다고 생각할 수도 있지만 괜찮습니다. 우리는 삶의 경험을 통해 지속해서 정보를 추출하며 이 경우도 다르지 않습니다.

이러한 주제는 흑백 논리로 접근하지 말고 책 전체에서 조화를 이루며 서로를 뒷받침한다는 점에 유의하세요. 한 주제에 대해 배우면 다른 주제에 관한 이해가 더욱 깊어질 것입니다.

(원작과 각색본 모두에서) 이 책의 핵심은 관계에 있습니다. 독자로서 우리는 저자의 글에 공감하며 세상을 다른 방식으로 보게 되고, 마치 자신도 몰랐던 아픔을 치유하는 것처럼 느끼게 됩니다. 하지만 그것이 전부가

그 말의 리듬은
내 마음을 편안하게 해 주었고
그 의식은 우리 가족을
하나로 연결해 주었다.

아닙니다. 우리는 더 나은 인간이 되어 대지를 가볍게 걷고, 열린 마음으로 경청하며, 우리의 것과는 다른 이야기를 받아들일 수 있는 공간을 만들 수 있는 힘을 얻게 됩니다.

원

많은 토착민은 자연의 패턴이 원이라는 점을 인식하고 그들만의 방식으로 그 원을 존중합니다. 둥그렇게 둘러앉으면 모든 사람이 평등하며, 모든 얼굴을 볼 수 있고 누구도 옆 사람보다 특별하지 않습니다. 이 책에는 많은 원이 등장하는데 이는 일이 이루어지는 주기를 존중하는 방법입니다. 계절의 변화, 동물의 이동 패턴, 매년 돌아오는 명절과 특별한 이벤트에 대한 기대 등 우리는 일상생활에서 많은 원을 경험합니다. 이러한 원은 우리가 인간, 동물, 식물, 시간 등 모든 친척과 함께 공동체 속에서 살고 있음을 상기시켜 줍니다. 우리 자신을 더 큰 전체 중 일부로 보기 시작하면 우리가 하는 일과 그 방법이 중요하다는 사실을 더 쉽게 이해할 수 있습니다. 우리가 모든 피조물과 함께 원 안에 앉아 있다는 사실을 깨닫게 되면 우리는 모두 같은 공간을 동등하게 공유한다는 겸손한 자세를 갖게 됩니다.

학습자로서 우리도 원 안에 있는 자신을 발견합니다. 이전에 들었던 이야기를 듣거나, 배운 주제에 대해 더 깊이 파고들거나, 책을 다시 읽을 때 우리는 우리가 알고 있다고 생각했던 내용을 다시 생각하게 됩니다. 시간을 내어 지난 경험을 다시 살펴보게 되면 처음 접했을 때는 미처 듣지 못했던 정보에 새롭게 연결될 수 있습니다. 연장자들은 종종 같은 이야기와 가르침을 반복해서 나누는데, 이는 이야기를 들을 때마다 다른 사람이 되기 때문에 지난번에 배울 준비가 되지 않았을 수도 있는 새로운 것을 배울 수 있는 기회를 주기 위해서입니다. 많은 원주민이 특정한 주제에 대한 '전문가'로 불리는 것을 싫어하는 이유도 바로 이 때문입니다. 우리의 배움은 절대 완전하지 않습니다.

선물 경제

토착민들 사이에서는 다른 공동체를 방문할 때 선물을 주는 행위가 일반적입니다. 선물은 노래, 이야기, 기술 등 선한 마음으로 건네는 것이라면 무엇이든 가능하며, 굳이 선물을 하기 위해 무엇인가를 돈을 주고 구매할 필요는 없습니다. 중요한 것은 선물이 아니라 관계를 맺으려는 의도입니다.

"만약 우리가 소비하는 모든 것이 어머니 대지가 우리에게 주신 선물이라고 생각한다면 어떻게 될까?"

인간으로서 우리의 가장 큰 어리석음 중 하나는 우리가 무엇인가를 받을 자격이 있다는 믿음입니다. 땅과 인간이 아닌 친척을 포함하여 그 누구도 우리에게 아무것도 빚진 것이 없습니다. 빈 아이스박스를 들고 집으로 돌아오는 어부에게 물어보세요. 산딸기를 따러 갔다가 빈 손으로 돌아오는 그 누군가에게 물어봐도 마찬가지일 거예요. 그날의 수확에 대한 그 누구의 희망도 보장된 것이 아닙니다.

선물을 주는 행위는 받는 사람에게 좋은 의도를 가지고 왔다는 사실을 알리고, 비록 그것이 실현되지 않더라도 성취하고자 하는 바가 무엇인지 알려 줍니다. 그것은 당신이 신중하게 행동하고 있다는 사실을 의미합니다. 선물을 주는 의도가 대가로 무엇을 받을지에 대한 것이어서는 안 되지만, 호혜성에 바탕을 둔 행동은 상상할 수 없는 큰 이로움을 가져다준다는 사실을 알게 될 것입니다.

"감사는 충만함의 윤리를 배양하지만, 경제는 공허함을 필요로 한다. 감사 연설은 우리에게 필요한 모든 것이 이미 주어져 있음을 상기시킨다. 감사는 만족감을 찾아 쇼핑하러 나서게 만들지 않는다. 이것은 땅과 사람 모두에게 좋은 치료 약이다."

좋은 약

이 책은 약이 다양한 형태로 존재한다는 사실을 알려 줍니다. 일반적으로 약은 아플 때 먹는 것으로 여겨집니다. 토착민에게 약은 사랑하는 사람과 함께 나누고, 땅에서 시간을 보내고, 봉사에 참여하고, 깨끗한 물과 건강한 음식을 먹고, 감사하는 마음을 갖는 등 병에 걸리지 않기 위해 기꺼이 하는 모든 것을 의미할 수도 있습니다.

마지막으로 마음이 충만했을 때를 생각해 보세요. 무엇이 그렇게 만들었나요? 그 사람들 또는 그 활동이 여러분에게 좋은 약이 되었을 것입니다. 그 감정을 포용하고 세상으로 내보내세요. 우리 모두는 우리가 사는 공동체에 더 많은 사랑과 치유가 필요하다는 데에 동의할 것입니다.

《청소년을 위한 향모를 땋으며》는 독자들이 필요로 하는 좋은 약을 건강하게 복용할 수 있도록 도와줍니다. 이제 우리는 우리가 배운 것을 가지고 우리 주변의 모든 것, 인간과 비인간, 그리고 창조 세계의 모든 것에 좋은 약이 되도록 노력해야 합니다.

"나나보조는 일이 너무 쉬워서는 안 된다고 못을 박았다. 그의 가르침은 우리에게 상기시킨다. 진실의 절반은 대지가 우리에게 위대한 선물을 베푼다는 것이고, 나머지 절반은 그 선물만으로는 충분하지 않다는 점을. 책임은 단풍나무에게만 있는 것이 아니다. 나머지 절반은 우리 몫이다. 우리가 단풍나무의 변화에 참여해야 한다. 그 달콤한 맛을 증류해 내는 것은 우리의 일이고, 감사를 표현하는 방법이다."

감사

감사는 일종의 약입니다. 감사를 표현할 때 우리는 어떤 대상, 즉 무엇인가 또는 누군가에게 감사를 표합니다. 감사를 받을 때도 기분이 달라집니다.

우리 중 많은 사람이 물어보지 않고 가져가서는 안 되고, 감사하다는 인사를 하지 않고 어떤 것을 취해서도 안 된다고 교육받으며 자랐습니다. 이러한 암묵적 규범은 사람 사이에서는 상대적으로 잘 지켜집니다. 하지만 사람이 아닌 친척에게는 어떨까요? 불타는 노을의 빛에 감사하고, 비 내리는 냄새에 감사하고, 이웃의 개나 고양이와 함께 보내는 시간에 감사하는 행위는 친구에게 감사하는 것만큼이나 중요한 일입니다.

우리는 누구보다 바쁘게 사는 일이 마치 명예 훈장이라도 되는 듯이 모든 일에 서두르도록 길들어 있습니다. 어머니 대지는 자신의 선물에 감사하지 않고 맹목적으로 가져가는 바쁜 사람을 더는 필요로 하지 않습니다. 천천히 음미하세요. 장미의 향기를 맡을 때도 그 순간에 감사를 표하세요.

토착민의 지혜

거북섬의 중서부 지역(북미라고도 함)에서 이 글을 읽는다면, 《청소년을 위한 향모를 땋으며》에 나오는 많은 내용이 이 지역에 사는 원주민의 전통과 일치한다는 사실을 알 수 있을 것입니다. 하지만 다른 지역에서 이 글을 읽는다면, 현지 원주민의 중요한 가르침과 전통에 대해서는 그들에게 직접 문의하시기 바랍니다. 이 책의 내용을 바탕으로 그들의 문화를 속단하지 않도록 주의하세요. 전 세계 원주민은 비슷한 가치와 관습을 공유할 수 있지만, 원주민의 지식과 지혜는 그들의 생생한 경험과 스토리텔링 전통에 따라 각기 다릅니다.

《청소년을 위한 향모를 땋으며》의 근간에는 지구상의 모든 것이 평등하며, 무엇인가를 '관리'하는 것은 우리 인간의 일이 아니라는 이해가 있습니다. 우리는 2020년에 전 세계가 코로나19 팬데믹 때문에 문을 걸어 잠갔을 때 그 증거를 보았습니다. 자연계는 우리 없이도 살아남았을 뿐만 아니라 번성했습니다. 많은 원주민의 창조 이야기는 인간이 이 세상에 가장 마지막에 추가된 존재라고 가르칩니다. 이 점을 항상 염두에 둔다면, 우리가 대지 위에 있는 모든 생명의 리더가 되어야 하는 이유가 과연 무엇일까요?

현명하다는 것은 부분적으로는 겸손함을 갖춘다는 뜻입니다. 자신을 더 큰 시스템의 일부로 볼 때, 땅, 식물, 동물 등 모든 것이 스승이

됩니다. 우리는 얻은 지식은 수집하고 저장하는 것이 아니라 공동체의 발전을 위해 공유해야 합니다. 9페이지에 '모든 것을 스스로 해결해야만 하는 처지가 아님을 진정으로 이해한다면 삶이 얼마나 덜 외로울지 상상해 보라.'는 문장이 있습니다. 이는 분명한 사실입니다. 편견 없이 서로를 배려하고, 모든 사람(인간과 비인간 모두)이 자신의 필요를 충족할 수 있는 공간을 만들고, 서로의 말에 깊이 귀 기울이는 세상을 상상해 보세요.

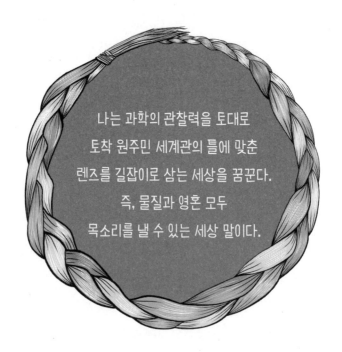

나는 과학의 관찰력을 토대로
토착 원주민 세계관의 틀에 맞춘
렌즈를 길잡이로 삼는 세상을 꿈꾼다.
즉, 물질과 영혼 모두
목소리를 낼 수 있는 세상 말이다.

친밀감

원주민 커뮤니티에서 친족 관계는 매우 중요하며, 다양한 방식으로 친족 관계의 예를 접할 수 있습니다. 많은 사람이 혈연관계가 없는 사람에게 누나, 이모, 삼촌과 같은 호칭을 포괄적으로 사용하는 것에 대해 혼란스러워합니다. 이러한 용어는 유대감을 나타내는 동시에 말하는 사람과 받는 사람 사이의 깊은 존중과 이해의 의미를 담고 있습니다.

아니시나베족 사이에서는 더 넓은 의미에서 '좋은 친척이 되어라.'라는 문구를 사용합니다. 창조 세계의 모든 것이 서로 연관되어 있다는 이해를 바탕으로 '좋은 친척'이 된다는 뜻은 다른 가족 구성원에게 하듯 존중을 베푸는 행위를 의미합니다. 자신을 더 큰 전체 중 일부로 볼 때, 주변에 있는 모든 것에 대해 최고의 친척이 되어야 한다는 책임감을 느끼기 쉽습니다.

"엄마와 헤이즐 바넷은 언뜻 보기에 어울리지 않는 자매와도 같았다. 둘 다 자신이 사랑하는 식물에게서 많은 것을 배웠다. 둘은 함께 외로움을 달래 줄 연고를 만들고, 그리움의 고통을 달래 줄 차를 끓였다. 그렇게 두 사람의 우정은 서로를 치유했다."

호혜성

우리는 호혜적인 관계에 있습니다. 우리의 행동과 인간 및 모든 생명체와 맺는 상호 작용은 원을 그리며 흐르고, 우리가 내보내는 모든 것과 우리의 모든 행동은 전부 다시 우리에게 돌아옵니다. 어떤 사람은 모든 것이 서로 연결되어 있다는 생각을 받아들이기가 힘들다고 느낄 수 있습니다. 이 개념을 이해하는 한 가지 방법은 자신이 원하는 존재의 유형을 떠올려 보는 것입니다. 인생에서 무엇을 원하나요? 깨끗한 마실 물? 집이라고 부를 수 있는 안전한 보금자리? 건강하고 영양가 있는 음식? 숨 쉴 수 있는 충분한 여유? 가슴 벅찬 행복? 위에 나열된 것 중 어떤 것도 실제로는 '물건'이 아니라는 사실을 눈치챘나요? 우리가 이상적인 무엇인가를 얻기 위해 노력할 때, 우리의 행동은 외부로 파문을 일으킵니다. 우리의 선택이 어떻게 긍정적(또는 부정적) 영향을 미칠 수 있는지 생각해 보세요. 여러분이 매일 어머니 대지를 돌보는 방식과 대지가 여러분을 돌보는 방식에 대해 생각해 보세요. 이 호혜성의 관계를 평가하고 재평가하며 그 안에서 자신의 역할을 유지하는 데 주의를 기울여야 합니다. 여러분이 일상에서 상호 작용하는 상대에 따라 그 관계에서 자신의 역할이 어떻게 달라지는지 생각해 보세요. 상대방이 필요로 하는 것을 제공하는 행위가 호혜성의 기초입니다.

"윤리적으로 행동하고자 한다면 우리가 받은 것에 대하여 식물에게 어떻게 해서든 보상해야 하지 않을까? 이런 질문에 대한 학생들의 고민을 듣고 있으면 대견하고 기쁘다. 학생들은 작업을 하는 동안 웃고 떠들며 식물에게 보답할 수 있는 여러 가지 방법을 생각해 낸다. 이것이 우리의 일이다. 우리가 무엇을 줄 수 있는지 알아내는 것. 자신의 선물이 지닌 본질을 이해하고 그것을 세상을 위해 사용하는 법을 배우는 것이야말로 인생의 여정에서 가장 중요한 부분이 아닐까?"

책임

책임이라는 주제는 이 책 전반에 걸쳐 나타납니다. 독자는 좋은 사람으로 살 방법을 스스로 생각해 보아야 합니다. 표면적으로는 '내가 좋은 삶을 살기 위해서 나에 대해 어떤 책임을 져야 하는가?' 하고 스스로에게 물어볼 수 있습니다. 하지만 여기서 한 걸음 더 나아가 다른 사람들이 좋은 삶을 살기 위한 목표를 달성할 수 있도록 도와야 할 책임이 나에게도 있지 않은지 스스로 평가해 보아야 합니다. "잠깐만요, 저는 이런 걸 하려고 여기 온 게 아닌데요!"라고 말할 수도 있습니다. 하지만 우리는 개별적인 존재가 아니며, 우리의 행동은 주변의 모든 것에 영향을 미친다는 사실을 기억하기를 바랍니다.

원주민 커뮤니티에는 지식을 구할 때 반드시 지켜야 하는 원칙이 있습니다. 길을 찾는 자로서 여러분의 임무는 존중하는 방식으로 질문하는 방법을 배우는 것입니다. 이러한 방법을 배우기 위한 주도적인 노력은 상대방에게 여러분이 이 관계를 진지하게 받아들이고 있으며 즉흥적으로 진행하지 않는다는 사실을 보여 줍니다.

많은 원주민에게 관계는 사람과 사람 사이의 상호 작용을 넘어서는 것입니다. 원주민은 항상 인간이 아닌 친척들과 다양한 관계를 맺기 때문에 양해를 구하고, 동의를 구하고, 감사를 표현하는 등 파트너십을 발전시키는 일이 중요하다는 사실을 잘 알고 있습니다. 자연계(및 비인간 친척)를 관리하거나 정복해야 할 대상으로 보는 사람들은 이러한 관계를 받아들이기가 어려울 것입니다.

디자인 요소

이 책의 페이지를 넘기다 보면 몇 가지 의도적인 디자인 요소를 볼수 있습니다. 일러스트레이터 니콜 나이트하르트는 독자의 참여를 유도하기 위해 그림을 27컷 그렸습니다. 이 그림은 토론의 중심을 잡거나 글을 더 잘 이해하는 데 도움을 줍니다. 그림 중 하나인 '호데노쇼니 감사 연설'(p. 98~99)은 lernerbooks.com/braidingsweetgrass에서 포스터로 다운로드할 수 있습니다.

각 장에는 어휘 정의, 문화 정보, 토론 질문이 들어 있는 글 상자가 있습니다. 이 모든 것을 적극 활용한다면 독자는 글을 한층 깊이 읽을 수 있습니다. 중요한 인용문은 원형으로 된 향모 다발 그림으로 묶어 배치했습니다. 이러한 인용문은 토론을 시작하는 주제문, 또는 읽기 항목의 핵심 문구로 이용하거나, 사회 및 정서 학습을 촉진하는 방법으로 사용할 수 있습니다. 인용문은 특정 챕터에서 발췌한 것이지만, 약간의 맥락과 함께 제시하면 독립된 인용문으로도 사용할 수 있습니다.

표지가 자신을 향하도록 책을 펼쳐 보세요. 일러스트레이터 니콜 나이트하르트는 의도적으로 두 손이 함께 향모를 땋는 모습을 그렸습니다. (이 책의 윙가슈크에 있는 내용을 직접 가져와서) 서로서로 도우며 향모를 땋는 호혜를 실천하고, 손에 든 향모와 그 냄새를 상상해 보라는 의미를 담았습니다. 이는 문화적 관습을 통해 전통 지식을 공유하는 아이디어를 말하며, 어떤 의미에서 독자에게도 이 여정에 참여하도록 초대하고 있습니다.

손에서 어떤 점이 눈에 뜨이나요? '잡아 주는 사람'과 '땋는 사람'은 어떤 관계를 공유하나요? 이것은 어떤 호혜성을 보여 줄까요?

땋은 향모 다발에는 어떤 메시지가 담겨 있을까요?

책의 시작과 끝이 '단풍나무 씨앗처럼, 가을바람에 실려 빙글빙글 돌면서' 떨어지는 하늘여인으로 시작된다는 점을 눈치챘나요?

여러분이 이제 원에 대해 알게 된 사실을 고려해 볼 때, 저자가 이 책에서 원을 그리는 행위가 어떤 점에서 중요했을까요?

원주민 언어

저자의 말에서 로빈은 전통 언어로 식물과 대화할 수 없는 것에 대한 감정을 공유합니다.

"식물들은 옛 언어를 듣고 싶어 해요."
그가 입술에 손가락을 대며 말했다.
"그건 사실이지. 하지만, 꼭 여기를 통해 말할 필요는 없어."
그는 이어 가슴을 두드리며 이렇게 덧붙였다.
"여기를 통해 말해도 그들은 네 목소리를 들을 테니까."

– 샤이엔의 연장자 빌 톨 불Bill Tall Bull

이러한 부적합성에 대한 느낌은 우리의 좋은 의도를 흐리게 할 때가 있습니다. 저자가 쓴 대로 단어를 사용하는 법을 배우면 저자의 의도를 존중할 수 있습니다. 또한 세상을 보고, 이해하고, 기여하는 데에는 다양한 방식이 존재한다는 사실을 더 잘 받아들일 수 있지요.

원주민 문화는 그들의 언어에 깊이 뿌리를 두고 있습니다. 언어를 배우는 사람이라면 누구나 문화적 가치, 관습, 가르침이 언어에 내재하고 있다는 사실을 알 수 있습니다. 많은 원주민은 조상의 언어를 빼앗고, 타고난 권리를 박탈하기 위해 특별히 고안된 정책이 있었다는 사실을 알고 있습니다. 또한 자신들이 말할 수 없다는 사실에 대해 내면화된 수치심을 가지고 있지요. 이러한 식민지 역사 때문에, 자신의 문화와 언어에 대한 지식과 전문성의 수준이 원주민마다 제각기 다르다는 점을 인정해야 한다는 사실이 중요합니다.

* This guide was created by Odia Wood-Krueger, a bibliophile, writer, and educational consultant at Wood Krueger Initiatives, LLC.

이 책에 쏟아진 찬사

리버비 상

커커스 리뷰 올해의 베스트 청소년 도서

페어런츠 매거진 최고의 아동 도서

퍼블리셔스 위클리 올해의 베스트 도서

NSTA/CBC 초중고 학생을 위한 우수 과학 교양 도서

시거드 올슨 자연 글쓰기 아동 문학 부문 수상

《청소년을 위한 향모를 땋으며》는 저의 새로운 최애 책입니다!
청소년뿐만 아니라 모든 사람이 자연에서 얻을 수 있는 치유제에 대해 배우
는 최고의 책입니다.

　　　　　　　　　　　　　　　　　　　　　　　　　－ 앤젤린 불리,

　　뉴욕타임스 베스트셀러 1위 《파이어키퍼의 딸Firekeeper's Daughter》의 저자

"이 책은 긴급하고 필수적인 행동 촉구이자 마음을 고양시키는 러브레터다."

　　　　　　　　　　　　　　　　　　　　　　－ 커커스 리뷰Kirkus Reviews

"또 하나의 장르를 탄생시켰다고 할
정도로 매우 독창적인 책이다. 청소년을 위한
모든 컬렉션에 포함되어야 한다."
— 스쿨 라이브러리 저널School Library Journal

"스미스는 주요 용어를 설명하고, 반성하는 질문을 던지고, 중요한 구절을
강조하는 간단한 주석을 추가하여 협력적인 토론을 유도하고 행동 촉구 역
할을 함으로써 이야기의 핵심 개념에 충실하면서도 언어를 훌륭하게 간소화
했다."
— 퍼블리셔스 위클리Publishers Weekly

"《청소년을 위한 향모를 땋으며》는 함께 성장할 수 있는 책이다. 이 책은 약
인 동시에 지구가 준 선물에 감사하고 그 대가로 지구에 선물을 주어야 할
책임에 대한 강력하고도 긴급한 요청이다."
— 셸러그 로저스, OC, CBC 라디오 원 '더 넥스트 챕터'의
진행자 겸 프로듀서, 전 빅토리아 대학교 총장

"전설, 회상, 역사, 주석, 삽화, 독자에게 던지는 부드러운 도전 과제로 가득
차 있으며, 독자가 행동, 신념, 가치관의 변화를 고려하도록 이끈다. 진정으
로 컬렉션에 추가해야 할 사랑스럽고도 위안을 주는 책이다."
— 북리스트Booklist

이채현 옮김

이화여자대학교 통역번역대학원을 졸업했다. 교육 출판 기업 공동 대표로 수학 교육 콘텐츠를 개발했다. 현재 번역에이전시 엔터스코리아에서 번역가로 활동 중이다. 옮긴 책으로는 《The Creators-우리는 늘 바라는 대로 이루고 있다》 등이 있다. 《매스노트 시리즈》, 《커넥트 수학》을 집필했다.

청소년을 위한 향모를 땋으며

1판 1쇄 2023년 12월 1일

지 은 이 로빈 월 키머러
각   색 모니크 그레이 스미스
그 린 이 니콜 나이트하르트
옮 긴 이 이채현

발 행 인 주정관
발 행 처 북스토리㈜
주   소 서울특별시 마포구 양화로 7길 6-16
　　　　　서교제일빌딩 201호
대표전화 02-332-5281
팩시밀리 02-332-5283
출판등록 1999년 8월 18일(제22-1610호)
홈페이지 www.ebookstory.co.kr
이 메 일 bookstory@naver.com

ISBN 979-11-5564-324-2 43840